그만, 뛰어내리다

그만, 뛰어내리다

심아진 소설집

문이당

[작가의 말]

불가능해 보이는 것들의 숨겨진 뜻을 믿으며

 두근거리는 가슴으로 달려가면, 길인 줄 알았던 곳에 투명한 유리문이 가로막혀 있습니다. 놀랍니다. 다른 길로, 마지막인 것처럼 뛰어갑니다. 다시 벽입니다. 당황합니다. 숨을 고르고, 이번엔 틀림없어 보이는 길을 선택합니다. 땅이 솟아올라 없던 산을 만듭니다. 화가 납니다. 언제까지여야 할까요? 어디를 얼마나 돌아다니면 나는 거꾸로 매달려 조롱하지 않는 해를 보게 될까요?
 해가 어떻게 거꾸로 매달릴 수 있느냐고요? 그럴 수 있습니다. 해는 검은 아스팔트 위에 대자로 드러눕기도 하고, 표정 풍부한 얼굴로 물구나무서기도 합니다. 내가 아는 문학은 그렇습니다. 사실 그래서 사랑하게 되었습니다. 주름이 펼쳐지면 또 다른 주름이, 그 주름 속에 더 깊은 주름들이 펼쳐집니다. 갈래갈래 다르면서도 완전한 하나의 세계를 만드는, 헤아릴 수 없는 그 무한의 얼굴에 나는 압도되어버렸습니다. 주저앉을 수가 없습니다. 주저앉을 수 있는 여유 따위를 부릴 수 있는 처지가 아닙니다. 이미 나는 그 사랑 안에 철저히 사로잡혀버렸기 때문입니다.

다행인 것은 내가 헤매며 다닌 길들이 모여 하나의 그림이 되었다는 사실입니다. 그것이 과연 아름다운지, 누가 보아도 갖고 싶어 할 만한 것인지는 알 수 없습니다. 그러나 세상에 완전한 것은 하나도 없다는 진리가 그간 문학이 내게 던져준 위로의 말입니다. 그런 문학을, 나는 믿습니다.

자유로울 수 없었습니다. 즐길 수도 없었습니다. 애교 있게 밀고 당기는, 윤기가 흐르고 단내가 나는 그런 사랑은 애초에 내 몫이 아니었습니다. 입술은 터져 피가 났고, 머리카락은 끝에서부터 바스러졌습니다. 여윈잠에서 쉽게 깨어 한밤 내내 초와 분을 줄 세우기도 하였습니다. 만신창이 사랑이었습니다.

하지만 이제 걱정은 하지 않습니다. 내가 간절히 바라고 구하자 그가 내게로 고개를 돌리기 시작했기 때문입니다. 이렇게 약하고 이렇게 옹색한 나를 그가 조금쯤 의식했나 봅니다. 그의 반응은 느리고, 여러 가지를 고려해야 하는 사람인 양 지나치게 신중합니다. 하지만 나는 그 사소한 눈짓에도 기뻐 어쩔 줄 몰라 하며 들뜹니다. 감히 나는 짝사랑에 가까운 나의 사랑을 자랑도 합니다.

나답게 소심하게(한심하게도!), 나답게 집요하게(고집스럽게도!) 걸었습니다. 막혀 있을지 굽어 있을지 가늠할 수 없었지만 멈추지 않고 걸었습니다. 걷다보니 흥미진진한 일들이 맞닥뜨려지고, 예상치 못한 카메오들이 튀어나왔습니다. 새로웠습니다. 땅에 발을 딛지 않고 있을 수 있는 곳도 가보았습니다. 너와 내가 구별되지 않는 곳도 가보았습니다. 마음껏 낙하하거나 비상할 수 있는 곳도 가보았습니다. 숨이 가빴습니다.
 내가 가야 할 길들이 어디로 어떻게 뻗어 있는지는 알 수 없습니다. 한 가지 믿고 싶은 것은, 가야만 하는 바로 그곳을 향한 여러 길 중 하나에 지금의 내가 서 있을 거라는 느낌입니다. 얼마나 가까이 왔는지, 얼마나 남았는지는 가늠할 수 없습니다. 다만

나는 또 하나의 길 위에서 긴장하는 자신을 격려하고 다독거릴 따름입니다.

　존경하는 선생님께서 "문학은 내가 아는 문학보다 크다"고 말씀하셨습니다. 나를 다스리는 말은 이것입니다. 비록 더딘 걸음이나 게으름 피우지 않고 여기까지 올 수 있었던 것에 감사합니다. 잠시 숨을 고릅니다.

　선택할 수 없는 시간입니다. 마음이 떨립니다. 불가능해 보이는 것들의 숨겨진 뜻을 믿으며 또다시 나아갈 것입니다. 유리문이든 벽이든 산이든, 그 무엇이 앞을 가로막든지 물러서지 않을 것입니다.

2013년 3월 1일

심아진

[차례]

작가의 말 불가능해 보이는 것들의 숨겨진 뜻을 믿으며 · 4

물구나무서는 자리 · 11
그만, 뛰어내리다 · 47
도마뱀 뇌 · 81
도약 · 109
유예의 장면 · 147
아크로스틱 · 197
공주의 선택 · 235
신의 길 · 243
이유 있는 길 · 249
천사의 벌 · 263
회귀回歸 · 273

해설 길과 자리 – **김인환** · 283

물구나무서는 자리

이건 그린 평화와는 또 달라. 물론 아힘사의 경지에 오르는 것도 평화롭긴 하지. 하지만 이번에 내가 느끼는 것은 내 근원에 대한 성찰 중 심오한 확장에서 기인한 거야. 아, 빨리 신을 만나고 싶어.

물구나무서는 자리

1

 일이 단지 그 '껍질 벗겨진 고양이'로부터 시작되었다고만은 볼 수 없다. 하지만 어쨌든 그것은 넘어지기 직전인 젠가 블록에서 빼낸 마지막 조각이 되었다. 블록들은 요란한 소리를 내며 무너졌다.
 오래 생각하지 않기 위해 선우는 급작스럽게 녀석의 손을 끌었다. 노파도 놀랐는지 낮은 소리로 욕지거리를 내뱉었다. 묵직한 살덩어리가 열네 살 두 아이의 눈앞에 드러났다. 그것은 마치 살아 있는 세포로 충만하다는 듯 이상한 질량감을 가지고 있었다. 그렇게 길었나 싶게 축 늘어진 몸이며, 퀭하게 비어 있는 눈구멍이 두 아이의 기를 질리게 하기에 충분했다. 노파가 자신들을 똑바로 쳐다보며 분홍색의 살덩어리를 끓는 물에 넣으려는 순간, 선우는 생애 처음으로 맛보는 승리감에 도취해 있었다. 녀석은 드디어 한 번도 굽히지 않았던 무릎을 꿇고야 말 터였다. 선우는 꼭대기에 오른 롤러코스터 위에서 느끼는 간질간질한 기분에 젖어 있었다. 곧 떨어지고야 말 것임을 예감하는 위험한 기쁨. 녀석으로부터 기어이 저주가 터져 나오고야 말 것이다. 선우는 자신들을 노려보는 노파의 불투명한 회색 눈으로부터 징조를 읽어내기 위해 바짝 긴장하고 있었다.

숨어 있는 동안 선우와 녀석은 노파가 고양이 손질하는 소리를 모두 들었다. 가끔 뼈 따위를 쪼개는지 둔탁한 소리가 나기도 했지만 기대했던 고양이 울음은 들을 수 없었다. 산 채로 고양이의 껍질을 벗긴다는 소문은 모두 거짓임이 분명했다. 숨어 있던 선우는 노파의 손질이 끝났다고 여겼을 때 잠시 망설였다. 눈알이 뽑힌 고양이를 본다는 것은 결코 유쾌한 일은 아닐 것이기 때문이다. 하지만 녀석을 절망하게 만들기 위해, 그 오만한 낙관주의를 뭉개버리기 위해 용기를 내야 했다.

갑작스러운 아이들의 출현에 놀랐으나 노파는 하던 일을 멈추지 않았다. 솥뚜껑을 열고 빨간 고무장갑보다 더 붉은 살덩어리를 스스럼없이 빠뜨렸다. 그 순간 선우는 그녀가 스스로 부끄럽지 않다는 것을 과시하기 위해 더욱 자신의 동작에 몰입한다는 것을 알아차렸다. 선우는 그랬다. 어렸지만 알 만한 것은 다 알았다. 사실 지병을 고치기 위해 고양이를 삶아 먹고 산다는 노파의 소문은 이미 동네 어디에나 파다하게 퍼져 있었다. 아이들은 노파에게 욕을 퍼붓기 위해 일부러 그 집 앞을 지나다니기도 했고, 자지러지는 비명과 함께 단지 도망 다니는 쾌감을 맛보기 위해 근처를 기웃거리기도 했다. 이런저런 말들이 많았지만 실제로 그 장면을 정확히 목격한 사람은 없었다. 선우가 녀석을 기어코 그날 그 시각에 거기로 데리고 간 것은 녀석에 대한 순수한 증오심 때문이었다. 녀석은 왜 학교 첫 시간을 빼먹어야 하는지 묻지 않았다. 언제나 군말 없이 하자는 대로 하는 놈이기 때문에 그렇게 할 것이라 여겼던 선우의 예상을 한 치도 벗어나지 않았다. 선우는 조용히 녀석의 숨소리를 들었다. 동요, 불안, 불신의 기운……. 선우가 시선을 피하지 않기 위해 애쓰는 동안 녀석은 크지도 작지도 않은 한숨을 내쉬었다. 선우는 모든 것들을 빠짐없이 느끼기 위해 예민해져야만 했다. 벼린 칼날 위에 서 있는 것처럼 신경이 저려왔다. 고지가 가까웠다. 하지만……. 짧고 또 긴 시간이 흐른 후에 선우는 다만 이런 말도 안 되는 소리를 들었을 뿐이다.

— 할머니, 안녕하세요?

녀석은 평소와 조금도 다름없는 명랑한 목소리로 천연덕스럽게 인사를 던지고 있었다. 노파의 몽글거리는 동공이 크게 확장되었다. 마치 어둠 속의 고양이처럼. 그 순간 선우는 끓는 물속으로 들어갔던 그 껍질 벗겨진 고양이가 길게 울음 우는 소리를 들었다. 핏빛 고통에 마지막까지 무감하지 못했을지도 모를 무력한 짐승의 절규였다. 어이없게도 패배는 또다시 선우에게로 돌아왔다. 선우는 미소 짓는 녀석의 옆에서 아침밥으로 우겨넣었던 토스트 조각들을 죄다 게워내고 말았다. 하얀 빵이 노파의 눈동자처럼 몽글거렸다. 그 역겨움을 참아내기가 어려웠다. 녀석과 고양이와 노파, 그들은 모두 한통속이었다. 삶은 고양이를 먹기라도 한 것처럼 선우는 계속 구역질을 해댔다. 그에게도 천연덕스럽게 "괜찮아?" 하고 물어보는 녀석 때문에 속은 더 메스꺼웠다.

그날부터였다. 선우가 모진 물구나무서기로 자신을 채찍질하며 영원히 녀석에게 대적하기로 결심한 것은. 구역질의 기억이 아직 가시지 않은 이튿날 아침부터 선우는 오로지 두 손으로만 걸어 다녔다. 신발 대신 장갑으로, 손 대신 발로, 바로 서 있던 일상 대신 거꾸로 솟은 나날들로 대체하면서 선우는 녀석을 향한 전투를 시작했다. 두 손을 비롯해 선우의 신체 전부가 물구나무서서 사는 생활에 적합하도록 변형되었다. 눈 아래가 반달처럼 처지는가 하면 쌍꺼풀이 있어야 할 자리에 여러 겹의 주름이 생겼다. 손은 발처럼 굵고 튼튼해졌으며 발은 손처럼 말랑말랑해졌다. 일직선으로 다리를 올리지 않고 왼쪽으로 비스듬하게 기울어 물구나무선 탓에 골반 자체가 틀어지기도 했다. 선우는 그런 상태로 8년을 보냈다.

2

 여자는 분명 심하게 갈등하고 있다. 가늘고 긴 손가락으로 컵홀더를 올렸다 내렸다 하면서 그 동요를 숨기지 않고 있다. 숨기지 못하는 게 아니라 않는다는 것은 여자가 얼마만큼 선우에게 넘어왔는지를 가늠하게 한다. 불과 한 달 전만 해도 여자는 감정을 숨길 만큼의 자존심은 가지고 있었다. 하지만 지금 여자는 자신보다 선우를 더 신경 쓰는 단계에 와 있다. 쉽게 온 길은 아니었다. 선우는 녀석에게서 여자를 뺏기 위해 1년 이상 공을 들였다. 여자는 성적 환상을 불러일으키기에 충분히 촉촉한 입술로 커피를 홀짝이고 있다.
 ─ 세금을 내지 않고 집을 살 수 있다는 말이죠?
 선우는 여자의 다리를 바라보며 고개를 끄덕인다. 지나치게 날씬하지도 않고 부담스럽게 알이 박혀 있지도 않은, 적당히 단단해 보이는 예쁜 다리다. 여자는 더 이상 선우의 얼굴이 보이지 않는다거나 선우가 자신의 다리만을 바라보고 있다는 사실에 마음 쓰지 않는다.
 ─ 세금을 내야 할 이유가 없잖아. 내가 나를 위해 그런 법을 만든 기억은 없거든. 동의한 일도 없고.
 ─ 그럼 집도 사지 말고 뺏지 그래요? 원시시대처럼.
 ─ 그러고 싶을 때 그럴 거야. 지금은 귀찮아.

여자도 선우도 사실은 집 따위에 전혀 관심이 없다. 다만 서로에 대한 관심을 임의의 대화 거리에 투사하고 있을 뿐이다. 물론 선우의 관심은 다분히 계산된 것이고 그러므로 거짓된 것이다. 선우는 사실 여자와의 무의미한 대화에 싫증이 난다. 여자는 호기심과 호감을 구분하지 못하고 있다. 녀석이 지나치게 빠져 있는 데다 여자가 쉽게 마음을 돌리지 않아서 이번에는 좀 다를 것이라 예상했었다. 물론 좀 다른 것은 사실이다. 하지만 크게 다르지 않았다.

녀석은 여느 때와 마찬가지로 아무런 경계심도 가지지 않고 여자를 선우에게 소개시켜주었다. 녀석은 정말 여전히 눈 하나 깜짝하지 않고 있었다. 선우가 이미 지현이나 정원, 은우라는 이름을 가진 여자들을 모조리 빼앗았는데도 말이다. 선우도 녀석의 그런 태연한 태도에 이골이 나 있기는 마찬가지였다. 끝이 나지 않는 싸움의 한복판에서 선우는 절망이 때때로 사람을 의기양양하게 만들 수 있다는 것을 체득하고 있었다. 여자는 거꾸로도 얼마든지 편하게 앉을 수 있다는 사실을 보여준 선우에게 경탄의 눈길을 보냈었다. 1단계, 호기심.

— 커피 리필해 드릴까요?

2단계, 배려.

— 내가 할게.

선우는 물구나무선 채로 자신의 빈 컵을 물고 카운터로 간다.

양말을 신은 그의 발이 능숙하게 빈 잔을 선반 위로 올려놓는다. 그를 처음 보는 사람들의 시선이 집요하게 그를 따라온다.

— 자리로 가져다 드리겠습니다.

선우는 사양하지 않는다. 여자는 휴대전화기를 만지작거리고 있다. 녀석에게서 문자가 왔을 것이다.

— 그 녀석이야?

— 아니, 고등학교 친구.

3단계, 거짓말. 선우는 익숙한 고지에 와 있음을 느낀다. 여자는 이미 선우의 영역으로 한 발을 내디뎠다. 여자는 화장품 파우치를 꺼내어 세심하게 자신의 얼굴을 들여다본다. 선우의 외모에 반한 것이 아니므로 내숭 따위는 떨지 않겠다는 의식적인 표현이다. 또한 가방을 들고 화장실에 다녀와서 받을 선우의 비난을 미리 방지하기 위함이기도 할 것이다. 똑똑한 여자다. 여자는 기름종이를 코와 이마에 눌러가며 피지를 닦아낸 후, 립글로스로 건조해진 입술에 윤기를 준다. 선우는 버려진 여자의 기름종이를 잠시 응시한다.

— 영화 보러 갈까?

— 통로 쪽 맨 뒷자리여야 하죠?

영화관에서도 물구나무서기를 포기하지 않는 선우를 알고 하는 말이다. 선우는 고개를 끄덕인다. 여자의 눈길이 선우의 얼굴이 있는 아래로 향해 있다. 4단계, 방향 고정. 하지만 여자가 그에게 넘어온 진짜 이유는 여자 자신이 주변의 시선을 즐기게 되었기 때문일 것이다. 선우는 잘 알고 있다. 결국 어떤 여자라도 자신이 헌신해야만 하는 상황보다 돋보이게 되는 상황에 더 끌리고 만다. 커피숍 안의 사람들은 선우의 출현이 무료한 일상의 돌파구이기라도 한 듯 심심할 때마다 선우와 여자를 쳐다보고 있었다. 여자는 불편해하면서도 특별한 시선들을 즐기고 있다. 아마 여자는 이런저런 연애 경력 중 물구나무서서 다니는 괴짜와의 스캔들에 최고의 소장 가치를 부여할 것이다.

물구나무서기가 매스컴을 통해 과대 포장되어 소개된 뒤로, 그간 미친놈 취급을 받았던 선우는 돌연 기인이며 철학자로 알려지게 되었다. 세상에 대한 심오한 어떤 관점이 선우에게 있음이 틀림없다고 떠드는 사람들이 생겨나게 된 것이다. 청하지 않았는데도 몇몇 저명한 사람들이 그를 이상과 현실의 틈, 경계 속 경계의 인간으로 평가하고 있었다. 누군가는 수년 전에 검은 돼지를 끌고 다니다가 자살한 전위예술가의 부활이라고 했고, 또 누군가는 침묵하지 말아야 할 목소리의 사회적 현현을 보여주는 신의 계시라고도 했다. 사이버 공간을 떠돌아다니는 소문은 무성했다. 선우가 어떤 인터뷰에도 묵묵부답으로 일관했기에 추측들은 더욱 난무했다. 다행인 것은 이 시대에는 어떤 것도 오래가지 않는다는 점이었다. 한동안 검색어 순위의 상위권에 있었던 선우에 관한 기사는 딱 그 '한동안'의 한계만큼만 생명력을 가졌다. 참을성 없는 사람들의 호기심이라는 것이 8년을 물구나무 서온 선우의 끈기를 결코 능가할 수 없었던 것이다. 선우는 그러거나 말거나 개의치 않았다. 그의 관심은 오직 하나, 녀석에게만 있었기 때문이다.

선우는 영화관 대신 자러 가자고 했어도 여자가 따라왔을 것이라 생각한다. 결국 이렇게 쉽다. 녀석을 제외하고 그 어떤 세상도 선우에게는 어렵지 않았다.

3

열네 살 선우는 학교에 갈 때도, 수업을 할 때도, 집에 있을 때도 거꾸로 서서 다니는 것을 포기하지 않았다. 의자에 앉을 때도 물구나무선 채 기대듯 구겨져 있었고, 식사를 할 때도 그렇게 머리를 아래로 내린 채 먹었다. 화장실? 그 역시 몇 번 얼굴에 소변이 튀어 애를 먹기는 했지만 곧 익숙한 기울기를 유지할 수 있게 되었다. 물론 거꾸로 서서 샤워를 하는 일은 더 큰 불편함을 주었다. 게다가 욕실은 아무래도 미끄러워서 때때로 위험한 상황들이 생기기도 했다. 당연히 일은 순탄하게 진행되지 않았다. 선우는 자주 토하게 되었고, 소화불량에 시달렸으며, 목과 등에 심한 통증을 느끼기도 했다. 문제는 선우 개인에게만 국한되지 않았다. 같이 공부하는 학생들이 동요하기 시작했고, 이어 학부모들의 항의가 잇따랐다. 학교 선생님이 선우의 부모를 불렀고, 교칙에 대한 꼼꼼한 검토가 이루어졌으며, 상담 교사와 정신과 의사들이 그를 보러 오기도 했다. 선우는 위염에 디스크 비슷한 증상으로 한동안 곤욕을 치르기도 했고, 다양한 종류의 신경안정제 투여와 함께 병실에 갇히는 벌을 받기도 했다. 설득으로 되지 않자 선우의 아버지는 더 이상 참지 못하고 폭력을 행사하기도 했다. 어머니의 눈물 어린 호소야 이루 말할 것도 없었다. 하지만 선우는 포기하지 않았다. 침대에 누인 채 기절 상태로 있다가도 눈을 뜨면 다시 물구나무서서 돌아다녔다. 선우의 인생은 이미 그와 이름이 같은 박선우, 녀석을 극복하기 위한 무대로 나아가고 있었던 것이다.

선우는 자신과 성, 이름이 모두 같은 박선우를 중학교에 들어오면서 만났다. 두 박선우가 한 교실에 있다는 사실을 알았을 때 선생님은 좀 당황해했다. 이름과 성까지 같은 아이들을 한 반에 배치하는 일이 흔하지는 않다는 게 교직 생활 10년째인 선생님이 당황해한 이유였다. 다들 둘을 구분하여 부르기 위해 머리를 모았다. 출석부 번호를 이름과 함께 붙여 부를 수 있었지만, 선생님은 죄수 이름 부르듯 하고 싶지는 않다며 아이들의 의견을 구했다. 누군가가 '여드름 선우'와 '비여드름 선우'로 나누어 부르자며 우스갯소리를 했으나 간단히 무시되었다. 두 박선우

중 하나의 얼굴에 여드름이 조금 나 있었지만, 여드름은 곧 누구에게나 날 수 있는 것이었기 때문이다. 둘 다 희지도 검지도 않은 살갗이라 피부색으로 나누기도 어려웠다. 덩치로 나누어 '큰 선우'와 '작은 선우'로 부르자는 의견은 제법 이치에 맞는 듯 보였지만, 막상 세워보니 둘의 키는 비슷했다. 누가 더 뚱뚱하지도 날씬하지도 않았다. 선생님이 도무지 결정을 내리지 못하고 있는데, 똘똘하게 생긴 여자아이 하나가 한쪽은 그냥 '선우'로 부르고 다른 한쪽은 '박선우'로 부르자는 안을 내었다. 선생님은 자신이 더 창의적이지 못함을 비관이라도 하는 듯 힘없이 동의했다. 정작 선생님은 그렇게 정하고도 누가 선우인지 누가 박선우인지를 자주 헷갈려 했으나 아이들은 그렇지 않았다. 곧 누군가는 선우가 자주 인상을 찌푸리고 박선우가 더 자주 웃는다며 '우는 선우'와 '웃는 선우'로 나누어도 되겠다는 의견을 내기도 했다. 어찌 되었거나 이 명명은 아이들 사이에서 완전한 동의를 얻어내어 꽤 오랫동안 효력을 발휘했다. 선우는 자신의 이름이 늘 성 없이 불리는 것에, 박선우는 자신의 이름이 늘 성과 함께 불리는 것에 익숙해져갔다. 선우가 물구나무를 서기 시작하면서 아이들은 더욱 극명하게 선우와 박선우를 구분할 수 있었다. 물구나무서는 선우는 이제 단 한 번도 물구나무서지 않는 박선우와 혼동되지 않았다. 하지만 선우가 물구나무선 이유가 박선우 때문이라는 것은 아무도 알지 못했다. 선우가 물구나무서서 다니면서 아이들은 점점 선우를 두려워하게 되었다. 선우는 아무 것도 참지 않았고 가볍게 보아 넘기지 않았다.

— 선거는 민주주의의 꽃이다. 보통선거, 평등선거, 직접선거, 비밀선거가 4대 원칙이다.

사회 선생이 설명하면 선우는 기다렸다는 듯 토를 달았다.

— 범죄자가 투표할 수 없는 것은 보통선거의 원칙에 위배되지 않나요? 억울하게 감옥에 있는 범죄자는요?

체육 선생과는 더 자주 부딪혔다. 달리기도 구기운동도 그 어떤 것도 선우는 할 수 없었기 때문이었다.

— 저는 그런 거 하지 않아도 체력이 튼튼해요. 심신의 조화를 위한 것이라면 그 정도는 제가 알아서 관리합니다.

선우가 아이들에게 미칠 악영향을 우려하는 목소리가 학부모들과 교사들에 의해 끊임없이 제기되었다. 퇴학이나 정학에 대한 논의가 여러 번 일기도 했다. 하지만 학교는 매번 '중학교라도 졸업을 하게 해 달라'는 선우 부모의 눈물 어린 호소를 받아들이지 않을 수 없었다. 선우 아버지가 거액의 기부금을 학교에 냈다는 소문이 파다했다.

물구나무서서 다니는 선우의 주위에는 그를 신기해하는 아이들이 많았다. 선우는 괴짜라며 경원시하던 마음들이 시간이 지날수록 경외감으로 바뀌는 것을 보았다. 그는 어떤 것에든 딴죽을 걸었고 몽니를 부렸다. 그러나 선우가 날카롭게 대할수록 친구들은 더욱 부드러워졌다. 선우는 유독 박선우에게 더 거칠게 굴었다. 반면에 박선우는 어느 누구에게나 친절했는데 특히 선우에게 더 살갑게 굴었다. 박선우는 선우의 물구나무서기가 자신으로부터 비롯되었다는 것을 전혀 알지 못했다. 선우가 주변과 담을 쌓으려는 것에 대해 박선우는 진심으로 걱정하고 안타까워했다.

— 야, 네네네네 박선우. 너는 아니오는 모르지?

선우가 그렇게 비아냥거리면 박선우는 다만 웃을 뿐이었다. 선우가 물을 달라면 제 물을 주었고, 가방을 들라면 또 그렇게 시키는 대로 가방을 들어주었다. 박선우가 결코 친절함과 상냥함을 잃지 않는 것에 대해 선우는 더욱 분개했다. 선우는 박선우를 쓰러뜨리기 위해 무슨 일이든 하고 싶었다. 하지만 방법이 생각나지 않아 참을성 있게 학교를 다녔다. 학교에서 박선우를 만날 때마다 선우는 이를 갈았다.

선우는 이름이 같은 박선우가 처음부터 싫었다. 어쩐지 웃음이 헤프고 어쩐지 말랑말랑해 보이는 녀석이 거슬리는 이유가 비단 이름이 같아서는 아니었다. 선우는 명료하지 않은 감정들이 대충 아무렇게나 얼버무려져 있는 것을 참지 못했다. 배려를 가장한 위선, 박애를 가장한 무마 등은 선우가 가장 역겨워하는 것들이었다. 선우의 눈에 박선우는 그런 재수 없는 것들을 다 가지고 있는 녀석이었다. 박선우는 조금 손해를 보건 많이 손해를 보건 동요하지 않았고, 무시를 당하거나 따돌림을 당해도 노여워하지 않았다. 박선우는 그 어떤 것도 부정하거나 거부하지 않았다. 누가 변덕을 부려도 그래 한마디로 분위기를 좋게 만들었고, 누가 때려도 배알 없는 놈처럼 다시 웃었다. 물건을 잃어도 혹은 뺏겨도, 이유 없이 공격을 당해도 우울해하지 않았다. 열네 살 선우는 그런 박선우을 철저히 뭉개버리고 싶었다. 그의 인내나 위선을 모두 짓밟아버리고 싶었다. 열네 살이지만 선우는 알 만한 것은 다 알았다. 선우는 그랬다. 그는 박선우의 실체를 까발리기 위해 노력했고, 그래서 마침내 고양이를 삶아 먹는 할머니에게도 데려간 것이었다. 박선우의 눈에서 절망을 보고야 말리라, 세상에 가득한 모순에 대해 실토하게끔 만들고야 말리라, 작정한 행보였다. 유달리 동물을 귀여워하는 박선우이기에 결코 참지 못할 줄 알았다. 하지만 박선우는 초심만 있을 뿐 변하는 마음 같은 것은 애초에 가지고 있지 않다는 듯 한결같았다. 선우는 이를 갈았고 분통을 터뜨렸다. 선우는 물구나무서기를 통해 영원히 박선우에게 대적하기로 마음먹었다.

4

녀석은 요즘 기독교 신앙에 심취해 있다. 종교에 빠져 지낸 것은 사실 어제오늘 일은 아니다. 그는 대학 생활 내내 어떤 종교에 기대고 있었다. 그렇다고 박선우가 종교에만 빠져 있었던 것은 아니다. 그는 자주 어떤 것에든 홀려 지냈다. 박선우는 클래식 마니아였고, 스포츠 광이었으며, 독서를 즐겼다. 사실 그는 남들이 하는 일은 모두 다 했다. 화장실에서의 수음도, 포르노 영상을 다운 받아 보는 것도, 술을 마시는 것도, 도박을 하는 것도 어느 하나 그의 자리에서 튕겨 나가는 일은 없었다. 그 많은 일들에 어쩌면 그렇게 진솔하게 흡입될 수 있는지 신기해하는 사람들이 많았다. 비록 금방 다른 곳으로 향하는 분방한 관심 때문에 오래 지속되지는 못했지만 말이다. 그중에서도 종교는 녀석이 한층 더 몰입하는 분야였다. 불교, 천주교, 이슬람교, 심지어 동학사상까지 그가 공부하지 않은 것은 없었다. 이미 교리 정도는 알고 있었음에도 녀석이 최근 기독교로 간 것은 기독교를 믿는다는 사람들의 엄청난 위악 때문이라고 했다.

오늘도 녀석은 불쑥 선우의 집을 찾아와 성경을 뒤적거리고 있다. 그는 선우의 적대감은 눈곱만큼도 알지 못한다는 듯 다정하게 말을 건넨다.

— 선우야, 신의 사랑은 정말 위대한 것 같아. 우리는 그 사랑의 조각들이니 결국 신인 거지.

선우는 대꾸도 하기 싫지만, 녀석을 전복시키기 위한 사소한 꼬투리라도 찾기 위해 심드렁하니 응대한다.

— 사랑의 조각들이 왜 가족을 죽이고, 친구를 등쳐먹고, 모르

는 여자를 강간하는 거지?

— 인간은 원래 악한 존재야. 창조주의 사랑을 깨닫고 회개하지 않으면 결코 영생의 인간이 될 수 없는 거야, 그래서.

선우는 또 다른 실연의 시작 단계에 빠져 있는 것이 틀림없을 텐데도 여전히 명랑함을 잃지 않는 박선우를 증오에 찬 눈으로 쏘아본다. 어째서 저 녀석은 낙담하지 않는 것일까? 어째서 모든 것을 희망 아닌 것으로 설명할 수 없는 것일까? 세상은 이렇게 더러운데, 이렇게 치사한데 말이다. 그를 우울하게 만들고 싶어 안달이 난 선우는 참지 못하고 물어보고 만다.

— 너 그 여자, 요즘 연락 안 오지?

녀석도 알고 있을 것이다. 이번에도 여자가 선우 때문에 자신을 떠났다는 것을. 선우는 언제나 박선우의 여자들이 자신에게 왔다는 것을, 그것도 매우 자세한 과정과 함께 녀석에게 알려주었다. 폭발하는 모습을 보기 위해서였다. 더 이상 참지 못하고 선우에게 덤벼들어 증오하고 경멸하는 모습을 보기 위해서였다. 부처님 가운데 토막 같다는 녀석의 심장을 갈기갈기 뜯어버리기 위해서였다. 하지만 박선우는 그다지 슬퍼 보이지도 않는 얼굴로 다만 이렇게 말할 뿐이었다. 그렇게 떠날 여자였으면 언제 떠나도 떠나. 네가 워낙 매력 있으니까 그런 거지.

이번에도 크게 다르지 않다. 박선우는 잠시 고민하는 듯하더니 명료하게 말한다.

─ 그 친구 꽤 괜찮아. 괜히 나 때문에 밀어내지 말고 잘해봐. 너라서 다행이야.

선우는 점점 지쳐가는 자신을 느낀다. 자신이 일부러 녀석의 여자 친구를 빼앗은 것이라고, 네가 정말 싫어서 그랬다고 말해봤자 별 소용이 없을 것이다. 사실 박선우를 상처 줄 만한 말은 무수히 해왔다. 그러나 그 어떤 말을 해도 박선우는 선우에 대한 신뢰를 멈추지 않았다. 중학교, 고등학교를 거쳐 대학생이 된 지금까지도. '너를 죽여버리고 싶다'고 해도 박선우는 다만 훌쩍거리며 자신이 좀 더 잘하겠다는 다짐을 할 뿐이었다. 선우는 녀석이 골프채의 소재라는 티타늄 같은 놈이라 생각한다. 엄청난 힘으로 휘둘러도 부러지지 않고 단지 깡, 하는 강단 있는 소리를 낼 뿐인 가볍고 단단한 재질. 녀석이 자극을 받을 수 있는 계기라는 게 있다면 선우는 그야말로 지옥에라도 다녀오고 싶은 심정이었다.

선우는 성경책의 얇은 종이 위에 형광펜을 그어대고 있는 박선우의 옆에서 바둑을 두고 있다. 아래위 구별이 없는 바둑은 선우가 거꾸로 서 있다는 사실을 의식하지 않게 해주는 유일한 오락 거리이다.

─ 차라도 한 잔 줄까?

갑자기 박선우의 얼굴이 선우의 코앞에 나타난다. 그가 물구나무선 것이다. 선우가 제대로 된 사람의 얼굴을 보는 순간은 여자와 정상 체위로 섹스를 할 때뿐이다. 남자의 얼굴, 그것도 박선우의 얼굴은 그래서 새삼 낯설다. 그러나 선우는 천진난만해 보이는 그 얼굴이 독초처럼 자신의 피를 말렸고 살을 태웠음을 잊지 않는다. 선우에게는 너무 오랫동안 잎들이 뿌리처럼 하늘에 박혀 있었고, 입이 눈처럼 갸름한 머리에 붙어 있어왔다. 그에게 세상은 아직도 흙을 차고 낙엽을 바스러뜨리는 신발들로 가득 차 있다. 선우는 열네 살에 스스로 상정한 도전의 자리에서 바퀴를 이고 달리는 자동차에 눈을 길들였고, 무거운 땅의 지붕에 지각을 순응시켰다. 그러므로 그는 가끔 사진 속의 모습에서 실제 형상을 제대로 떠올리지 못하기도 하던 터였다. 어째서 역삼각형이 아닌 삼각형 모양의 산들인 것인지, 어째서 물빛 하늘에 꽂혀 있는 집들이나 가로등들이 아닌 것인지 선우는 이해할 수 없었다. 살아가는 만큼, 딱 그만큼 빡빡하게 오해로 메워지는 세상을 선우는 점점 더 증오하게 되었다.

　제대로 가까이서 보는 녀석의 얼굴은 불쾌감을 증폭시킨다. 선우는 굳이 자신의 표정을 감추지 않는다. 하지만 박선우는 빨개진 얼굴로 배시시 웃을 뿐이다. 윗도리를 단정하게 바지에 넣은 선우와 달리 대책 없이 물구나무선 박선우는 겨드랑이까지 옷이 내려가 맨몸을 드러내고 있다. 별다른 운동을 하지 않아도 군살 하나 없는, 몸매마저 축복을 받고 태어난 녀석이다. 선우는 복근에 열십자가 이어진 박선우의 몸을 복잡한 심경으로 바라본다. 선우는 아무리 미워해도 떠나지 않고, 비난과 질시에 아랑곳 않을 뿐만 아니라 심지어 그런 자신을 이해하는 것처럼 보이기도 하는 박선우를 정말 죽었다 깨어나도 이해하지 못할 거라는 생각을 한다.

— 쓸데없는 짓 말고 차나 한 잔 줘.

선우는 녀석을 눈앞에서 치우기 위해 짐짓 시선을 외면한 채 차를 주문한다. 그가 신음 소리를 내면서 바닥에 풀썩 쓰러진다.

— 오랜만에 서봤더니 잘 안 되네.

넘어지고서도 헤헤 웃는 박선우를 선우는 더 이상 바라보지 않는다.

5

여자는 선우가 샤워하는 모습을 신기하다는 듯 바라보고 있다.

— 보는 사람도 없는데 편하게 샤워해도 되잖아? 물 먹어가면서 위험하게 거꾸로 서 있을 필요 있어?

내 싸움의 상대는 그 '보는 사람'들이 아니니까. 하지만 선우는 대꾸하지 않는다. 박선우가 완전히 넋을 빼고 있었기에 이번에는 정말 좀 다른 여자인가보다 했었다. 하지만 그녀 역시 무모한 호기심을 굉장한 모험쯤으로 착각하는 여느 여자들과 다르지 않았다. 여자의 관심사는 거꾸로 다니는 선우가 잠자리는 어떻게 하는지 정도에 지나지 않은 듯 보인다.

여자는 다른 것을 기대했는지 모르지만 선우는 다만 침대에 누웠을 뿐이다. 물구나무서서 다닌다고 해서 섹스까지 거꾸로 서서 할 것이라고 생각했다면 오산이다. 선우는 그런 표정으로 여자를 본다. 하지만 여자는 전혀 실망한 눈치가 아니다. 여자는 거울을 들여다보며 꼼꼼히 화장을 고치고 있다. 이번에도 기름종이를 사용해 피지를 제거한 후 분을 두드린다. 선우는 나체인 여자의 화장하는 모양이 제법 신선하다고 느낀다.

— 잠도 누워서 자는 거지?

— 그럼 물구나무서서 잘 거라 생각했어? 의식이 깨어 있으면 자는 게 아니잖아.

— 나, 자기 진짜 사랑하게 된 것 같아.

— 진짜 사랑하게 되는 것도 있고, 가짜로 사랑하게 되는 것도 있나?

— 사랑이라는 말 자체가 모호하긴 하지.

— 세금 내고 집을 사도록 만든 사람들과 마찬가지로, 사랑에 대해 정의한 사람들 역시 내가 한 번도 동의한 일이 없는 자들이야.

— 내 생각도 그래. 사랑이 진짜 뭐냐고?

여자는 이제 화장품을 파우치에 모두 쓸어 넣었다. 화장대에는 구겨진 기름종이 몇 장만이 남았다. 선우의 시선이 기름종이에 머무른 것을 알고 여자가 말한다.

　— 그런데 기름종이는 앞면, 뒷면 구분이 없는 거 알아? 물론 고급이라면서 일부러 앞면, 뒷면을 만든 것도 있지만.

　선우는 다시 여자와의 대화가 지겨워진다. 집값이나 세금 얘기와 다를 바가 없다. 녀석에게 아무런 상처도 주지 못할 바에야 여자를 계속 만나는 것은 의미가 없는 일일 것이다. 뭐가 더 남은 것일까? 피지를 흠뻑 머금은 기름종이? 선우는 일순 모든 것을 포기해버리고 싶다. 박선우를 넘어뜨리는 것 따위는 다 잊고, 녀석에게 목숨 걸었던 지난 세월 따위는 정말 다 잊고 지금이라도 당장 두 발로 서버릴까 싶다.

　— 박선우 때문이지?

　여자의 질문에 선우는 하마터면 피우던 담배를 떨어뜨릴 뻔한다.

　— 자기, 박선우 싫어하는 거잖아. 그래서 나랑 만나는 거고.

　아둔해 보이지는 않았지만 그런 걸 어떻게 알았을까? 선우는 갑자기 맨몸으로 누워 있는 자신에게 몹시 화가 난다. 옷을 벗어서, 물구나무서고 있지 않아서 여자가 그 사실을 알게 되기라도 한 것처럼. 선우는 여자의 질문에 대답하지 않는다. 그 고단한 세월에 대해 아무것도 설명할 수 없기 때문이다. 결코 설명하지 않을 것이기 때문이다. 선우는 짐짓 나무라는 듯한 얼굴로 여자를 바라본다. 시치미를 뗄 것인지 말 것인지 망설이고 있는 것을 숨기기 위해서다.

— 내가 도와줄게.

일어나 앉아 담배를 무는 여자는 선우의 갈등마저 읽어낸 것인지 태연자약하다. 무릎을 구부리고 동그랗게 말아 앉은 여자의 등뼈가 눈부시다. 선우는 여자를 보지 않기 위해 돌아눕는다. 여자는 선우가 말하지 않아도 정확히 그가 무엇을 원하는지 알고 있다는 듯 낮게 웃음을 흘린다. 흐린 불빛 아래서 담배 연기가 구불구불한 그림을 만들어내고 있다. 여자는 대수롭지 않은 대중가요의 가사를 읊조리듯 무심하게 말한다.

— 오랑캐로 오랑캐를 잡는다. 박선우로 박선우를 잡아야지.

— 알지도 못하면서 참견하지 마.

— 박선우의 역방향에서 그를 잡는 것은 불가능해. 그가 가는 방향으로 더 밀어야지. 결국 그 방법밖에 없을 거야.

선우는 여자의 말이 정확히 무엇을 의미하는지 알 수 없지만, 여자가 상황을 이해하고 있다는 것만은 알 수 있다. 역시 조금 다른 데가 있는 것인가? 그러나 선우는 여자에게 솔직해지고 싶지 않다. 그가 하고 있는 사랑이 이미 거짓으로 가득 차 있기 때문이다. 선우는 앉아 있는 여자 쪽으로 돌아눕는다. 스탠드의 불을 끄고 여자를 눕히는 순간 여자의 작은 몸이 선우의 복잡한 마음을 일시에 정돈한다. 지나치게 부드러운 피부, 코코넛 향이 나는 머리카락, 적당한 자극을 줄 줄 아는 가는 손톱. 순간 불꽃놀이처럼 여자의 말이 그림으로 떠올랐다 사라진다. 이이제이以夷制夷. 그렇다. 왜 여태 그 생각을 하지 못했을까? 박선우는 선우가 이제껏 해온 그 어떤 방법에도 눈 하나 깜짝하지 않았다. 그러니 그런 방법을 더 밀고 나간다는 것은 그야말로 미련을 떠는 일일 뿐이다. 미래를 밀어대는 과거가 아니라 과거를 끌어당기는 미래……. 그래, 바로 그것일지 모른다. 같은 방향으로 뛰는 거다. 여자는 이미 오르가슴에 도달하고 있는데 선우는 좀처럼 여자의 몸에 집중할 수가 없다. 선우의 생각은 완전히 몸을 떠나 지극히 멀고 어두운 곳으로 달려가고 있다. 선우와 상관없이 홀로 극에 달한 여자가 신음을 토해내며 말한다.

— 어차피 한 장의 종이야. 앞뒤를 구분할 수 없는 한 장의 기름종이일 뿐이라고.

선우는 여자가 허투루 뱉은 말이 아님을 알고 있지만, 정확한 의미를 파악하고 싶지 않아 대꾸하지 않는다. 의미를 파악하는 일 따위, 지금은 중요하지 않다. 그러기에는 너무 오랜 시간을 물구나무서왔기 때문이다. 선우는 아무것도 듣지 않기 위해, 아무것도 생각하지 않기 위해 자신의 입으로 여자의 입을 막아버린다.

6

선우는 바닥을 특수 처리한 두툼한 장갑을 끼고서 박선우의 집으로 간다. 대중교통을 이용하지 않기 위해 학교 근처에 얻은 선우의 집은 새로 아파트를 분양받아 이사한 박선우의 집에서 그다지 멀지 않다. 하지만 버스나 지하철을 타지 않고서, 그것도 물구나무서서 가기에 적절한 거리라고는 할 수 없다. 그러나 선우는 조금도 힘겨운 것을 느끼지 못하며 집요하게 박선우를 향해 나아간다. 학교 주변을 벗어나자 그를 신기하게 쳐다보는 사람들이 점점 많아진다. 캠퍼스에서야 이제 그를 모르는 사람이 없는데 조금만 행동반경을 벗어나도 쏠리는 시선들이 적지 않다. 찬바람이 땀방울 흐르는 선우의 상기된 얼굴을 식혀준다. 벌써 12월이다. 이번 해가 가면 선우도 대학 4학년. 인생의 목표 비슷한 것을 세우고 한창 정진했어야 할 시기에 선우는 완전히 엉뚱한 것을 향해 물구나무서왔다. 그러나 돌이켜 생각해도 물구나무서기는 박선우를 만난 선우에게 필연적인 것이었다. 선우는 결코 못 본 체 그냥 넘어갈 수 없었을 것이다.

박선우는 어느 종교에서건 보이던 광적인 희열 상태에 들어서 있다. 방언 은사를 받아보겠다며 기도원에도 다녀오더니, 친한 사람을 만나기만 하면 사랑한다며 눈물부터 터뜨려대고 있었다. 선우는 전 같으면 발로 차버렸을 그 상태의 박선우를 일부러 찾아간 셈이다.

― 나를 다 찾아오다니. 정말 굉장한데, 오늘은?

― 그냥 지나던 길이라니까.

— 암튼 선우야, 너도 예수를 좀 이해해봐.

박선우는 애써 몸을 구부려 발갛게 충혈된 눈으로 선우를 바라본다.

— 예수는 말이지, '인간을 위해 죽을 수도 있는 신'의 다른 이름이야. 정말 놀라워. 나 같은 미천한 사람을 위해 신이 목숨을 걸다니.

— 그래서 넌 목사라도 되겠다는 거냐?

— 그 정도가 아니야. 선우야, 난 신과 동행할 거야.

— 동행?

— 그래, 그가 나를 얼마나 사랑하는지 알았거든. 그분 안에 참 평화가 있어.

— 넌 절에 다닐 때도 평화롭다고 했어.

— 이건 그런 평화와는 또 달라. 물론 아힘사의 경지에 오르는 것도 평화롭긴 하지. 하지만 이번에 내가 느끼는 것은 내 근원에 대한 성찰 중 심오한 확장에서 기인한 거야. 아, 빨리 신을 만나고 싶어.

— 저번보다 상태가 더 심각한데?

— 그게 아니야, 선우야. 네가 이 진리를 알게 되면 좋을 텐데.

— 너는 매번 '이번에야말로 진리를 찾았다'고 말하지.

선우는 익히 보아왔던 모습이지만 단순하고 무식한 박선우의 태도에 또 한 번 놀란다. 여자의 말에 따르면 바로 이 점을 이용해야 한다. 박선우의 절대적인 순응주의, 바로 이것으로 그를 무너뜨려야 하는 것이다.

박선우가 성경을 옆으로 치워놓고 커피를 내리는 사이, 선우는 두 손으로 방 안을 왔다 갔다 한다. 박선우가 쿠키 몇 개를 접시에 놓으면서 의아한 듯 그런 그를 바라본다. 벌써 나왔어야 할 선우의 경멸 섞인 비난이 자취를 감추고 있기 때문일 것이다. 심하게는 발차기도 당했던 박선우다.

― 무슨 고민 있어?

선우는 박선우의 말을 가볍게 무시한다. 자신이 속한 환경 어떤 것에도 반기를 드는 법이 없는 박선우다. 전쟁을 해야 한다면 전쟁을 하자고 할 것이고, 평화를 위해 죽어야 한다면 죽는 것도 마다하지 않을 녀석이다. 누구라도 그렇다고 하면 너무 쉽게 그런가보다 하는 그이고, 그렇지 않다고 해도 소란스럽지 않게 이해해버리는 그인 것이다.

얼마 지나지 않아 선우는 자신이 떠올린 묘책에 스스로가 깜짝 놀라 손걸음을 멈추고 만다. 그게 가능한 것일까? 박선우가 그런 것까지도 받아들일까? 선우의 심장이 심하게 뛴다. 잘 찾아오지 않던 희망이 이제야말로 그에게도 한 번 눈웃음을 흘리는 것인지 모른다. 신을 만나고 싶다는 박선우. 그에게 신을 만나러 가라고 부추긴다면…….

7

여자는 때아니게 등산을 가자는 선우를 의아하게 바라본다.
— 그런 거 싫어하잖아?
— 지금부터 좋아해보려고.

선우는 마음이 급하다. 오늘이 아니라 내일일 수도, 내일이 아니라 며칠 더 지나야 할 수도 있다. 하지만 지금 당장 선우는 몸을 혹사하지 않고는 버텨낼 수가 없다. 몸속 세포 하나하나가 곧 일어날 사태를 예고하고 있기 때문이다. 일단 확신하면 주저하지 않는 성격이니 조만간에 어떤 일이든 벌어지고 말 것이다. 만약 정말 그렇게 된다면…….

선우는 여자가 가지 않으면 혼자라도 가겠다는 기세로 커피숍을 나선다. 자동문이 채 닫히기 전에 여자가 따라나선다. 피우던 담배를 그대로 손에 든 채다.

— 무슨 일 있는 거지? 어느 산으로 갈 건데?
— 박선우네 학교가 잘 내려다보이는 산.

여자도 짐작이 가는 것인지 안색이 변한다. 선우는 거꾸로 보는 여자의 얼굴이 물방울처럼 생겼다고 생각한다. 좁고 뾰족한 그녀의 턱이 미세하게 경련을 일으킨다.

날은 춥다. 박선우는 그렇게 할 것이다. 언제나 뒷일 같은 건, 두려움 같은 건, 그리고 선우 따위는 생각하지 않는 그니까. 선우의 고통 따위는 정말 염두에도 두지 않는 녀석이니까.

　박선우의 학교 건물을 모두 내려다볼 수 있는 곳으로 학교에 매우 근접해 있는 주상 복합 아파트가 있기는 하다. 하지만 선우는 일부러 오르기 힘든 산을 택한다. 학창 시절을 모두 던져가며 기다려온 장면인데, 엘리베이터를 타고 올라가 너무 쉽게 구경할 수는 없기 때문이다. 뾰족한 솔잎들을 장갑 아래로 느끼며 선우는 산을 탄다. 여자가 가까운 거리에서 선우와 동행한다. 여자의 맵시 나는 힐은 진흙에 빠지고 낙엽이 묻어 엉망이다. 그래도 여자는 불평하지 않는다. 그녀 역시 모종의 긴장감에 빠져 있기 때문일 것이다. 선우의 몸통에서부터 땀방울이 흘러나와 목으로, 얼굴로, 다시 이마 너머로 사라지고 있다. 눈을 제대로 뜰 수가 없다. 선우는 거꾸로 선 나무들이 웅얼거리는 소리를 듣는다. 후회할 거야. 저음의 에코가 그 소리를 받는다. 끝날 거야. 후회할 거야. 끝날 거야.

　아악!

　갑자기 선우의 입에서 비명이 새어 나온다. 십 년 가까이 선우의 발을 대신한 손에서 붉은 피가 흘러나온다. 흙과 나뭇잎 아래에 도사리고 있던 유리에 손을 찔린 것이다. 특별히 만들어진 선우의 장갑이지만 유리 조각의 날카로움을 당해내지 못했다. 선우는 그대로 쓰러진다. 무리하게 올라와 체력이 떨어지기도 했지만 눈물 때문에 시야가 흐려진 탓도 있다. 여자가 놀라서 선우의 장갑을 벗긴다. 엄지 바로 아래 손바닥이 제대로 깊게 베였다. 벌건 손바닥에 벌건 피가 낭자하다. 선우는 핏빛으로 타올랐던 오래 전의 고양이를 떠올린다. 고양이를 먹던 노파를 떠올린다. 그 할머니는 왜 그리도 오래 살고 싶어 했던 것일까? 왜 고양이를 껍질 벗겨 먹어가면서까지 지병을 고치고 싶어 했던 것일까? 여자가 자신의 손수건으로 서둘러 지혈을 한다.

— 더 이상 못 가겠어. 돌아가자.

여자가 애원한다. 하지만 선우는 여자의 말을 따를 수가 없다. 그럴 수가 없어. 그럴 수가 없다니까. 여자는 당황한다.

— 내가 괜한 말을 했어. 난 그냥 대수롭지 않게 생각했어. 박선우가 정말 그러진 않겠지?

선우는 대답하지 않고 다시 물구나무서기 위해 팔에 힘을 준다. 박선우는 그러고도 남을 놈이야. 언제나 그래왔던 놈이니까. 언제나 모든 것을 그렇게 떠안았던 놈이니까. 여자가 운다.

— 제발 돌아가.

선우는 마지막 힘을 짜내어 다시 산을 오른다. 여자는 더 이상 따라오지 않는다. 산을 내려오던 다른 등산객 몇몇이 선우와 여자를 흘낏거리며 지나친다. 선우는 이번에야말로 끝을 보고 말리라 다짐하며 이를 악문다.

드디어 박선우의 학교가 내려다보이는 곳에 다다랐다. 하지만 물구나무선 선우의 시야에는 그 어떤 것도 확실히 잡히지 않는다. 네모지거나 둥그런 건물들이 보이는 건 맞지만, 선우의 눈에 더 확실히 들어오는 것은 껍질 굵은 나무들이다. 선우는 물구나무선 채로 박선우를 볼 수 없음을 깨닫는다. 그가 떨어지는 모습을 결코 보지 못할 것이다. 선우는 다시 쓰러진다. 그는 앞뒤를 구분할 수 없는 기름종이에 불과하다는 여자의 말을 이해하게 될까봐 겁을 먹는다. 까치 한 마리가 종종거리며 주위를 배회한다.

8

박선우는 선우의 예상보다 더 빨리 움직였다. 선우가 산에 다다르기 전에 박선우는 자신의 학교가 아니라 집에서 뛰어내렸다. 아파트 7층에서 사람이 뛰어내렸다는 뉴스는 어디에도 나오지 않았다. 하지만 박선우가 7층 높이에서 뛰어내리고도 숨이 붙어 있었으며, 석 달간의 긴 수술 끝에 회생했다는 기사가 몇몇 인터넷 사이트에 오르기는 했다.

선우는 박선우가 병원에 있는 내내 밥을 먹지도, 학교에 가지도 않았다. 선우의 부모들이 박선우가 있는 곳과는 다른 병원에 그를 입원시켰다. 선우는 더 이상 물구나무설 수 없었다. 아니, 당장은 일어나 앉을 수도 없었다. 병 아닌 병에 걸려 무력감의

늪에 빠져든 선우는 누워 있는 내내 박선우를 생각했다. 신과 빨리 만나면 되겠네. 그렇게 사랑하는 신이라면. 자살을 금지하고 이런저런 교리를 만든 건 인간들이잖아. 신 또한 너를 빨리 만나고 싶어 하는지 모르지. 넌 이미 신을 이해했으니까.

박선우는 역시 선우의 예상에서 크게 벗어나지 않았다. 그는 자신이 포용하는 세상을 향해 가차 없이 몸을 던졌다. 선우는 수액으로 하루하루를 연명하는 동안 8년간의 물구나무서기를 생각했다. 하지만 아무리 오래 생각해도 어쩐 일인지 후련한 기분이 되지는 않았다. 선우는 아주 많이 우울했다.

사람들이 기적이라고 말하는 일이 일어났다. 뇌 손상이나 신체 마비나 그 어떤 치명적인 후유증 없이 박선우가 회복되었던 것이다. 복수가 차올라서 풍선 같았던 그의 배도 가라앉았고, 퉁퉁 부어 형체를 알아볼 수 없었던 얼굴도 윤곽을 찾았다. 그의 부모와 그를 아는 모든 사람들은 하늘이 그를 돌본 것이라 입을 모아 말했다.

9

선우는 병실에 누운 채 절뚝거리며 자신을 찾아온 박선우를 맞았다.

— 선우야, 신은 아직 내가 여기서 더 살기를 원하신다는 걸 알았어.

선우는 박선우를 똑바로 쳐다보지 않는다. 못하는 게 아니라 않는다는 것은 그가 얼마만큼 박선우에게 넘어갔는지를 가늠하게 한다. 선우는 여자가 선물로 놓고 간 새 장갑을 물끄러미 바라본다. 바닥에 두꺼운 고무를 댔지만 스타일을 잃지 않은 특수 장갑이다. 정말 꽤 괜찮은 여자라는 생각을 한다. 하지만 다시 만나게 되지는 않을 것이다. 선우는 여자가 즐겨 사용하던 기름종이를 떠올린다. 드러나지 않았던 기름을 단박에 드러내 보여주는 얇고 투명한 종이.

— 저 장갑 버려줄래? 토 달지 말고.

박선우는 놀라면서도 선우의 요구에 순순히 응한다.

— 선우야, 왜 못 일어나는 거야? 내가 일어났는데 왜 네가 이렇게 누워 있는 거야?

선우는 바보 같고 융통성 없으며, 무식하고 단순한 박선우를 아직도 똑바로 쳐다보지 않는다. 못하는 게 아니라 않는다는 것은……. 하지만 선우는 물구나무서는 자신의 자리를 포기하고 싶지 않다. 결코 포기하지 않을 것이다. 선우는 완벽하게 경계가 맞닿아 있으며 그 본질마저도 같은, 그러나 다른 방향을 바라보고 있는 기름종이 한 장을 떠올린다. 같은 한 장이라고 할 것인가, 그래도 반대편을 향해 있는 양면을 갖고 있다고 할 것인가?

선우는 귀찮아져서 버럭 소리를 지른다.

— 가! 가란 말이야. 다시 일어날 거야. 어서 가버려.

박선우는 노파를 바라보던, 껍질 벗겨진 그 고양이를 바라보던 것과 똑같이 투명한 눈으로 선우를 바라본다. 선우는 재빨리 시선을 외면하지 못한 자신을 원망하며 베개를 집어 던진다. 가라고, 제발. 이 빌어먹을 놈아. 선우는 자신이 던진 베개가 정확히 자신에게로 되돌아오는 것 같은 착각에 빠지며 이불을 머리끝까지 당겨 덮는다. 물구나무선 이래로 아무에게도 보여준 적 없는 눈물이 봇물 터지듯 터져 나온다. 물구나무서지 않아 눈물은 눈 위로도, 눈 아래로도 흘러내리지 않는다. 조용히 양옆으로 흐르는 공평한 눈물에 선우는 아주 잠시 안도한다. ‖

그만, 뛰어내리다

누구나 무언가를 위해 뛰어내릴 수 있다. 자기 자신 따위는 생각하지도 않고, 오직 열정의 대상만을 좇아 몸을 던질 수 있는 것이다. 치졸하지 않은 사랑을 위해, 양지와 음지 사이에서 균형을 잡는 정의를 위해, 왜곡되어야만 하는 평화를 위해, 또는 사마귀나 딸기를 위해, 비통이나 모반을 위해······.

그만, 뛰어내리다

　　　　　라합은 집 밖에서 들리는 아비규환의 소리를 듣지 않기 위해 귀를 막는다. 대기를 가르는 비명소리, 분노와 절망의 욕지거리, 그러나 결코 뉘우침은 없는 저주의 신음들이 라합의 오두막집 문을 필사적으로 두드린다.
　　라합이 살리기를 원했던 그녀의 가족들과 친지들은 문밖에서 벌어지는 일들을 상상하지 않기 위해 서로의 몸을 부둥켜안고 있다. 무딘 칼날 때문에 단번에 죽지 못한 이의 눈은 서서히 빠져나가는 피와 함께 마지막 순간까지 죽음을 응시하고 있으리라. 말랑말랑한 머리와는 비교도 되지 않는 둔탁한 돌이 혹독하고 무심한 소리를 내며 떨어지는 가운데, 채 뼈에서 떨어지지 못한 살점이 왈칵왈칵 피를 쏟아내며 참을 수 없는 고통을 연주하리라.

인주가 처음 뛰어내리기를 준비한 곳은 지금만큼 높은 곳은 아니었다. 사람들이 고개를 들어 바라볼 때 적당히 목 근육에 저항감이 느껴지는 정도의 높이라고나 할까? 그러므로 초창기의 인주는 결코 뛰어내릴 때의 완충을 위한 매트리스 따위를 필요로 하지 않았다. 잘난 체하려는 젊은이나 세상을 조소하는 듯 보이는 깔끔한 인상의 인간도 그 정도라면 얼마든지 부상 없이 뛰어내릴 수 있는, 어쩌면 시시해 보일 수 있는 정도의 높이에 불과했던 것이다. 그러나 지금의 인주는 매트리스 없이는 계단 한 칸도 그냥 뛰어내리는 법이 없었다. 시작에 불과했던 매트리스는 이제 끝을 향해 가로놓여 있었다.

뛰어내리는 횟수가 늘어날수록 인주의 매트리스는 점점 두꺼워졌고 점점 넓어졌다. 인주는 매트리스 없이는 뛰어내리지 않았지만 사람들은 그런 것을 문제 삼지는 않았다. 사실 그것은 당연한 일이었다. 매트리스가 있다고 하더라도 지금 인주가 도전하고 있는 그런 높이에서 뛰어내릴 용기를 가진 사람은 아무도 없었기 때문이다. 또한 사람들은 인주가 매트리스 없는 곳에서 산산이 분해되어버리는 것을 결코 원하지 않았다. 인주는 이제 인주를 넘어서는 초과의 것이 되어버렸기 때문이다. 인주는 매트리스가 자신의 신체 일부이기라도 한 듯 늘 그것을 옆에 바투 붙여놓고 있었다. 인주가 뛰어내리기를 결심할 때 매트리스는 이미 항상 그 자리에 준비되어 있어야 했고, 영원히 아직 아닌 것으로서 인주를 기다려주어야만 했다. 그것은 인주의 남겨진 시간 속에서 끝까지 인주와 함께하는 것이었다.

애초에 그다지 무겁게 여겨지지 않았던 인주의 뛰어내리기는 해를 거듭하며 점점 비중이 있는 것으로, 고상한 위엄을 가진 것으로 변모하기 시작하였다. 인주의 이미지는 광고에 활용되었고, 다양한 비유와 교훈의 소재로 이용되었다. 고작해야 곡예적인 성격을 부여할 수 있을 뿐이었던 뛰어내리기는 점차 주술적인 것으로 바뀌어 종교적인 것으로, 나아가 미학적인 것, 정치적인 것으로까지 발전했다. 인주의 뛰어내리기는 국내의 각종 크고 작은 행사는 물론 외국인을 위한 자리에까지 선을 보이게 되었고, 시대의 흐름과 발을 맞추어 국제적인 위상을 획득하게도 되었다.

인주의 뛰어내리기가 유명세를 타자 유사한 다른 뛰어내리기도 유행하기 시작하였다. 복제의 복제가 이루어지면서 때로는 진짜 인주가 하지 않은 뛰어내리기까지 모두 인주의 것처럼 와전되기도 하였다. 시뮬라크르의 세계가 원본의 세계를 위협하는 것은 흔한 일이었다. 하지만 인주는 자신이라는 원본이 결코 진정한 의미의 원본이 아님을 알기에 괘념치 않았다. 예민하지만 편협하지는 않아서, 인주는 아류 인주의 등장에 결코 분기충천하지도 않았다. 인주의 담담함 때문에 그 명성은 더욱 높아져갔다.

인주는 광안대교를 바라볼 수 있는 통유리창의 잠금장치를 푼다. 버튼 하나를 누르자 병풍처럼 유리가 겹쳐지며 문이 열린다. 갑자기 들어온 공기 때문에 76층 높이의 건물이 휘청 한 번 몸을 꺾는다. 실은 아주 미약한 바람일 뿐인데 막았던 공간을 풀어헤쳐준 탓이다. 여태 고요하게만 느껴지던 바깥에서 밀물처럼 소리들이 흘러들어온다. 사람들의 웅성거림과 방송용 헬리콥터의 소음이 바다를 장막처럼 덮는다. 인주는 막 해가 넘어가기 시작하는 산 너머를 바라보며 가볍게 심호흡을 한다. 오래 뜸을 들일 필요는 없다. 이미 충분한 시간이 인주를 준비시켜왔고 기다려주었기 때문이다. 멀리 뛰기 위해 몇 발자국을 뒤로 내딛는 순간, 대형 화면을 통해 클로즈업된 인주를 바라보고 있던 사람들의 우웅 하는 한숨 소리가 바다와 하늘을 울린다. 언제나처럼 망설임은 없다. 인주는 주춤거리지 않고 곧장 몸을 날린다. 작은 계단을 뛰어내리듯, 키보다 조금 높은 담장을 뛰어내리듯 그렇게 쉽게 몸을 던진다. 사람들은 비명에 가까운 소리를 한 번 더 내지른 후 일시에 숨을 멈춘다. 이제 인주의 몸은 부산 수영만 매립지 마린시티의 최고층 건물에서 2미터 남짓 떨어진 공중에 위치해 있다.

이윽고 고요함.
누군가 미동만 하여도 오두막 속의 공기는 기다렸다는 듯 터질 태세다. 정적이 지속되는 동안 라합의 가족들과 친지들은 서서히 문밖의 죽음을 의식하기 시작한다. 라합의 집에 가보자는 권유에 콧방귀도 뀌지 않았던 친지의 또 다른 가족들……. 오지 않은 사람들은 실은 올 수 없는 사람들이었다. 그들은 꼬마 때부터 봐온 라합에게 화대를 주고 몸을 샀거나 돌을 던진 자들이었다.

라합의 집에 온 일부 친척들은 라합을 비난하기는 했지만 긴히 의논할 것이 있다는 라합의 초대에 응하지 못할 사람들은 아니었다. 그들은 창녀 라합이 이제 겨우 자신들의 아이들 나이보다 조금 많을 뿐이라는 사실에 수치심을 느끼고 있었다. 원래 그러한 수치심은 자신들을 향해야만 할 것이나, 그들은 오만과 지혜를 총동원해 결코 그렇게 되지 않도록 세심한 주의를 기울였다. 라합의 집에 오지 않은 사람들은 라합이 아닌 자신들이 치욕스럽고 부끄럽다는 것을 결코 인정하지 않는 자들이었다. 그들은 고집스러운 사람들이었고, 세계의 모든 궁극적 패자들처럼 있지도 않은 명분을 억지로 갖다 붙이는 사람들이었다.

오두막 밖의 고요로 인해 그들은 이제 구체적인 처참함을 더욱 절실히 느낄 수 있다. 어제 함께 빵을 나누었던 누군가가, 며칠 전 성벽 수리를 같이 했던 누군가가, 그리고 또 언제인가 새로 만든 옷을 입고 뽐내기도 했던 누군가가 저기 오두막 밖에 쓰러져 있다. 미처 소화되지 못한 음식물을 위에 저장한 채로, 바로 오늘 아침 정성스레 머리를 감고 연인을 기다리던 채로, 그렇게 일상이 이어지던 지점에서 갑자기 중지를 당한 사람들이 마지막 신음을 토해내고 있다.

　채 가슴이 솟지 않은 인주가 뛰어내리기를 위해 처음 올랐던 곳은 시골 할머니의 집 담장이었다. 인주는 할아버지도 계신데 어른들이 왜 모두 할머니 집이라고 얘기하는지 의아해하며 흙이 많은 바닥을 내려다보았다. 비질 자국이 선명한 황토 마당은 단정하고 품위 있어 보였다. 하늘이 너무 파랬다. 도도한 주황빛 감들이 인주를 곁눈질하는 사이, 인주는 야아 외치며 뛰어내렸다. 예상치 않게 무릎이 까지고 의도하지 않았던 비명이 터져 나오자 방에 있던 어른들이 우르르 뛰어나왔다. 인주의 어머니는 상처를 소독하면서 인주를 때리다 울다 했다. 어쩌면 할머니 집에 오래 있게 될지도 모른다고 말했던 어머니는 그날로 인주를 데리고 집으로 돌아왔다. 인주에게는 아버지가 없었다.
　인주가 두 번째로 뛰어내린 곳은 고등학교 건물의 2층이었다. 얼굴도 네모지고, 몸도 네모져서 '아네모네'라 불리는 수학 선생의 시간이었다. 백설기처럼 두툼하고 땅딸한 선생이 산술평균, 기하평균에 대한 설명을 막 마친 참이었다. 한 송이 눈이 인주의 시야에 포착되었다. 친구들 중 누구도 아직 눈이 온다는 것을 알아차리지 못한 것 같았다. 인주는 코시-슈바르츠의 부등식을 설명하기 위해 선생이 칠판을 향해 돌아선 사이 조용히 창문으로 걸어갔다. 첫 번째 눈송이가 땅에 닿는 것과 거의 동시에 인주도 땅에 닿았다. 아이들이 창문으로 몰려와 비명을 질렀으나 인주는 솜털 하나 다치지 않았다. 인주는 친구들이 눈을 보고 소리를 지르는 것인지, 자신을 보고 그러는지 분간하지 못했다. 왜 그랬느냐는 담임의 질타에 인주는 부등식을 더 잘 이해하고 싶어서라고 답하지는 않았다. 눈이 와서요. 인주는 증오에 찬 선생의 시선을 외면했다.

인주는 점점 자주 뛰어내리게 되었다. 고양이를 잡기 위해 나무 위에 올라갔다가 올라간 김에 뛰어내리기도 했고, 건물이 너무 아름다워서 뛰어내리기도 했다. 외로워 보이는 가로등 위에서, 차가운 청동상 위에서, 그리고 철거되기 직전인 아파트의 낡은 베란다에서 인주는 뛰어내리기를 시도했다. 인주는 '뛰어내리는 자'가 되었다.

바닷가치고는 부자연스러울 정도로 바람이 없다. 물론 최대한 그런 날을 선택한 탓이기도 하다. 인주는 몸에서 힘을 뺀다. 건물에서 너무 멀리 떨어지지도, 너무 가까이 붙지도 않은 채 낙하하고 있다. 균형을 유지하는 것만이 가장 중요하다. 우연히 부는 강한 바람은 그야말로 우연으로서만 작용할 것이기 때문이다.

　인주가 쓰고 있는 커다란 헬멧은 충격 완충용 특수복을 입은 인주의 몸을 마치 성냥개비처럼 우스꽝스럽게 보이게 한다. 하지만 헬멧은 사실상 그다지 쓸모 있지 않을 것이다. 그것은 내용과 상관없는 형식으로서, 인주가 아닌 인주를 보는 사람들을 위한 위안거리에 지나지 않는다.

　일정 거리 이상 접근이 금지된 헬기에서 기자들이 안달하며 인주의 뛰어내리기를 촬영하고 있다. 그들은 최대한 성능이 좋은 카메라로 인주의 미세한 움직임까지 포착하기 위해 애를 쓰고 있다. 하지만 헬멧에 가려 인주의 표정은 전혀 보이지 않고 검은 성냥개비 같은 몸이 곧게 떨어지고 있을 뿐이다.

　인주는 바다를 가로지르는 광안대교와 지는 해를 바라보고 있다. 뛰어내리기 전부터 내내 바라보고 있던 터라 시야가 흐려진 지금도 기다란 다리만은 눈에 선명하다. 아직 다리가 놓이지 않았던 시절, 인주는 망망히 펼쳐진 바다를 보며 코를 훌쩍이곤 했었다. 그때는 그랬다. 무한으로 가득 찬 바다 앞에서 인주는 늘 충만함을 느꼈다. 그리고 그 충만함은 언제나 코를 맹맹하게 만들었다. 지금 바라보는 바다는 광안대교 때문에 전혀 그때의 바다를 닮아 있지 않다. 가득 차 있다기보다는 비어 보이고, 충만하다기보다는 외로워 보인다. 단지 낙조로 인해 눈이 부신 탓이라고, 인주는 그렇게만 생각한다. 아무것도 발에 닿지 않는 쾌적한 공포감으로 인해 인주는 이내 하얗게 질린다. 하지만 그 공포가 언제나 자신을 지탱해온 것이라 믿어 의심치 않는다.

 라합은 가능한 한 많은 사람들을 살리고 싶었다. 이스라엘의 신이 한 일들을 들어서 알고 있었기에 라합은 저항하는 것이 소용없다는 것을 확신했던 것이다. 그녀는 자신에게 떳떳할 수 없는 사람들까지도 살리고 싶었지만 그들은 고집스럽게 고개를 가로저었다. 창녀인 라합의 말에 의지한다는 것은 스스로의 비루함을 인정하는 것이었기에 그들은 결코 라합의 집에 오지 않았다. 라합은 할 수 있는 최선을 다할 뿐이었다.
 라합은 이스라엘 사람들과의 약속을 지켜 그들의 기습을 마을 사람들에게 알리지 않았다. 라합은 이스라엘 정탐꾼들이 왜 자신을 선택했는지 잘 알고 있었다. 그들이 보기에 라합은 동족으로부터 버려진 자였다. 정탐꾼들은 필요에 의해 라합을 택하였으나 선의로 그렇게 하는 척 생색을 냈다. 하지만 영리한 라합은 괘념치 않았다. 그들의 이마에 드러난 모멸감은 라합에게는 아무것도 아닌 단순한 내용일 뿐이었다. 라합에게 중요한 것은 내용을 초월하는 형식이었다.

대통령 선거가 며칠 앞으로 다가왔다. 하지만 사람들은 선거보다 인주의 뛰어내리기에 더 비상한 관심을 보였다. 통제되거나 통제되지 않은 언론 모두가 연일 인주의 낙하를 대서특필하고 있었다. 그간 인주가 뛰어내리기로 예정되어 있는 빌딩 주변의 상가 시세가 급등했고, 성공 여부를 놓고 조직적인 도박을 이끈 일당이 경찰에 붙잡히기도 했다. 사람들은 몇 년 전 인주의 뛰어내리기가 주었던 추억에 사로잡혀 설레는 가슴을 안고 오후를 기다렸다. 꽤 긴 시간의 휴지 이후에 있는 뛰어내리기라서 기대감이 장막처럼 나라 전체를 에워쌌다.

정작 대통령 선거에는 별다른 관심이 모이지 않았지만, 대통령 후보들도 그런 것에 불만을 표하지는 않았다. 인주가 그 어떤 홍보 행사에도 동참하지 않는 것이 아쉽기는 했으나 모든 후보에게 공평하게 그러했으므로 특별히 이의를 제기하지도 않았다. 그들은 오히려 인주의 뛰어내리기를 어떻게 하면 잘 활용할 수 있을까 하는 데 골몰했다. 인주의 뛰어내리기를 유리하게 접목시킬 수만 있다면 선거는 이긴 것이나 다름없었다. 그들은 모두 건물 가까이에서 인주의 뛰어내리기를 관람하고 있었다.

인주의 뛰어내리기를 통해 가장 큰 이익을 보게 될 건설사 사장 역시 비서진들과 함께 인주의 낙하를 지켜보고 있었다. 사장은 경쟁적 관계에 있는 다른 건설사에 비해 분양률이 떨어지는 아파트 때문에 골머리를 앓아오던 터였다. 인주가 회사의 제안을 수락해준 것은 그야말로 하늘이 내린 기회였다. 인주가 아무 제안이나 덥석 수용하는 사람은 아니라는 소문 때문에 사장은 더욱 의기양양해 있었다. 경영진은 인주의 뛰어내리기를 위해 초호화판 슈퍼 펜트하우스의 개조도 서슴지 않았다. 그들은 자랑하고 싶었던 투명 욕조와 거창한 와인 바 등을 기꺼이 치우고, 인주가 요구하는 심플한 공간을 만들었다.

  인주를 구경하는 모든 사람들은 긴장하고 기대하며 뛰어내리는 시간을 견뎌내고 있었다. 인주의 작은 동작 하나, 의미 없는 숨소리 하나까지 사람들이 주목하지 않는 것은 없었다. 그들은 인주를, 인주를 넘어서는 어떤 것으로 간주하고 있었다. 쉴 날 없는 로마의 사제였던 플라멘 디알리스는 직무를 나타내는 모자 없이 외출할 수 없었고, 담쟁이덩굴이나 콩을 만지지 못했으며, 날고기와 누룩이 섞인 밀가루를 먹는 것도 삼가야만 하였다. 그는 사람들의 염원을 대행하는 사제이기 때문이었다. 특별한 규칙에 의해 통제된 삶과 화장실을 쓰는 것에까지 의미가 부여되는 생활을 견디는 사제에 대해 사람들은 결코 동정심을 가지지 않았다. 다만 그의 옷가지에 있는 매듭 하나, 단추 하나에 대해서 세밀한 주의를 기울일 뿐이었다. 사제는 모든 사람의 존경을 받는 대가로 영원히 유배되어 '거기 그 자리'에 있어야만 하였다. 인주 역시 그 자리에서 언제까지나 뛰어내리기만 하면 되었다. 사람들은 플라멘 디알리스의 고뇌 따위에 결코 관심을 두지 않기 때문이었다. 그러므로 지금 인주가 신념이 없는 상태에서 신념이 있는 사람처럼 산다고 해서 문제될 것은 없었다. 사람들은 결코 차이를 알지 못할 것이기 때문이었다.

　인주는 이제 76층 높이의 주상 복합 건물 꼭대기로부터 스무 층쯤 내려와 있다. 뛰어내리는 자의 몸은 지는 해의 기다란 빛과 건물의 반사 유리로 인한 빛 사이에서 또 하나의 해처럼 불타오르고 있다. 인주는 자신의 내장이 죄다 쏟아져버린 듯한 느낌을 받는다. 껍질만 남은 가볍고 질긴 몸의 유영. 이율배반적인 위안과 여전히 서투른 흥분 사이에서 인주는 입을 앙다물고 있다. 손가락 하나라도 꺾여서는 안 된다. 지구의 중심이 기를 쓰고 끌어당기는 힘과 싸우는 시간은 채 1분이 되지 않는다. 하지만 인주는 그 짧은 시간이 철저히 작은 단위로 분해되어 피부를 찌르고 심장을 죄면서 인주의 삶을 길게 늘인다는 것을 알고 있다. 인주는 파편화되어 시간의 사이사이에 자리를 잡는다. 인주를 보기 위해 근처 빌딩에 빼곡히 몰려든 사람들이 유리창에 얼굴을 들이밀고 있다. 그보다 더 많은 얼굴들이 뛰어내리는 중간 곳곳에서 위협적으로 나타날 것이다. 그리고 도로에서, 다리에서, 자동차에서, 배 위에서 핏발 선 눈들이 인주를 지켜보고 있을 것이다. 너나없이 열망이 가득한 얼굴이다. 자신들이 할 수 없는 것을 할 수 있는 '척'해주기를 바라는, 혹은 하고 싶지 않은 것들을 하고 있는 '척'해주기를 바라는 열렬한 시선들이 인주를 향해 웃는다. 정작 인주는 지는 해의 붉은 빛을 정면으로 마주한 데다 낙하하는 속도 때문에 아무것도 뚜렷이 볼 수 없다. 그러나 볼 수 없어도 볼 수 있는 것이 있다는 사실을 인주는 알고 있다.

인주는 며칠 전 갑자기 자신을 찾아온, 자신과 이름이 같은 인주를 떠올린다. 그 인주는 약하고 무능한 것임이 틀림없을 터인데 이상하리만치 단단하게 웃고 있다. 인주는 보지 않아도 그 미소를 볼 수 있다. 어쩌면 이번에야말로 마지막이 될지 모른다. 인주는 징조를 찾아내기 위해 정신을 집중한다.

라합이 부모의 강요와 회유에 못 이겨 창녀로서의 인생을 시작했을 때, 친척들을 비롯한 동네 사람들은 아무도 라합을 동정하지 않았다. 라합은 늑대처럼 심오한 회색 눈을 가진 아름다운 여인으로 자라 있었다. 남정네들은 라합을 먼저 안을수록 자신이 더 순수해질 수 있기라도 하다는 듯이 다투어 욕정을 채웠고, 여인들은 침을 뱉고 돌을 던졌다. 라합의 부모는 라합이 편히 장사를 할 수 있도록 친척의 집으로 가고서는, 보는 눈을 의식해 대성통곡을 하였다. 그들은 차라리 자신의 살이라도 갈아서 아이들을 먹였어야 한다고는 결코 생각하지 않았지만 그럴 수 있기라도 한 것처럼 울었다. 그녀의 부모는 가릴 수도 없는 자신들의 죄를 가려보겠다고 오히려 라합을 욕하기도 하였다. 그들은 조금이나마 미안해했던 처음의 순간을 빠른 속도로 잊어버렸고, 라합이 벌어 오는 돈을 당연하다는 듯 챙겨 넣었다. 하지만 라합은 부모를 버리지 않았다. 그녀는 난리가 일어나기 전 갖은 핑계로 부모를 불러들여 죽음을 면하게 하였다. 그것은 부모를 위한 일이 아니라 라합 자신이 편해지기 위해 한 일이었다. 라합은 자신을 사랑하는 여인이었다.

그리하여 라합은 창녀의 몸이었으나 더 이상 그런 것이 중요하지 않은 시간 속에 던져졌다. 그녀가 한 배신은 신의 민족을 구원하였으며, 또 다른 중요한 역사의 잉여물을 만들었다. 이스라엘 사람들은 라합의 집에 있는 사람들을 제외한 모든 여리고 사람들을 깡그리 없애버렸다. 전쟁이 끝났을 때, 이스라엘 사람들에게 라합의 집임을 표시했던 붉은 줄은 영원한 바람을 맞아 흔들리고 있었다.

많은 사람들이 '인주'라는 한국 이름을 자랑스러워하였다. 이제 사람들은 인주의 뛰어내리기가 원래부터 그러한 지위를 가지고 있었던 것으로 믿기에 이르러 있었다. 만만하게 올라갈 수 있는 시골 담장에서 뛰어내린 처음이 인주에게도 있었다는 것을 이해하려는 사람들은 적었다. 사람들은 언제나 믿고 싶은 것만을 믿었다.

― 그 뛰어내리기 봤어?

― 응, 텔레비전으로 봤어.

― 그건 본 게 아니야.

― 나도 그렇게 생각해. 이번에는 정말 꼭 가까이서 보고 싶었는데 말이야.

― 올림픽대로가 그대로 주차장이 되었어. 정말 순간이었지. 내 생애 그렇게 장엄한 광경은 처음이었어.

사람들은 인주의 뛰어내리기를 직접 보는 것에 엄청난 의미를 부여했다. 뛰어내리는 바로 그 순간을 직접 목격하는 것의 가치에 대해 이의를 다는 사람은 아무도 없었다. 그러므로 사람들은 누구도 매체를 통해서 그것을 보고 싶어 하지 않았다. 텔레비전이나 스마트폰을 통한 '간접 목격'은 스스로가 쓸모없고 한심한 자임을 드러내는 것과 다르지 않았다. 가까이 있는 건물이든 멀리 떨어진 건물이든, 산에서든 바다에서든 인주를 직접 본다는 것만이 의미 있는 일로 평가되었다. 사람들은 점으로밖에 보이지 않는 인주의 몸이라 할지라도 일단 그것을 육안으로 보고, 이후에 매체를 통해 클로즈업된 장면을 다시 보게 되는 것을 선호하였다. 뛰어내리기가 있는 순간 자신이 어디에 있었으며, 어떻게 보았는지 혹은 보였는지에 대한 '이야기'가 결혼을 하거나 아이를 낳는 일만큼 소중한 추억이 되었다. 뛰어내리기를 본 사람들은 모두 평생에 잊지 못할 감동을 받았다고 입을 모아 말했다. 인주는 자신의 뛰어내리기가 어느 정도의 간격으로 이루어져야만 그 주목성을 놓치지 않는지 잘 알고 있는 듯 보였다. 가장 적절한 때, 가장 화려한 순간에 인주의 뛰어내리기가 있었다.

몇 년 전 63빌딩에서 뛰어내린 것을 끝으로 사람들은 이제 인주가 그 정점을 찍었으며 은퇴를 생각할 것이 틀림없다고 믿었다. 하지만 인주는 사람들의 예상을 완전히 뒤엎었다. 도곡동에서, 목동에서, 송도에서 인주는 다시 뛰어내렸고 사람들은 여전히 숨을 죽이며 환호하였다. 그리고 마침내 인주는 부산의 최고 전망이라는 수영만 마린시티에서 뛰어내리기를 시도하고 있었다.

가뭄을 몰고 온다는 빨간 태양이 수평선에 바투 붙어 있다. 일몰의 완벽한 조명 속에서 인주는 이제 건물의 가운데쯤을 통과하고 있다.

— 사랑해!

알 수 없는 누군가가 목청껏 그렇게 외친다. 인주가 뛰어내리는 아파트와 가까운 다른 아파트에서 터져 나온 말이다. 그것이 신호가 되기라도 한다는 듯 잠시 침묵했던 사람들이 요란스레 입을 연다. 인주의 뛰어내리기가 끝나기 전에 자신들이 바라는 바를 얘기해야만 죽지 않을 수 있다는 듯이 필사적으로 말들을 쏟아낸다. 누군가는 외치다가 목이 쉴 것이고, 누군가는 부르짖다가 기절하기도 할 것이다. 스스로의 열정에 감동받은 사람들은 그것이 결코 자신에게서 비롯되었다는 것을 인정하지 않고 인주를 향해 절규한다. 뛰어내리는 자에게 투사된 것들은 오로지 뛰어내리는 자에게만 책임을 물을 것이다. 인주는 이미 너덜너덜해진 사랑이라는 말을 비웃고, 그 외 알아들을 수 없는 모든 말들을 비웃는다. 남발된 단어와 해체된 이미지가 부산 앞바다 상공을 떠돈다. 인주는 의미를 조합해보려는 어떤 시도도 하지 않은 채 곧게 낙하하고 있다. 갈 곳 없는 단어들은 영원히 허공을 떠돌 것이다.

　인주는 자신에게 외치는 사람들의 얼굴 속에서 카라바조의 명화를 떠올린다. 잘린 골리앗의 머리를 들고 있는 다윗의 그림인데, 골리앗의 얼굴은 화가 카라바조 자신의 얼굴이다. 고뇌에 찬 얼굴이 극심한 명암 대비 속에서 하얗게 빛나고 있다. 키아로스쿠로, 선명한 빛과 그림자의 대비. 잘린 두상에서 떨어져 나온 여러 개의 코와 눈과 입들이 뚜렷한 명암을 만들며 소리를 지르고 있다. 태초부터 유영하고 있었을 그 진부한 조각들이 각자의 끝을 향해 아우성을 치는 통에 인주는 귀가 먹먹하다.

　잠깐 사이에 다시 대여섯 층을 더 낙하한 인주는 실눈을 뜨고 바다 너머를 바라본다. 구름 비슷한 것, 산 비슷한 것, 생명 비슷한 것들이 인주의 눈을 아프게 찌른다. 눈물이 흐른다. 이름이 같은 인주 때문일 것이다. 인주를 꼭 만나야겠다는 결심이 서서 찾아왔다는 그 인주는 기억도 까마득한 옛날, '너를 사랑하지 않는 것은 아니야'라며 인주를 떠났던 사람이다. 인주는 이름이 같은 인주를 다시 만난 것 자체가 정말 징후일지 모른다고 생각한다.

어린 라합은 줄줄이 태어난 동생들을 돌보느라 친구들과 함께 놀 수 없었다. 동생들을 겨우 따돌리고 나갔다가 온 날에 라합은 아버지로부터 매를 맞았다. 어느 날부터인가는 매 맞을 각오를 하고 나온 라합을 친구들이 밀어내었다. 작은 폭군들은 성내에서 가장 천한 일을 하는 라합의 부모를 들먹이며 그녀를 무리에 끼워주지 않았다. 라합은 여리고 성내 좁은 골목길을 이리저리 거닐었다. 지는 해로부터 떨어진 붉은 살들이 등을 찔러댔지만 그녀는 뒤돌아보지 않았다.

소녀 라합은 만만해 보이는 무화과나무 위에 올라간다. 나무는 지나치게 높지도 시시하게 낮지도 않은, 딱 마음에 드는 키를 유지하고 있다. 라합은 까끌까끌한 무화과 잎이 맨살을 아리게 하지만 괘념치 않는다. 그녀는 아직 충분히 익지 않은 무화과 하나를 따 억지로 반을 가른다. 빨갛지도 않은 속살을 맛있다는 듯 베어 문다. 거의 아무 맛도 나지 않는데 라합은 마치 엄청 달콤

하고 부드럽다는 듯 야아, 감탄사를 내뱉는다. 라합은 무화과에서 흘러내린 하얀 진액이 온몸에 떨어지는데도 개의치 않고 계속해서 과일을 딴다. 먹는 둥 마는 둥 입을 대고 버리고 다시 과일을 딴다. 입술이 퉁퉁 붓고 손이며 피부가 따끔거릴 때까지 라합은 오래 나무에서 내려오지 않는다. 라합은 익지 않은 무화과를 먹으며 결코 호의적이지 않은 세상을 맛본다.

어느 날, 라합은 무화과나무에서 뛰어내리며 노는 다른 친구들을 발견하게 되었다. 한 번도 본 적 없는 이국적인 얼굴의 아이도 있었고, 피부색이 지나치게 검거나 흰 아이도 있었다. 몇 번인가는 검은 머리와 검은 눈을 가진 동양의 아이가 라합의 바로 옆에 있었다. 라합은 인주라는 이름의 그 아이와 즐겁게 뛰어내렸다.

— 뛰어내리는 동안 무슨 생각을 하십니까?
— 불길한 생각이요. 내 몸이 산산이 부서지고 공기 중으로 흩어질지 모른다는 생각이요.

아주 오래 전 인주는 기자의 질문에 그렇게 답하였다. 기자는 황당한 얼굴이었다. 인주는 도저히 떠오르지 않는 긍정적인 생각을 일부러 퍼 안으려 하지 않았었다. 그때의 인주는 마주하게 될 수밖에 없는 끝과 절망을 밀어내지 않았으며, 그저 자유롭게 뛰어내렸다. 뛰어내리기는 언제나 전부를 걸고서 이루어지는 것이었으므로 어설픈 희망 따위가 끼어들 자리는 없었다.

사람들은 아직도 인주가 그렇게 자유롭게 뛰어내리고 있는 것이라 믿고 있다. 사람들 역시 '자유롭게' 믿고 싶은 것만을 믿는다. 하지만 인주 자신은 알고 있다. 매트리스를 놓고 뛰어내리기 시작하면서 인주의 뛰어내리기는 더 이상 순수하게 불길하지 않았다. 다른 사람은 몰라도 혹은 모른 척해도, 인주 자신은 모를 수가 없었다. 인주는 스스로가 결코 완벽하게 절망할 수 없다는 사실에 절망했다.

이름이 같은 인주는 멋있고 곱게 나이 들어 있었다. 하지만 이름이 같은 인주는 예전의 호의적인 미소를 머금지 않은 채 인주를 거의 경멸한다는 투로 이렇게 말했다.

— 매트리스를 치우고 뛰어내려.

이름이 같은 인주는 자신이 한때 인주를 진심으로 사랑했던 사람이기에 이런 말이나마 해줄 수 있는 것이라고 잘라 말했다. 인주는 그 말이, 인주를 사랑한다는 것 자체를 사랑함으로써 더 이상 인주를 사랑할 수만은 없다며 떠나갔던 사람이 하기에는 다소 뻔뻔한 말이라 생각했다. 그럼에도 인주는 이름이 같은 인주를 완전히 이해했던 시기를 조금이라도 떠올려보기 위해 노력했고, 떠올리는 것만으로 다시 충만해질 수 있기를 바랐다. 하지만 인주가 아름다운 시절, 보물이 있는 상태에서 보물이 없는 사람처럼 살았던 시절을 상기하는 것은 어려운 일이었다.

처음의 뛰어내리기가 그러했던가? 나약하고 자주 아프며 배신을 즐겨 하는 사람들, 그런 사람들을 위해 뛰어내렸던 순간이 있었던가? 그리하여 언제 올지 알 수도 없고 관심도 없는 미래에 대해 초연한 적이 있었던가?

너무 아득했다. 마치 손이 닿지 않는 몸의 어딘가에 간지러움을 느끼는 것과 같았다. 불편함이 계속되고 근질근질한 느낌이 신경을 거스르지만 결코 손이 닿지 않는 어떤 곳, 천수를 가진 힌두교의 신도 손을 뻗을 수 없는 어떤 부위가 인주를 초조하게 만들었다. 인주는 그곳을 피가 나도록 긁고 싶지만 그렇게 할 수 없어 의기소침해졌다. 이름이 같은 인주는 갑자기 나타나서 던지고 떠나기에는 과히 적절하지 않은 말 한마디를 남겨놓고 떠났다.

— 도망가기를 원하는 사람은 결코 누구나 볼 수 있는 그런 미로에 숨지는 않아. 너는 결국 네 손에 죽기 위해 적의 이름을 도용하고 있을 뿐이야.

누구나 무언가를 위해 뛰어내릴 수 있다. 자기 자신 따위는 생각하지도 않고, 오직 열정의 대상만을 좇아 몸을 던질 수 있는 것이다. 인주도 그렇게 출발했고, 이름이 같은 인주 또한 그 일을 함께 하는 동역자였다. 치졸하지 않은 사랑을 위해, 양지와 음지 사이에서 균형을 잡는 정의를 위해, 왜곡되어야만 하는 평화를 위해, 또는 사마귀나 딸기를 위해, 비통이나 모반을 위해……. 그러나 언제부터인지 모르게 뛰어내리기는 더 이상 예전과 같지 않았다. 내용의 가장 깊은 곳이 변형되면서 형식에 타격을 입기 시작했다. 사람들은 형식의 변화를 단지 형식의 변화라고만 느꼈지만 인주는 느끼고 있었다. 그것이 정확하게 본질의 변화와 닿아 있다는 것을.

인주는 이름이 같은 인주가 떠난 후 아주 조금 울었다. 알면서도 멈출 수 없다는 것을 자각하기에 마음이 더욱 가라앉았다. 하지만 기회의 시간을 떠올리지 못한 채 연대기적 시간 안에서만 우는 것은 아무런 소용이 없는 일이었다.

주상 복합 아파트의 상가 간판이 보인다. 소인지 조인지 글자가 흐려서 보이지 않지만 초록의 형광빛인 것은 알겠다. 지면이 가까워져가도 붉은 태양은 인주를 포기하지 않는다. 일점일획도 놓치지 않겠다는 듯 집요하게 인주를 따라 흐른다. 인주는 그간 자신이 뛰어내렸던 이러저러한 높이의 건물들을 떠올린다. 공간과 시간을 정지시킨 채 무한으로 떨어져 내렸던 순간들이다. 그것들은 인주에게 이미 항상 완성된 것으로 들어와 있었지만 동시에 아직 아닌, 너무나 요원한 시간들이기도 하였다. 인주는 완성과 미완성이 겹쳐지는 자리에서, 틈의 틈으로, 경계의 경계로 격리당해 있었다. 언제부터인가 이미 항상, 아직 아닌 시간들이 인주를 비틀어 쥐어짜기 시작했다. 마치 물기 많은 걸레처럼 인주는 허리가 꼬이고 손이 말리고 발이 꺾였다. 인주는 낙하하고 있는 어느 지점에서 튕겨져 나가 영원히 돌아오지 않을 수 있으면 좋겠다고 생각한다.

진실로 그러기를 바랐다. 뛰어내리기를 통해 더 이상 시간을 남겨두고 싶지 않아서 인주는 지금까지 그렇게 수도 없이 뛰어내린 것인지 몰랐다. 인주는 언제부터인가 완고한 시간을 상대하는 것에 지쳐 있었다. 한때 의미로 가득했던 남겨진 시간은 이제 더 이상 축복이 되지 못했다. 과거와 현재가 구분되지 않았던 시간이 부지불식간에 사라져버렸다. 도도한 미래만이 끊임없이 현재를 침식하는 가운데 인주는 어설픈 패닉 상태에 빠져 있는 것인지도 몰랐다.

인주는 양팔로 세게 몸을 끌어안고 착지를 준비한다. 작게 보이던 매트리스는 언제나처럼 갑자기 커져 있다. 이제 정말 몇 초 남지 않았다.

라합은 이리저리 돌려가며 말하는 부모의 부탁을 끝내 거부할 수도 있었다. 아직 자신은 어리다고, 그런 일을 하고 싶지 않다고 항변할 수도 있었다. 부모에게 정말 그 방법밖에 없는 것인지 따지고 물으며 죽음으로 거부할 수도 있었다. 하지만 라합은 그렇게 하는 대신 무화과나무 위에 올라가서 설익은 무화과를 따 먹었다. 아린 맛이 나는 무화과에서는 뽀얀 즙이 한없이 흘렀다. 나무 위에서 보는 세상의 경계는 끝이 없었다. 성벽 밖으로 무한히 이어진 사막과 암석들을 보면서 라합은 이 지상에서의 삶이 결코 전부가 아닐 것이라 생각했다. 열매 속에 꽃을 품은 무화과처럼 라합은 결코 겉으로는 드러나지 않는 소중한 것을 품었다. 그리고 스스로를 위로하기 위해, 마음이 꺾이지 않도록 하기 위해 즐겁게 나무에서 뛰어내렸다.

뛰어내리기는 생각보다 재미있었다. 라합은 성 안 곳곳에 올라갔다가 뛰어내리기를 반복했다. 친구네 집 담장에서, 아직 보수 공사를 마치지 못한 성벽 위에서, 또 나무 위에서 라합은 뛰어내리고 오르기를 반복했다. 착지하는 순간 날리는 수북한 먼지를 가리개 삼아 라합은 아무도 몰래 눈물을 훔치곤 하였다. 잘 아는 친척을 손님으로 받거나 친구의 아버지를 상대하는 것쯤은 울 일이 되지 못했다. 하지만 가슴 두근거리며 좋아했던 동네 청년이 아무렇지 않게 라합의 치마를 걷어 올리는 것은 참을 수가 없었다. 수치심을 감추기 위해 라합은 제 입술을 세게 물었다. 청년은 하얗게 질린 라합의 얼굴에도, 피가 나는 입술에도 아무런 관심을 보이지 않았다. 라합은 그렇게 얇게 와해되고 무뎌지면서 단단해져갔다.

그랬던 때가 있기는 했다. 자신이 위하는 사람들이 누군가의 딸이든지 원수이든지, 오래 굶은 자이든지 폐쇄된 자이든지 그 어떤 것에도 개의치 않았던 때가 있었다. 그때의 인주는 스스로의 이름을 잊었다. 자신의 과거, 현재, 미래도 모두 잊었으며, 스스로가 남자인지 여자인지도 분간하지 못했다. 모든 것을 철저히 기각시켜버리는 절명의 부름 앞에서 인주는 결코 인주 자신이 아닌 것처럼 그렇게 담대하게 서 있었다. 그랬던 때가 분명, 분명히 있었다. 완벽한 어떤 것이 자신을 종일토록 휘어잡고 있는 상태 속에서 인주는 아마 행복했을 것이다.

하지만 인주가 관통했던 그러한 시간들은 원래부터 경계가 없는 곳에 있어서 휩쓸리기 쉬운 것이었다. 오래지 않아 그것은 동정이나 관용, 인내와 경륜 등의 이물질과 구분을 할 수 없게 되고 말았다. 섞여서 원래의 것이 희석되는 일은 사실 흔했다. 인주는 두 개를 모두 가지고 있으면서도 완벽하게 다른 무언가가 되었던 처음과는 달리, 이쪽저쪽에 아리송하게 오염된 채 이도 저도 아닌 꼴로 있게 되었다. 과거는 더 이상 인주의 현재에 응축하여 녹아 있지 못했다. 인주는 금방이라도 먼지처럼 날아 없어질 스스로의 시간이 두려워 어리석은 경계를 만들기 시작하였다. 거대한 매트리스가 두려움의 징표처럼 인주를 기다리게 되었다.

뛰어내리기 자체가 두렵다기보다는 뛰어내리면서 얻은 격려와 칭찬이 두려워 인주는 매트리스를 옮겨가며 뛰어내리기 시작하였다. 하지만 인주는 아무도 자신을 비난하지 않았으므로 자신이 매트리스를 옮겨가며 뛰어내리고 있다는 사실에 대해 무안해하지 않았다. 그저 남들이 생각하는 것처럼 뛰어내리는 것도, 매트리스도 당연한 것이라고만 여기게 되었다. 당위에 대한 것은 점차 까마득하게 잊고 말았다. 아니, 잊은 척하고 말았다.

어느 날 갑자기 높은 곳에서 뛰어내리는 것은 아무나 할 수 없는 일이지만, 서서히 단계를 올려가며 연습해온 인주에게는 사실 그것이 그다지 어렵지 않은 일이었다. 인주는 아찔한 순간이 별반 위태롭게 느껴지지 않을 뿐만 아니라 실은 그 순간을 즐기기까지 하고 있었다. 그러나 껍데기 속의 알맹이는 이미 온데간데없었다.

멀리서 손수건만 하게 보였던 매트리스가 거대하게 다가와 있다. 웬만한 외제 차 한 대 값이라는 그것은 우주선에나 사용된다는 충격 흡수용 소재를 썼다고 한다. 매트리스의 네모난 경계, 인주는 그 경계에 대해 생각한다. 세상인 것에 완벽하게 속해 있는 상태에서 이 세상이 아닌 것에도 온전히 속한다는 것은 사실상 불가능한 일인지 모른다. 이름이 같은 인주는 아마 두 영역 모두에 속하면서 동시에 속하지 않는 어떤 '틈의 틈'을 발견했을 것이다. 그러기에 인주를 떠날 수 있었을 것이다. 인주는 자신이 '자신을 버린, 이름이 같은 그 인주'와는 다르다고 생각한다. 어떻게 다른지를 설명하기는 쉽지 않다. 인주는 제가 어떤 상태에 있는지 자신이 말할 수 없다면 어느 누구도 자기를 이해할 수 없을 것이라 생각한다. 인주는 투덕투덕 제 길을 만들며 올라오는 주체적인 절망감에 심하게 동요한다. 인주는 해독할 수 없는 또 다른 인주를 저주하기 위해 온 신경을 집중한다. 매트리스를 치우면 이름이 같은 인주를 다시 만나게 될 수 있을까? 그러나 그럴 수 없을 것이다. 결코 매트리스를 치우지는 않을 것이다. 매트리스는 이제 정말 코앞이다.

여리고가 이스라엘에 넘어간 후, 라합이 살렸던 라합의 부모는 마치 목숨을 건지고 싶지 않았으나 어쩔 수없이 치욕스러운 삶을 이어가야 하고, 그것이 모두 라합의 탓이라는 듯이 그녀를 비난하기 시작하였다. 그녀 덕분에 죽음을 면한 친지들도 라합을 멀리하기 시작하였다. 그들은 끝내 라합의 집으로 오기를 거부하다가 죽어간 가족과 친지들을 그리워하며 분노의 마음을 라합에게로 돌렸다.

이스라엘도 마찬가지였다. 라합의 도움을 칭찬하는 소수의 사람들 뒤로 더 많은 이스라엘 사람들이 그녀의 배신을 비난하였다. 동족을 버린 여자, 못난 여리고 사람들 중 가장 저속하고 더러운 여자라는 험담이 그녀의 뒤를 따라다녔다.

하지만 라합은 이미 강해져 있었다. 그녀는 구부정하게 움츠렸던 어깨를 쭉 펴고, 내리깔았던 시선을 당당히 들어 올린 채 마을을 활보했다. 그녀는 틈의 틈에 홀로 남는 쪽을 택했기에 주변의 시선에 개의치 않았다. '이미 항상' 도래하여 있으나 '아직 아닌' 시간 속에 현재로 머무르는 것이 쉬운 일은 아니었다. 실제로 그런 변증법적 지양의 시간을 잘 견뎌내는 사람은 많지 않았다. 하지만 라합은 부정을 뛰어넘는, 부정 속 긍정의 힘을 이미 체득하고 있었다. 라합은 결코 주눅 들지 않았다. 라합은 가끔 무화과나무나 허물어진 성벽 위로 올라가 즐겁게 뛰어내렸는데 더 이상 먼지 구름에 얼굴을 가리고 울지 않았다.

어느 날, 또 다른 남겨진 자 살몬이 강하고 아름다운 이방의 여인 라합을 아내로 맞았다. 살몬은 라합에게서 보아스를 낳고, 보아스는 룻에게서 오벳을 낳고……. 그리하여 창녀였던 라합은 신의 가계도에 한 자리를 차지하게 되었다.

인주의 몸은 뒤섞여버리기로 모의한 과거와 현재, 그리고 미래를 모두 품은 듯한 매트리스 속으로 함몰되어 들어간다. 사람들은 인주가 제 목을 잘라내고 그림을 그린 카라바조이기라도 하다는 듯 감동의 함성을 질러댄다. 목을 자르고 그림을 그리는 것과 목 잘린 그림을 그리는 것 사이에 놓여 있는 어마어마한 차이는 가볍게 무시해버린다. 자신들이 뛰어내리기라도 한 것처럼 격렬하게, 열광적으로 외치는 사람들의 얼굴에는 자랑스러움이 가득하다.

하지만 인주는 끝내 제 얼굴에 동족의 피를 흩뿌림으로써 영속성을 획득한 라합이 되지 못한다. 인주는 결코 영원한 시간 속에 남겨진 용감한 창녀를 기억해내지 못한다. 인주가 향하는 곳은 궁극의 끝이 아니라 단지 구질구질한 매트리스일 뿐이기 때문이다. 인주는 빛 뒤에서 어둠을 핥고, 남겨진 시간 앞에서 천박하게 가슴을 드러낸 시시한 창녀처럼 거대한 동반자를 향해 떨어졌을 뿐이다.

인주는 분명 제대로 매트리스에 떨어졌다고 생각했다. 하지만 그녀는 곧 극심한 통증이 등을 관통하여 지나가는 것을 느낀다. 덕분에 언제부터인가 손이 닿지 않아 근질거리던 부위의 불쾌감은 사라졌지만 생에 처음으로 진정한 공포감을 맛본다. 목이 부러진 것 같기도 하고 등뼈 어디쯤이 꺾인 것 같기도 하다. 일은 항상 예측할 수 없는 짧은 순간에 일어나고 만다. 그런데 인주는 그 짧은 순간에 자신의 생 전체를 떠올린다. 지난했고, 불편했고, 무엇보다 지리멸렬했다.

* * *

병실에 누워 있는 인주에게 수많은 편지와 꽃이 배달되어 온다. 당분간은 진심을 담아 인주의 자리를 지켜줄 간병인이 지치지도 않고 편지의 내용을 읽어준다.
당신을 통해 저는 영원히 날 수 있는 법을 배웠습니다.
당신은 반드시 일어나 또 한 번 뛰어내려야 합니다. 저는 확신하고 있습니다.
당신에게 남겨진 영원한 시간을 우리가 함께할 것입니다.
파이팅, 싸우고, 파이팅, 힘내세요!

인주는 귀를 막는 사소한 동작도 할 수 없는 팔, '그만'이라는 간단한 단어도 발음할 수 없는 입, 영원한 침묵에 갇혀 있는 자신의 몸을 저주하며 꼼짝없이 누워 있다. 주위의 사물과 사람들이 저속 영상 속의 대상들처럼 비현실적으로 움직인다. 인주는 미약한 반응도 할 수 없지만 이 모든 것을 빠짐없이 지각하고 있다. 인주에게는 이제 새로운 것이 도래하였다. 이미 와 있는 죽음 앞에서 아직 오지 않은 죽음을 기다리며 살아야 하는, 새로운 새로움이다.
인주는 자신의 또 다른 뛰어내리기가 시작되었음을 예민하게 감지한다. 해를 등지고 뛰어내리던 멋있는 낙하는 결코 아닐 것이다. 하지만 인주는 아무것도 아닌 것처럼 보이는 이 '중지의 동작' 속에서 함축적인 의미를 발견한다. 떠올리려고 그렇게도 노력했으나 결코 떠올릴 수 없었던 기억이 희미하게나마 아른거린다. 어쩌면 아무런 제스처도 없고, 매트리스 따위는 전혀 필요치 않은, 그저 순백일 뿐인 뛰어내리기가 가능할지 모르겠다. 인주는 기대한다. 이번에야말로 아무것도 아닌 상태로 시작해 완벽한 것으로 성공할 수 있을지 모른다.

  인주에게서 완전히 소외당한 상태로 한 줄기의 눈물이 흐른다. 그 눈물은 결코 인주의 남겨진 시간을 위로할 수 없을 것이다. 인주의 의지와 상관없는, 그저 한 방울의 눈물이기 때문이다. 그러나 어쨌든 인주는 남겨진 시간 속에 간단없이 존재하고 또한 존재해야만 할 것이다. 이미 항상, 아직 아닌, 또 다른 기회의 시간 속에서 인주는 아이러니컬하게도 순수한 뛰어내리기를 예비할 수 있을지 모른다. 모으고 응축하고 관통하는 시간 후에, 인주는 어쩌면 사람들이 이제껏 보지 못한 가장 아름다운 뛰어내리기를 다시 한 번 시도할 수 있을지도 모른다. ‖

도마뱀 뇌

누군가가 시원한 물 한 컵과 두통약을 가져다준다면……. 이럴 때 엉긴 파마머리의 아내라도 옆에 있다면 남자는 그 납작한 가슴에라도 기꺼이 머리를 묻고 애정을 담아 부탁할 것이다. 여보, 물 한 잔만…….

도마뱀 뇌

새벽녘에 남자는 심한 근육통을 느끼며 잠에서 깨어났다. 뇌를 먹어치우는 도마뱀 꿈 때문에 온몸이 뻐근했다. 작고 미끄덩한 그것들은 남자의 신체 곳곳에 있는 구멍을 통해 어떻게든 들어오려고 발버둥을 쳤다. 꿈에서 남자는 자신의 몸이 생각보다 많은 구멍들로 이루어져 있다는 사실에 한심해하며 육탄전을 벌였다. 그것들은 작은 크기에 딱 어울리는 집요함을 갖고 있었다. 무차별적으로 남자의 몸을 쑤셔대는가 하면 갑자기 징그럽게 부들거리며 남자를 간지럽게 하기도 하였다. 귀로, 입으로, 항문으로, 심지어 귀두의 구멍으로도 들어오려는 그것들에게 뇌를 파먹히지 않기 위해 남자는 안간힘을 써야 했다.

하지만 막상 꿈에서 깼을 때, 남자는 심한 두통과 갈증 때문에 어이없게도 다시 꿈으로 돌아가는 게 낫겠다는 생각을 한다.

머리 한쪽이 실제로 도마뱀에게 먹혀버리기라도 한 듯 무겁고, 식도는 바싹 말라 앞뒤가 딱 붙어버린 듯하다. 팔을 괴어 상체를 일으키고 발을 침대 아래로 내려 얼마간 걸어가야만 냉장고에 다다를 수 있다는 사실이 끔찍하게 여겨진다. 누군가가 시원한 물 한 컵과 두통약을 가져다준다면……. 이럴 때 엉긴 파마머리의 아내라도 옆에 있다면 남자는 그 납작한 가슴에라도 기꺼이 머리를 묻고 애정을 담아 부탁할 것이다. 여보, 물 한 잔만…….

남자는 생각만으로 하염없이 물을 마셔대며 혼몽한 몸을 일으킬까 말 것인가를 계속해서 고민하고 있다. 그때, 찰랑, 딸깍 하는 소리를 들은 것은 어쨌거나 꿈이라도 좋았다. 남자는 창밖 가로등 때문에 실루엣이 죄다 보이는 방 안에서 물이 가득한 컵을 발견한다. 그다지 무겁지도 가볍지도 않아 남자가 즐겨 쓰는 항아리 모양의 머그컵이 분명하다. 남자는 머리가 무거운 것도, 몸이 귀찮은 것도 다 잊고 벌떡 일어나 앉아 물을 마신다. 매정하리만치 시원한 물이 오그라들어 있던 식도를 서서히 펴지게 한다. 식도에서 쩌적 소리가 나는 듯하다. 남자는 벌컥벌컥 물을 들이키면서, 이 물은 내가 가져다놓은 것이 아닌데, 자기 전에 둔 것이라면 이렇게 시원할 리가 없잖아, 라는 제법 이성적인 생각을 잠시 한다. 하지만 곧 두통과 위통을 가라앉혀줄 약이라도 있으면 더 좋을 텐데, 라는 호강에 겨운 생각으로 이전에 떠오른 생각들을 뭉개며 그대로 다시 잠에 떨어지고 만다. 남자가 베개에 머리를 묻는 소리, 가로누워 이불을 감는 소리, 침대가 끼익거리는 소리 등이 잦아들면서 주변은 서서히 남자가 깨기 전보다 더 깊은 고요 가운데 잠긴다. 남자의 위장에서 역류하여 올라온 술 냄새와 씻지 않은 발 냄새, 그의 귀며 머리카락 사이에서 나는 땀 냄새가 공간 사이에서 어지러이 섞이는 동안 남자는 '시원한 물 한 잔'을 가볍게 잊는다. 거저 주어지는 일이라는 게 결코 일어날 수 없는 이 세계에 잠식당해 살고 있는 남자임에도 말이다. 그 거래의 채권자들이 눈을 부릅뜨고 '물 한 잔'을 셈할지도 모르는 사이, 남자는 예민하지 못하게도 코를 골며 잠이 들어있다. 조금씩 날이 새기 시작한다.

남자는 샤워 부스에 서서 머리를 감고, 샤워기를 세게 틀어 뒷목 언저리를 두들기듯 물마사지한다. 생각 같아서는 사우나를 가거나 욕조에 몸을 담그고 싶지만, 대중목욕탕에 들를 시간도 없고 몸을 담글 욕조도 없기에 그나마 물 잘 나오는 샤워기만으로 감지덕지한다.
간밤의 술자리는 사실 터져버린 일을 수습하기에는 너무 늦어버린 자리였다. 언론에서 부실 저축은행과 감사를 소홀히 한 감사원의 비리를 대문짝만 하게 기사화한 뒤였고, 관련 은행들의 관계자 명단도 이미 인터넷을 통해 유포되기 시작한 즈음이었으니까 늦어도 너무 늦은 대응이었던 것이다. 하지만 은행 측은 지푸라기라도 잡는 심정으로 무엇이든 하기를 원하였고, 남자는 비록 중진의 자리에 있지는 않았지만 맡은 바 역할을 다하기 위해 평소 관리해온 인력들을 동원하였던 것이다. 그들은 가끔은 대학생 기자라는 신분으로, 또 가끔은 평범한 세 아이의 아버지로 이름을 바꾸어가며 인터넷에 글을 올려주는 자들이었다.

남자는 스시와 사케가 나온 1차 술집에서 일부 불건전한 저축은행의 경영진들이 페이퍼 컴퍼니를 만들고, 분식회계를 통해 배당금을 챙기는 등 도덕적 비난을 받아 마땅한 일을 저지른 것에 대해 침을 튀겨가며 비난을 퍼부었다. 중간중간 일본 술 구보다 만주와 구보다 천주의 어마어마한 차이점을 역설하며 촉기 뛰어난 동원 인력들에게 '따라서, 무엇을' 써야 할지를 설파하였다. 요지는 남자의 은행은 그런 모럴 헤저드의 상태에 결코 빠져 있지 않으며, 신용 4등급 이상이 안 되는 힘없는 서민을 위해 봉사하고 있다는 점이었다. 그들은 모임 이전부터 이미 시나리오의 결론을 알고 있었으므로 거리낌 없는 호탕한 웃음을 터뜨렸다.

2차 술집에서 남자는 맥주잔에 위스키를 부어놓고 맥주를 넣은 위스키 잔을 그 속에 빠뜨리는 일명 수소폭탄주를 제조해 돌리며, 정말 수소폭탄이 터지기라도 한 양 과장된 비명을 지르는 여자들을 양 옆에 앉히고, 과도한 PF 대출로 이번 사태를 야기한 또 다른 저축은행들을 규탄하였다. 남자의 은행은 그런 저질 은행들과 달리 대주주를 비롯한 모든 경영진들이 증자 등을 통한 회생을 위해 허위단심 노력하고 있다고 강조하는 것 또한 잊지 않았다. 은행에 가장 큰 위협은 뱅크런, 무슨 일이 있어도 뱅크런만은 막아야 한다는 대목에서는 남자의 주먹이 젓가락을 가볍게 날리면서 이름도 거창한 태권도주가 조제되기도 하였다. 3차를 가기 전에 남자는 이미 인사불성이 되어 이런 개인적인 사항까지 털어놓았다.

"시골서 소 키우는 내 어머니도 우리 은행에 저축하고 있다니까. 외국 가서 공부하느라 명절에도 못 보는 손자 손녀한테 그래도 언젠가는 조금이라도 물려주겠다고, 죽어라고 밭 메고 논 일 궈서 아들 다니는 은행에 예금하고 있다니까. 예금자보호법이 있는데 무슨 걱정이야! 저축은행 중앙회도 있고, 공적 자금 이십조를 준비해놓고 있다니까, 이십조!"

사실 어머니가 남자의 은행에 예금했던 돈은 얼마 전 아내와 아이들이 캐나다에 머무르는 시기를 일 년 더 연장하는 시점에서 모두 정리되고 말았다. 남자가 그러실 필요 없다고 극구 사양했음에도 불구하고 시골 어머니는 소까지 몇 마리 더 처분해 아들에게 주었던 것이다. 어머니는 다시 소를 살 때까지 당분간 예금은 할 수 없다며 한숨을 쉬었다. 그러니 남자의 어머니가 남자의 은행에 예금하고 있다는 말은 사실상 엉너리치는 말에 불과했다. 남자의 어머니도, 남자도 통장을 분쇄하지 않고 가지고 있는 게 다였던 것이다.

어쨌거나 남자는 직무를 다했음에 스스로 만족했다. 서민 경제를 돌아가게 하는 원동력으로서, 대부업계에 막대한 이자를 지불할 수밖에 없었던 서민들과 기업들의 든든한 후원자로서 다시 서는 저축은행이 될 수 있도록, 관심과 격려를 부탁한다는 내용은 굳이 짚어주지 않아도 그들이 알아서 잘 쓸 수 있을 터였다.

남자는 도저히 맬 용기가 나지 않는 넥타이를 주머니 속에 대강 집어넣고는 초조하게 벽시계를 바라본다. 두통이며 위통이 가셔야 어떻게든 택시라도 잡아타고 회사까지 가겠는데, 이대로라면 차 안에서 다 토해낼 게 분명하다. 언젠가 먹은 적 있는, 위를 가라앉히는 가루약이라도 있다면……. 동네 약국에서 만들어주는 신통방통한 쑥색의 약은 아닌 말로 마약이라도 들어 있는 것인지, 먹으면 신기하게도 구토와 두통을 가라앉혔다. 술이 깨고 속이 가라앉으면 여유분 따위 생각하지 않게 되니 당연히 집에 약이 있을 리는 만무했다. 하지만 남자는 식은땀이 죽죽 흐르는 상황에서 마냥 집을 나서기도 어려워 하릴없이 약통을 뒤진다. 위액까지 다 토했는데도 더 토할 게 남았는지 속은 계속 메스껍다. 하얀 약통을 식탁 위에 올려놓고 뚜껑을 간신히 여는데 어디선가 바스락 하는 소리가 난다. 기름종이처럼 투명한 약봉지가 약통에서 막 떨어진 것처럼 테이블 위에 야무지게 놓여 있다. 쑥색의 가루가 들어 있는, 남자가 찾고 있는 그 약이 틀림없다. 남자는 '이상하다'는 생각을 할 겨를도 없이 반갑게 약봉지를 뜯는다. 이전에 약사가 시킨 대로 침으로만 약을 녹여 삼킨다. 그리 가볍게 취급되지 말았어야 할 '한 잔의 물'처럼 '녹색의 약' 또한 소홀히 다뤄지고 말지만 남자는 아직도 태평하다. 결국 수직이동이 아니라 수평이동일 뿐임을 주장하는 세계가 낡은 커튼 뒤에서 남자를 노려보고 있다. 남자의 두통이 서서히 가시고 있다.

남자의 지난밤 노력에도 불구하고 은행의 상황은 훨씬 나빠져 있었다. 어디서 어떻게들 알고 온 것인지 수백 명의 사람들이 개점도 하기 전에 줄을 서 있다. 각 신문 1면에 '채권자 취소권 발동, 부당 인출 예금 환수 조치', '정부 94개 저축은행 상반기 중 영업 정지 않는다' 등 예금자를 안심시킬 수 있는 헤드라인이 떴음에도 불구하고 사람들은 불안감이 가라앉지 않은 모양이었다. 몰려든 기자들에게 침을 튕겨가며 상황을 설명하는 사람들 중에는 이성적인 해명보다는 신세타령 일색인 노인들이 가장 많고, 생업을 놓을 수 없는 남편을 대신해 온 듯한 주부들이 그다음으로 많다. 출근을 미룬 듯 보이는 젊은 남녀도 눈에 띄는데 남자는 그들을 바라보며, 갓 입사했을까 말까 한 그들이 얼마를 저축하고서 득달같이 달려왔을까 잠시 궁금해한다.

사람들을 바라보자니 남자는 입사 후 16년간 이렇다 할 만한 사치를 부리지 않고 성실히 일해왔음에도 껍데기 통장뿐인 자신의 신세를 돌아보지 않을 수가 없다. 사실 이런 일이 생기고 보니 그런 돈이나마 없었던 것을 다행이라 해야 할지 처량하다 해야 할지, 소위 웃어야 할지 울어야 할지를 모르겠는 것이다. 물론 아이들의 최소한의 앞가림을 위해 조기 유학을 일이 년 정도 계획한 것이 분에 넘치는 일이었을 수도 있다. 하지만 덜떨어지지도, 딱히 뛰어나지도 않은 아이들에게 특별히 물려줄 유산도 없는 남자는 '잠깐 동안만 눈 딱 감아요'라며 기미 낀 얼굴에 결의를 다지는 아내를 차마 외면할 수가 없었다. 남자는 아이들과 아내를 위해 욕조 없는 원룸으로 이사도 했고, 할인카드니 적립카드를 더 꼼꼼히 챙기면서 기러기 생활을 견뎌내고 있었다. 풀쳐 생각하건대 어쨌거나 이 시점에서 보상받을 오천만 원이 없는 것은 그나마 다행한 일이었다.

아침 브리핑 시간에는 상부에서 급조된 대응책이 강조에 강조를 더하며 전달되었다. 'BIS 비율이 5% 미만이지만 다른 판단 기준을 적용해보았을 때 본 은행의 재무 건전성이 입증되었다'든가 '초과 대출로 지적을 받아 시정 조치 중이나 영업 정지와는 전혀 무관하다'든가 하는 미약한 대응책들을 최대한 설득력 있게 설파하라는 지시가 떨어졌다. '다른 판단 기준'이 무엇인지, '시정 조치와 영업 정지'가 어떻게 무관할 수 있는 것인지에 대한 설명이 필요했지만 아무도 이에 관한 해명을 요구하지는 않았다. 다만 이제 막 대리로 승진한 부하 직원이 안정성에 대한 신뢰를 주고 예금주를 붙잡으려면 당장 금리를 조금 더 올려주는 방안을 내놓아야 하지 않겠느냐는 제안을 했다가 지점장의 싸늘한 눈초리를 받았을 뿐이었다. 남자는 말없이 고개만 끄덕이고 있었다.

사실 남자는 숙취로 몽롱한 상태여서 도저히 회의에 집중할 수가 없다. 말들은 머릿속에까지 들어오지 못하고 이마 위로 탕탕 튕겨져 나가는 듯하다. '로'나 '이나', '게', '해' 등 쓸데없는 어미와 조사만이 자신도 모르게 반복해서 뇌리에 떠오른다. 게다가 자리에 앉는 순간부터 진동으로 해놓은 남자의 휴대폰이 집요하게 울려 남자는 더 집중하지 못하고 있었다.

"이 차장, 부하 직원 교육이 잘 안 되나보지?"

지점장이 욱하니 뺏성을 낸 다음에야 남자는 가까스로 정신이 든다. 남자보다 그의 부하 직원이 더 당황해서 어쩔 줄을 몰라 하고 있다.

"죄송합니다, 지점장님."

남자는 나누어 받은 자료를 접었다 폈다를 반복하다가 마침 또다시 진저리를 치며 진동하는 휴대폰의 전원을 아예 꺼버리고 만다. 다행히 어떻게든 개점은 해야 하기에 회의는 그쯤에서 정리가 되었다.

남자는 남자의 아래 직급 사원들 대부분이 창구에서 고객을 상대하는 사이 VIP실로 올라가 비치된 음료수를 꺼내어 마신다. 캔 하나로도 갈증이 가시지 않아 연거푸 두 캔을 비우고는 책상 앞에 앉았다. 어제 만난 동원 인력들에게 일일이 전화를 넣어 오전 중으로 주요 포털에 글들이 올라올 수 있게 재촉해야 한다. 남자는 아비규환인 사람들을 상대하는 것도 시급한 일이지만, 인터넷을 통한 자료 유포가 더 중요한 사안임을 십분 이해하고 있다. 물론 그것이 은행 내에서 남자가 맡은 가장 큰 역할이기도 하다. 게다가 지금 당장은 술 냄새 가시지 않은 남자가 창구에서 좋은 결과를 얻기도 힘들긴 할 것이다. 남자는 휴대폰의 전원을 다시 켠다.

잠깐 사이에 받지 못한 전화 목록이 빨간색으로 도열해 있다. 연세가 많은 VIP 고객, 아이들과 함께 캐나다에 가 있는 아내, 이름이 뜨지 않는 011 번호, 시골 본가의 어머니, 고교 동창, 또 다른 고객……. 심지어 평소에 자주 연락을 않던 큰애 친구의 아버지까지 전화를 남겼다. 남자는 이 많은 전화들이 한 시간 정도 걸린 회의 시간 동안 모두 걸려 왔다는 데 놀라움을 느낀다. 하긴 어쩌면 어젯밤 남자의 술자리서부터 오늘 아침까지 집요하게 쌓인 것인지도 모른다. 대부분 남자의 은행에 얼마간 예금이 있거나 당면한 사태를 처리하는 남자의 안위가 궁금해서 건 전화일 것이다.

　남자는 무언가가 어깨 근처에서부터 얼굴 안면까지 뻐근하게 번져오는 것을 느낀다. 엄청난 피로감이다. 모두를 한꺼번에 처리할 수는 없다. 괜찮다는 의례적인 말밖에 해줄 수가 없겠지만 우선은 가족에게 먼저 전화를 넣어야 할 것이다. 가족에게는 결코 실제로 남자가 느끼는 긴장감이나 위기감, 사태의 추이를 지켜보면서 자연스럽게 생긴 자기 모멸감이나 당황스러움 같은 것들을 얘기할 수 없을 것이다. 그래도 그들을 안심시킬 수 있는 말이라면 무엇이든 지껄여야 할 것이다. 아이들을 위해 남의 나라 점원 생활도 마다하지 않는 아내이고, 아내와 아이들의 캐나다 행을 위해 몇 안 되는 남은 소를 처분한 어머니이기 때문이다. 남자는 스마트폰으로 아내에게 간단한 문자 메시지를 남긴다. 정말 괜찮음. 걱정하지 말고. 조용해지면 통화할게.

　아내는 2년만 고생하겠다며 이를 악물고 떠났다. 그래도 대학 때 부전공으로 영어 교육을 했던 게 도움이 되어 금방 아르바이트 자리도 얻었다고 했다. 그 아르바이트 일이라는 게 슈퍼마켓 계산원이라는 것은 나중에 알았다. 아내는 힘들지 않다고 했지만 남자는 알고 있었다. 남자가 보내주는 돈으로는 아이들의 학비와 최소한의 생활비도 감당할 수 없다는 것을……. 화상

채팅으로 아내의 모습이 나날이 수척해가는 걸 보면서 남자는 은행에서 좀 더 열심히 일하기로 했다. 여신 업무를 주로 담당하던 남자가 홍보 쪽으로 자리를 옮긴 것도 바로 그런 이유였다. 3급이 되면 연봉이 최소 천만 원 이상 올라갈 터이기 때문이다. 남자는 이번 사태에서 무조건 승진의 계기를 마련하여야만 하였다.

남자는 휴대폰의 바탕 화면에 저장되어 있는 아이들의 사진을 잠시 들여다본다. 자신의 커다란 티셔츠 속에 함께 들어가 있는 귀여운 아이들이 남자를 향해 웃고 있다. 아내는 대충 이해할 것이다. 그러나 이해와는 별개로 당장 한국으로 돌아와야만 하는 상황이 생기지 않기를 간절히 바랄 것이다. 남자는 일부러 크게 한 번 심호흡을 하고는 어머니의 번호를 찾는다. 어쨌든 남자의 목소리를 들어야만 안심하실 어머니이기 때문이다.

하지만 바로 그 순간, 여러 통의 '부재중 전화'를 남긴 연세 많은 VIP 고객에게서 전화가 걸려 온다. 남자는 깜짝 놀란다. 전화기 화면상에서 무심코 지나쳤던 그 VIP 고객이 왜 여러 통의 전화를 했는지 이제야 깨달았기 때문이다. 남자는 그 고객이 어제까지의 대응 과정 중 이유는 모르겠지만 누락된 것이 분명하다는 사실을 알아차린다. 남자는 서늘한 죽비에 어깨를 맞은 듯 정신이 번쩍 난다. VIP로 그룹 등록이 되어 있는 사람들에게 모두 전화를 돌린 게 분명한데 어째서 그가 빠져 있었는지 알 수가 없다. 상황이 발생하기 전날, 남자는 은행의 차후 회생 조치의 일환이 될 자신의 주요 고객들에게 연락을 취했다. 마감 시간이 지났지만 전 직원이 묵과하는 가운데 신중한 인출이 진행되었다. 남자는 해외로 나가 있던 고객과 가까스로 통화가 되는 안도의 순간을 가지기도 하였다. 조심스럽고 치밀한 행보였다. 그런데 그 와중에 한 사람이 빠져 있었다는 것은 오싹한 일이다. 다른 누군가가 또 누락되어 있을 수 있기 때문이다. 누락된 VIP 고객은 부동산 중개소를 오래 운영했던 사람으로 예치금이 5억이 좀 넘는다. 사실 큰 고객은 아니지만 무시할 수 있는 경우도 아니다.

식은땀이 흐르지만 남자는 집요하게 몸을 떠는 전화기를 받지 않고 견뎌낸다. 이미 자신의 힘으로 어쩔 수 없을 것이다. 실수였지만 지금으로서는 만회할 수 있는 다른 방법이 없다. 다만 이 일이 남자의 업무에 대한 질책으로 이어지지 않기만을 바랄 뿐이다. 남자는 어머니에게 전화 걸려던 생각을 저절로 잊고 만다. 실수를 만회할 수 있도록 자신이 맡은 일에 좀 더 집중해야겠다는 생존 본능이 앞선 탓이다. 남자는 은행 내 남자의 역할, 즉 '사이버 공간에서의 대응'을 점검하기로 한다.

에어컨 바람이 구석구석까지 미치는 VIP룸에서 남자는 간밤에 만난 치들 하나하나에게 당부의 전화를 돌린다. 어떻게든 피해 구제 입법안을 만들겠다는 국회의원들을 물 타기라고 비난만

하면 되겠습니까? 아시다시피 은행에 가장 많이 저축을 하고 있는 사람들은 우리 직원들입니다. 저희야말로 직접적인 피해 서민이죠. 어쨌거나 살리는 방향으로 가야 한다, 그렇게 여론이 일어나야죠. 말하다보니 남자는 자신도 모르게 비장한 기분이 든다. 물론 직원들의 사전 인출에 대한 얘기는 일단 없던 것으로 치부한다.

사실 남자는 우려할 만한 통장이 없었기에 당연히 사전 인출 따위도 하지 않았다. 삼 년 전에 재개발을 노리고 아파트를 사면서 받을 수 있는 한도까지 모두 대출을 받은 상태라 다달이 이자와 원금을 갚는 것만으로도 벅찬 남자였다. 자신의 것이라곤 기껏해야 돌려 막을 때 쓰는 마이너스 통장이 전부였다. 그 부담을 시골의 어머니까지 함께 진 것은 가슴 아픈 일이지만, 남자는 몇 배로 불려 갚겠노라 다짐하고 스스로를 위안했었다. 남자를 낳기 직전 남편을 여읜 어머니는 아들에게 헌신적이었다. 소나 예금만이 아니라 할 수만 있다면 입고 있는 속곳도 내다 팔아줄 수 있는 어머니였다. 어머니는 아들이 '숭한 일 한 거 없응께 언제고 빛 볼 날 있을 거'라는 데 생의 전 희망을 걸고 지내는 분이었다. 남자는 업무상 통화가 끝나는 대로 어머니에게 전화를 넣기로 한다. 더 녹을 애간장도 없는 어머니이다.

네네, 그런 거죠. 그렇다니까요……. 다 아는 뻔한 작전에 굳이 토를 달며 모르는 척 시치미를 떼는 저쪽이 얄밉다. 나중에 떡값을 더 요구하기 위한 수작이 분명하다. 남자는 성의껏 이야기를 끌어가며 VIP룸 전체를 고급스럽게 마감하고 있는 원목 재질들을 둘러본다. 안에 들인 소파며 테이블만 해도 삼천만 원이 넘게 들었다던가……. 그 돈이면 소는 몇 마리나 살 수 있을까?

남자는 전화를 거의 끝내가면서 그동안 제법 안정을 되찾은 위장으로부터 맹렬한 식욕이 올라오는 것을 느낀다. 얼큰한 육개장 한 사발이면 잔류한 알코올이 죄다 빠져나갈 것만 같다. 육개장이 안 된다면 겨자를 넣은 냉면? 그도 안 되면 한 그릇 죽이라도……, 아니, 컵라면이라도……. 그냥 시원한 물이라도 마셔야겠다는 생각을 하며 남자는 전화기를 귀에 댄 채 몸을 일으킨다. 남자의 바퀴 달린 의자가 뒤로 밀리는 동안 세밀한 파동이 일었는데 남자는 여전히 아무런 낌새도 채지 못한다. 하지만 정수기 앞에 서서 따끈한 물이 부어져 있는 컵라면을 발견했을 때 남자는 자신도 모르게 어어, 소리가 절로 나온다. 전화를 받던 상대방이 무슨 일이냐고 물을 만큼 당황한 상태를 숨기지 못한다. 그건 분명 누군가가 금방 물을 부은 컵라면이었다. 남자는 간밤에 비몽사몽 감지했던 이상한 기운을 비로소 확연히 인식할 수 있는 상태에 이르러 어쩔 줄을 모르고 일단 전화부터 끊는다. VIP룸에는 남자 외에 다른 직원은 아무도 없다.

"여기 컵라면 누구 겁니까?"

아무도 없음을 뚜렷이 자각하고 있지만 남자는 절박하게 묻는다. 사위는 고요하다. 남자는 성큼성큼 몇 발자국을 내디뎌본다. 카펫의 결이 남자의 구두에 부드럽게 쓸리는 소리가 난다. 남자는 얇은 플라스틱 뚜껑을 열고 속의 내용물이 틀림없이 인스턴트 라면인지 확인한다. 김이 모락모락 나는 얇은 면발의 라면이 틀림없다. 남자는 오한이 드는 것을 느끼며 컵라면을 노려본다. 어떤 것도 공짜로 주는 법이 없는 세상이라는 사실 따위는 잠시 잊고 싶은 충동에 몸이 떨린다. 이유 없이 가해졌던 폭력 앞에서와 마찬가지로 이유 없이 가해지는 친절 앞에서 남자는 망연자실한다. 간과했던 물과 약에 대한 기억의 창이 한꺼번에 열린다. 애써 외면했던 그 이전의 공간과 시간, 또한 고의적으로 무시했던 더 이전의 감정과 느낌들……. 남자는 무섭지만 기가 죽지 않기 위해 안간힘을 쓴다. 언제나 이해할 수 있는 것은 끝자락에 지나지 않았다. 어째서 자신의 업무에 충실하려는 남자가 충실하지 않은 인생을 살게 되는 것인지, 남자는 한 번도 제대로 납득하지 못했었다. 그러나 왜 남자가 그런 것을 알아야만 하겠는가? 적당한 근거 없이 오는 폭력처럼 적절한 이유 없이 오는 호의 또한 그러니 그대로 받아들이면 되는 것일지 모른다. 좀 전까지 왕성하던 식욕이 일시에 사라졌지만 남자는 게걸스레 라면을 먹는다. 그는 허술하기 짝이 없던 일상의 모서리 어디쯤이 뜯겨 나가기 시작했다는 것을 감지한다. 그리고 뜯겨 나간 그 모서리

틈새로 아주 작고 말랑말랑한 것들이 스멀스멀 기어들어오기 시작했음을 지각한다. 남자는 그것들이 간밤의 꿈과 무관하지 않다는 것을 눈치챘다. 꿈틀거리고 느물거리며 뻔뻔스럽던 도마뱀들. 하지만 아직은.

아직까지는 할 일이 많았다. 남자는 지금까지 그래왔던 것처럼 조금 더 모르는 체하기로 한다. 그는 조미료 범벅임이 분명한 라면 국물을 보약처럼 쭉 들이켜고는 쫓기듯 아래층으로 내려간다.

창구 앞은 씩씩거리거나 울먹이면서도 질서정연하게 줄을 선 사람들로 장사진을 이루고 있다. 은행의 유리문 밖으로는 제지하는 경비들과 실랑이를 벌이는 기자들이 보인다. 과도한 인터넷 접속으로 서버가 다운되어버렸기에 인출은 사실상 불가능한 상태다. 직원들은 오히려 안도감을 느끼는 듯 침착하게 대기 번호표를 나누어주고 있다. 사람들마다 한마디씩 억울함을 호소하고, 이에 대해 친절히 길게 설명하는 직원들 때문에 열은 쉽게 줄지 않는다.

오천만 원까지는 예금자보호법에 의해 보상받으실 수 있으니까 걱정 안하셔도 돼요. 오히려 과도한 인출 때문에 은행이 더 위기에 처할 수 있으니까요, 번호표 받으시고 경과를 지켜보시는 게 나을 듯합니다. 부탁드립니다, 고객님.

하지만 번호표를 받고 있는 어떤 사람도 직원들의 설명에 위로를 받지는 못하는 듯하다. 어깨며 팔꿈치를 불쾌하게 부딪쳐 가며 서로로 인해 유발된 사람멀미를 애써 참고 있다.

남자는 남자가 처리한 일들과 창구의 상황을 전화로 부서장에게 간단히 보고하고 몇 가지 지시 사항을 메모한다. 일단 언론과의 접촉은 최대한 피할 것. 경영진의 자구 노력을 고객들에게 어필할 것, 중앙은행의 법정 지급준비제도와 예금보호제에 대해 강조할 것……. 남자가 네네, 대답하며 전화를 하는 사이에 진동으로 해둔 남자의 휴대폰은 경기를 하듯 계속 떨어댄다. 못 받은 전화 목록이 또다시 벌겋게 쌓이고, 안 읽은 문자는 서른두 개로 뜬다. 남자는 처음 몇 개의 문자를 확인하다가 곧 포기해버리고 만다. 이 난감한 상황에도 아랑곳 않고 통화 요금 내역서, 택배 방문 알림, 신용카드 결제 내역 등의 문자가 차곡차곡 일상으로 들어와 있다는 것에 화가 난다. 남자는 자신도 모르게 씨발, 소리가 절로 나온다.

오른쪽 창구가 시끄러워진 것은, 남자가 어머니와 잠시라도 통화를 해야겠다 싶어 주머니에 막 손을 넣으려던 참이었다. 성난 목소리가 거칠게 남자의 이름을 불러대는 바람에 남자는 그야말로 화들짝 놀란다. 남자는 그가 사전 인출에서 누락된 나이 든 VIP 고객이라는 것을 단번에 알아차린다.

"야, 새끼들아, 내가 그렇게 만만하니?"

VIP 고객은 당장이라도 창구를 뛰어넘어올 태세로 헐씨근거리며 남자를 향해 삿대질을 한다. 이 위태로운 상황에서 남자는 갑자기 물컵과 약, 컵라면을 떠올린다. 그것들은 왜 남자에게 온 것일까? 어디선가 스멀스멀 올라오는 축축하고 매끄러운 감촉……. 그건 경원시했으면서도 사실상 언제나 동경했었던, 약간은 이율배반적인 감촉이었다. 두렵지만 그립고, 낯설지만 처음은 아닌……. 하지만 지금은 좀 더 업무에 집중해야 한다.

남자는 얼굴이 벌겋게 달아오른 VIP 고객이 유독 자신의 이름을 불러 적잖이 당황스럽지만, 한편으로 직원 전체를 아울러 '새끼들'이라고 칭한 것에 일말의 안도감을 느낀다. 그도 알 것이다. 남자의 잘못만은 아니라는 것을. 은행 경비 둘이 모두 뛰어나와 그 고객을 양쪽에서 붙잡고 있는 사이에 새로운 소란이 일었다.

"이 개새끼들아, 내 돈 내놔라."

또 다른 방향에서 사람들의 줄을 헤집고 들어와 악다구니를 쓰는 이는 남자도 오며 가며 본 적이 있는 건물 청소부 할머니다. 하얗게 센 머리를 쪽 찌듯 뒤로 질끈 묶고 남자 화장실도 아무렇지 않게 드나들던 씩씩한 할머니였다. 눈물, 콧물 범벅이 된 할머니는 바닥에 철퍼덕 주저앉아 땅을 친다. 남자는 일촉즉발의 상황에 참 어울리는 비현실적인 장면이라 생각한다. 아니, 너무 현실적인가…….

"후순위 채권인가 뭔가는 보장도 안 된다면서? 이 나쁜 놈들아, 내 돈 내놔라, 내 돈."

감정을 억지로 눌러가며 번호표를 받아 가던 사람들의 표정이 순식간에 일그러진다. 그중에는 아직 후순위 채권이 무엇인지도 모르고 그저 할머니를 위로하려 드는 사람도 있다. 남자는 언젠가는 불거지겠지만 가능한 한 시기가 늦춰졌으면 했던 후순위 채권에 대한 얘기가 다른 사람도 아닌, 은행 건물의 청소부 할머니로부터 터진 것에 대해 당혹감을 감출 수가 없다. 제대로 해장이라도 하고 와서, 사우나라도 한 번 하고 와서 사태를 수습할 수 있다면 얼마나 좋을까…….

사실 이율이 높다고 고객들을 설득해 보통예금을 후순위 채권으로 전환한 것들이 이번 사태의 폭탄이라면 폭탄이었다. 일반 저축은 오천만 원 한도 내에서 보장받을 수 있는 가능성이라도 있지만, 채권은 그야말로 휴지 조각이 될 터이니 한바탕 난리가 날 게 뻔했다. 채권으로 전환을 유도한 것은 남자의 은행이 작년부터 내내 공을 들인 사업이었다. 어떻게든 할머니의 입을 막고 동요가 번져나가지 않도록 해야 한다. 남자는 창구 안쪽에서 바깥쪽으로 나와 할머니를 안아 일으킨다.

"할머니, 일단……."

그 순간 거센 다른 힘이 남자를 바닥으로 메다꽂는다. 남자의 이름을 정확히 불렀던 그 VIP 고객이다.

"도대체 기준이 뭐야? 어? 누구는 사전 인출시켜주고, 누구는 고스란히 돈 날리게 만드는 기준이 뭐냐고? 어? 이 은행 곧 영업 정지될 거라던데 내 돈 어떡해?"

사람들이 또다시 크게 동요한다. 무슨 말인지 제대로 알아듣지 못하고 주변 사람들에게 내용을 다시 물어보는 사람도 있고, 번호표를 받을 수 있는 열에서 이탈해 아수라장의 경계 안으로 뛰어들까 어쩔까를 고민하는 사람도 있다. 그사이에 VIP 고객은 나이에 어울리지 않는 힘으로 남자를 몇 번 더 가격한다. 남자는 이 황망한 순간에 밀도를 높여 자신의 주위에 포진하고 있는 도마뱀들을 본다. 어떻게든 살아남고야 마는 그것들이 남자의 눈과 귀와 입과 항문을 통해 들어간다. 남자는 더 이상 저항할 수 없음을 안다. 힘을 빼자 자연스럽게 고통이 사라지기 시작한다.

남자의 코에서 피가 흐르고 누군가의 침이 남자의 얼굴 옆선을 타고 찐득하니 흘러내리는데, 어디선가 초로의 여인이 뛰어든다.

"선상님들, 그라지 마소. 내 아들이 무슨 죄가 있겄소? 다 위에서 시킨께 했제. 내 아들 좀 놔주소."

그녀는 다름 아닌 남자의 어머니다. 시골에서 여기까지 기차로도 몇 시간인데 무슨 연유로, 어떻게 이곳까지 왔는지 알 수가 없다. 남자는 눈앞에 있는 어머니와 줄곧 통화를 하려던 어머니를 동일시하지 못한다. 그는 멍하니 주머니 속 전화기를 만지작거린다. 핏줄 불거진 거친 어머니의 손이 VIP 고객의 팔을 붙잡는데, 그런 어머니를 다시 청소부 할머니가 붙잡는다. 남자의 어머니는 그 손을 거칠게 뿌리치고 소맷부리로 아들의 얼굴에 흘러내리는 피와 오물을 닦아준다. 그래도 청소부 할머니는 기가 죽지 않는다.

"죄가 왜 없어요? 이놈들이 멀쩡한 내 돈 후순위 채권인가 뭔가로 바꾸래서 내가 이 지경이 되었단 말이오. 나도 아들이 있어요, 아들……. 돈 없어서 장가도 못 간 불쌍한 내 아들 말이오."

남자의 어머니에게 대거리를 해대는 청소부 할머니의 머리가 어느새 풀어져 흐트러져 있다. 그녀의 백발을 야무지게 묶어주었던 머리끈은 도대체 어디로 간 것일까? 할머니의 머리를 다시 단정하게 묶어야 하는 그 끈 말이다. 남자는 부동산업을 오래 했다는 VIP 고객에게 당장 팔아치워야 할 집채처럼 야무지게 멱살을 잡힌 상태에서, 엉뚱하게 떠오른 할머니의 머리끈 생각을 떨쳐내기 위해 고심한다. 집중해야 한다. 그래, 집중…….

"야가 알았으믄 지 에미 통장부터 막아줬제. 이라지들 마소. 나도 그 후순위 채권인가 뭔가 하는 거이 있었단 말이오. 우리 아들은 암것도 모르오, 몰라."

오열하는 목소리가 집중하려던 남자를 산산이 부수고 만다. 남자는 걸레처럼 너덜너덜해진 어머니의 말들을 수습하기 위해 애를 쓴다. 무슨 소리인가? 무슨 소리인가 말이다.

"나 죽으면 장례비라도 할라고 마지막꺼정 꿍쳐두었던 돈인디, 나도 그걸 날렸단 말이오. 나도."

남자의 어머니가 피처럼 토해놓는 말에 청소부 할머니는 하던 짓거리를 잠시 멈춘다. 엉킨 머리카락이 청소하다 끝날지 모를 할머니의 인생에 아무렇게나 들러붙어 있다. 갑작스러운 정적이 사람들의 정수리를 쪼개듯 내리친다. 하지만 곧,

"에잇, 이까짓 번호표가 무슨 소용이야?"

누군가가 모호한 공간 어디쯤에서 소리를 쳤고, 은행 안은 순식간에 아수라장이 되고 만다. 의자가 부서지고 유리창이 깨진다. 비명과 호각 소리가 불협화음을 이루며 건물 내부를 무시무시하게 흔든다. 경비들이 다급하게 뛰어다니지만 이미 대부분의 사람들이 창구를 넘어 제한 구역까지 뛰어들어갔다. 그들의 예금에는 턱없이 모자랄 알량한 현금 다발 몇 개가 나뒹굴고, 화장용 거울이며 휴대용 티슈 등 사건과 무관해 보이는 사물들이 바닥에 매대기쳐진다. 장을 살린다는 요구르트들이 으깨져 흐르고, 볼펜이며 연필 따위가 이리저리 구른다. 남자는 그 와중에 퍼뜩 정신을 차리고 어딘가로 뛰어간다.

이제 그는 더 이상 미룰 수 없음을 안다. 결국 도마뱀들은 남자의 뇌를 모조리 뜯어먹고 말 것이다. 마지막으로 허공에 검을 휘둘러보는 상처 입은 무사처럼, 효력을 발휘하지 못할 긴 주술을 외는 추장처럼 남자는 외롭게 잠식당할 것이다. 위압으로든

위로로든 포획으로든 포섭으로든, 도마뱀들은 결국 무수한 구멍으로 파고들어가 떡하니 자리를 잡고야 말 것이다. 뇌간 상층을 비집고 들앉은 그것들은 극도의 공포심을 양산하고 달콤한 자기 합리화를 선사한 후, 남자로 하여금 아무렇지도 않게 또 다른 인생을 살아가게 할 것이다. 그는 도마뱀들이 제공하는 모든 호의를 받아들이기로 한다. 저항은 아무런 결실 없이 시간만 축내고 말 것이기 때문이다. 남자는 받을 호의에 대해 미리 충분히 값을 치렀다고 생각한다. 호의도 폭력도 언제나 남자와 무관하게 진행되었다는 사실만을 또렷이 자각할 뿐이다.

남자는 제한 구역의 불을 끄고 들어가 익숙하게 알고 있는 곳에서 들고 갈 수 있을 만큼의 현금 다발을 쇼핑백에 담는다. 아까부터 울리기 시작한 비상벨은 이 경우에 남자의 행보를 전혀 부각시켜주지 않는다. 직원인 남자를 의심하는 사람은 없다. 아니, 누구를 의심하고 말고 할 상황이 아니다. 사람들과 씨름하는 직원들 사이를 재빠르게 비집고 나간 남자는 그의 어머니를 찾아 허름한 쇼핑백을 들려준다. '이건 피 같은 우리 돈이오. 무조건 우리 돈이란 말이오.' 남자의 이글거리는 눈에 질려 남자의 어머니는 아무런 대꾸도 하지 못한다. 직원용 비상문이 닫히기 직전 남자는 자신의 어머니를 내보내고, 감시용 카메라의 촬영 부분을 지우기 위해 컴퓨터실로 들어간다. 차가운 물을 떠다주고 약과 컵라면을 대령했던 그것들이 남자의 치밀한 행보를 돕는다. 미끄덩거리는 웃음소리가 허둥거리며 움직이는 남자의 뒤를 따라 울려 퍼진다. 끈적끈적 축축한 도마뱀의 피부가 남자의 온몸에 소름이 돋게 만든다. 하지만 남자는 피하지 않는다. 이윽고 첫 번째 도마뱀이 남자의 뇌를 한입 깨물었을 때 남자는 오히려 후련함을 느낀다. 영어를 모르면 살 수 없는 아이들의 미래. 열심히 직장 생활만 하는 것으로는 노후가 보장되지 않는 현재. 엄청난 사랑에 보답은커녕 껍데기마저 벗겨 가야 하는 과거의 시간. 남자는 이 모든 분노할 것들의 이유를 조금쯤 알게 되었기 때문이다. 남자는 셈이란 정확히 치러져야 하는 법이라고 스스로를 위로한다. 그래야 공평한 저울을 안고 있다는 이 세상이 말이 되니까 말이다.

아수라장의 틈새에서 남자는 잠시 자신이 걸어온 길을 돌아보았다. 그것은 도마뱀의 꼬리처럼 수시로 잘려 나간 흔적이 역력한, 매우 고단하고 먼 길이었다. 하지만 이제 그다지 어렵지 않을 것이다. 남자는 이유 없는 도움에 과감히 순응할 것임을 다짐한다. 그것은 결국 수평의 세상을 위한 더하기요 빼기에 불과할 것이다. 남자는 의심하지 않고 도마뱀들에게 몸을 맡길 것이다. 이 시간이 지나면 세상은 또 언제 그랬느냐는 듯이 천연덕스럽게 침을 흘리고, 이불을 쓰고, 눈물을 닦을 것이다.

남자의 뇌를 거의 다 먹어치운 도마뱀들은 쉴 새 없이 재잘거리며 자깝스럽게 남자를 어른다. 도마뱀과의 친근한 동화로 자신감이 붙은 남자는 어머니의 사투리를 따라 외친다. 숭한 일 한 거 없응께 언제고 빛 볼 날 있을 거요. 숭한 일 한 거 없응께로 말이요. ‖

*이 글을 쓰면서 테리 번햄의 〈비열한 시장과 도마뱀의 뇌〉를 함께 읽었습니다.

도약

강의 이편과 저편을 연결한 다리 위로 달리고 있는 자신의 뒷모습. 알몸이다. 엉덩이께 두둑하니 붙은 살점이 발을 디딜 때마다 미련스레 떨린다. 군살이 많이 붙은 다이아몬드 형의 빚은 몸은 텅 빈 대교를 뛰어가기에는 너무 위태로워 보인다.

도약

　　　　　여름날이라 해는 아직도 붉게
타오르며 따뜻한 제 온기를 흩뿌리고 있다. 높이 있는 여자는 파
란색 크레인 위에서 파란색 작업복을 입고 낮 동안에 널었던 이
불을 걷고 있다. 크레인이 마치 어느 동 어느 구역의 아파트 한
칸이라도 된다는 듯이 여자의 동작은 태평스럽다. 너무 멀어 여
자의 생김새는 잘 보이지 않지만, 외씨 부인은 사진으로 본 그
여자의 얼굴이 생생하게 떠오른다. 그다지 늙지도 젊지도, 마르
지도 뚱뚱하지도 않은, 지극히 평범해서 그악스럽게 사는 것과
는 평생 단 한 번의 인연도 없을 것만 같은 외람된 얼굴······.

1

　그렇다. 모든 건 그 여자 탓이다. 아니, 그놈의 망할 크레인 탓

이다. 아니, 아니 이 모든 일의 시작은 굳이 태종대를 구경시켜 주겠다며 집으로 놀러 오라고 성화를 해댄 친구로부터 비롯되었는지 모른다. 그러나 애초의 일정대로 해운대에서만 휴가를 즐기고 굳이 부산에 터를 잡은 친구에게 전화를 걸지 않았더라면, 바다가 보이는 아파트를 얻었다는 친구의 사는 모양을 궁금해하지 않았더라면, 호젓한 여행을 추억하기라도 하는 사람처럼 그냥 혼자서 산책이나 했더라면 그런 일 따위는 겪지 않았을지도 모른다. 어쩔 수 없이 결국 자신의 탓일 것이라고, 외씨 부인은 뒤늦게 생각을 정리한다.

외씨 부인은 입술을 앙다물고 미간에 주름을 모은다. 남편은 휴가 기간임에도 불구하고 부산의 거래처에 잠시 들러야 한다고 했었다. 한나절을 뭐 하며 보내야 할지 막막했던—사실 낯선 곳에서 혼자 무언가를 해야 한다고는 꿈에도 생각하지 않았던—외씨 부인은 친구가 생각났고, 결국 친구의 집을 방문하게 되었던 것이다. 하긴 방학인데 아이들이 집에 없는 게 가장 큰 이유였는지 모른다. 애들이 있었더라면 그렇게 오래 부산에 머무르지도 않았을 터이고, 혼자 친구 집에 가겠다고 버스를 타는 일도 결코 없었을 것이다. 어렵사리 예약이 된 영어 캠프로 애들은 일주일쯤 집에 없었고, 남편과 외씨 부인은 오랜만에 둘만의 휴가를 보내자고 부산에 내려온 터였다. 한 아이당 백만 원이 넘는 캠프였지만 유명 대학에서 하는 것이니 그 값어치를 하리라 믿고 보냈고, 아이들은 어차피 뜨거운 바다에서의 해수욕을 즐기지 않으니 이래저래 잘 되었다 생각했던 것이다.

아아, 모르겠다.

어디서부터 꼬여버린 것인지, 도대체 어디까지 이렇게 어칠어칠 걸어가야 하는 것인지 외씨 부인은 짐작조차 할 수가 없다. 원인을 따지는 것도, 그 일을 피해 갈 수 있었던 온갖 가능성을 중간중간 배제해보는 것도 지금으로서는 모두 부질없는 짓일지 모른다.

사실 그날은 휴가지라는 장소의 예외성을 제외하고는 평소와 조금도 다르지 않았다. 뒤통수를 잡아당기는 듯한 미심쩍은 기분이 들지도 않았고, 지구 중심에서 끌어당기는 중력을 특별히 더 민감하게 느끼지도 않았다. 아주 우울할 것도 없고, 특별히 생기발랄할 것도 없는 그저 그런 여름날 아침이었다. 평소와 다른 점을 굳이 따져본다면 잠자리가 바뀌어서인지 여느 때보다 일찍 잠에서 깨었고, 내친김에 날이 덥기 전에 서둘러 길을 나섰다는 것 정도에 불과했다. 외씨 부인은 외지인의 겸손함으로 친구가 일러준 대로 착실히 버스를 탔다. 정말 그뿐이었다. 잠을 설치거나 일찍 길을 나서는 일은 특별할 것도 이상할 것도 없는, 그저 그럴 수도 있는 일 중의 하나일 뿐이었다.

그리고 버스를 잘못 내려 조금 헤매다가 파란 크레인이 솟아 있는, 다소 어수선해 보이는 하늘을 쳐다본 것이 다였다. 그 아래로 부랑자처럼 보이는 추레한 사람들 몇몇이 담벼락에 붙어서 어슬렁거리는 광경은 바다를 가로지르는 광안대교나 테트라포트 모양 방파제 돌을 보았을 때의 느낌과 전혀 다르지 않았다. 집과 다른 감각, 그러나 사람 사는 곳이라면 어디건 있을 법한 풍광, 그게 다였다. 그러니 파란 크레인인지 빨간 크레인인지는 다른 자극들에 밀려 곧 잊혀지고 말았다. 당연하게도.

친구의 아파트는 실제로 더 자랑해도 넘치지 않았을 만큼 경관이 좋은 곳에 자리를 잡고 있었다. 아파트 단지 내부에서 바다를 면한 산책로로 바로 들어갈 수 있게 만들어놓은, 외국의 팬션처럼 오밀조밀 예쁜 장소였다. 외씨 부인은 상가에서 두루마리 휴지와 생크림이 잔뜩 발린 케이크를 사 들고 친구의 집에 들어섰다. 얼마 전에 살던 곳보다 큰 평형의 새 아파트로 이사를 했다는 친구의 집이 그러나 자신이 사는 집 시세에 훨씬 못 미치는 것에 다소 안도하며, 외씨 부인은 무난한 칭찬을 늘어놓았다. 전망이 죽인다, 얘. 마감재가 여간 고급이 아닌데? 그래봤자 서울은 아니지, 하는 내면의 안도감은 숨긴 채 외씨 부인은 친구와 담소를 나누고 커피도 마시면서 배가 고파질 때까지 실컷 놀았다. 그리고는 태종대에 들러 여기까지 와서 안 먹고 가면 서운할 거라는 친구의 권유에 따라 회 한 접시를 시켜 먹고, 얘깃거리가 정말 바닥이 났구나 싶을 때까지 수다를 떨었다. 그리고 다시 커피 한 잔. 그게 다였다.

아무런 징후도, 나쁜 예감도 없었다. 나중에 생각해보니, 굳이 전조라 할 만한 일이 있었다면 그날 저녁 머리핀이 없어진 걸 발견한 정도라고나 할까. 해운대 숙소를 나가 친구 집에 갈 때 외씨 부인은 언제나처럼 왼쪽 머리에 긴 막대형 머리핀을 두 개 꽂고 나갔었는데, 나중에 세수하려고 핀을 빼려다 한 개가 없어진 것을 발견했던 것이다. 어떤 물건이든 하나를 사면 왠지 불안해서 같은 것을 두 개씩 사곤 하는 외씨 부인이었다. 물론 고가의 물건이야 그럴 수 없지만 푼푼이 드는 액세서리라든가 옷, 모자 등은 늘 잃어버릴 것을 대비해 하나 더 사놓아야 안심이 되곤 하였다. 신발의 굽이 수리할 수 없을 정도로 망가져버린다든가, 귀고리 한 짝이 빠져버려 외짝이 된다든가, 마음에 드는 옷이었는데 올이 터져 다시 사려 하지만 재고가 없다든가 하는 불상사에 대한 나름의 방책이었다. 작은 물건들은 두 개를 끼거나 꽂았고, 그럴 수 없을 때는 가방 속에 나머지 하나를 가지고 다녔다. 물론 예상했던 그런 사고가 발생하는 일은 극히 드물었다. 없어졌던 목걸이나 반지는 세면대 위나 이불 사이에서 다시 나오는 경우가 다반사였으며, 옷은 하나를 버리고 남은 하나를 입게 될 즈음이면 이미 그 옷에 싫증이 나기 일쑤였다. 두 개를 사는 것이 소용없는 일이라는 걸 알고 있었지만, 외씨 부인은 언제부터 시작되었는지도 알 수 없는 그 버릇을 오래 버리지 못하고 있었다.

친구와 만난 그날도 외씨 부인은 머리핀 하나가 어딘가에 필시 떨어져 있을 것이라 생각하고 호텔 방을 구석구석 뒤졌었다. 네모 모양의 자개 다섯 개가 박힌 기다란 핀이었다. 얼굴에 클렌징크림을 잔뜩 발라 연신 문질러대며 문에서부터 걸어 들어온 동선을 따라 샅샅이 뒤져보았다. 하지만 온 방 안의 불을 다 켜서 살피고도 머리핀이 나오지 않자, 외씨 부인은 바로 이런 때 두 개 사놓은 보람이 있다고 내심 흡족해하기까지 하며 남은 하나의 핀을 화장품 파우치에 잘 넣어두었다. 두 개를 꽂고 가지 않았더라면 머리핀이 떨어져 나간 자리가 부스스 떠 있었을 것이라 생각하니 하나를 잃어버렸어도 만족스러웠다. 소유하는 것만이 존재의 현시가 된다는 점에 외씨 부인은 이견을 달지 않았다. 이견을 달 수 없는 그 흡족한 마음은 그 다음날 서울로 올라가는 아침, 간밤에 잘 두었다고 생각한 남은 하나의 머리핀이 끝내 나오지 않을 때까지 지속되었다. 파우치에 넣어둔 것이 분명한 듯한데 어찌 된 일인지 그것마저도 찾을 수가 없었던 것이다. 핸드백, 여행 가방 어디에서도 핀을 발견할 수 없었던 외씨 부인은 잠시 불안해하고 당황해했지만 오래 그 상태에 젖어 있지는 않았다. 결국 잃어버리고 말 운명의 머리핀이었다는 무심한 결론을 내리며 외씨 부인은 곧 그에 관한 생각은 까맣게 잊고 말았다. 서울에 올라와 여행 짐을 풀 때도 어쩐지 머리핀 생각은 더 이상 나지 않았다.

2

외씨 부인은 순식간에 없어져갔다. 놀랍게도 그녀가 '거의' 사라지는 데는 하루가 채 걸리지 않았다. 기억의 잔상 저 너머로 완전히 이동해버려 도무지 의식되지 않는 존재, 외씨 부인은 부지불식간 그런 존재가 되어버렸다. 어떻게 해서 그럴 수 있는 것인지 외씨 부인 자신은 모른다. 그녀를 촉각 혹은 시각으로 느낄 수 없게 된 다른 사람들은 더더군다나 모른다. 그것은 마치 어느 날 문득 태연하게 한 자리를 차지하고 있는 천장 모서리의 거미줄이나 쇠붙이 사이 붉은 녹을 발견했을 때처럼 갑작스럽고 뻔뻔한 일이었다.

그녀는 자신이 철저하게 사각에 위치해 있음을 알게 되었다. 점점 어두워지며 사라지는 것이 오직 자신 하나라는 사실을 깨달았을 때의 공포를 말하기란 쉽지 않다. 외씨 부인은 하릴없이 입을 벌리고 침을 흘리며 절망을 소리 내어 베어 물 수밖에 없었다.

최초의 사건은 휴가지에서 서울로 돌아온, 그러니까 결국 나머지 하나의 머리핀도 잃어버리고 만 바로 그 다음날 새벽에 일어났다. 벨 소리에 놀라 벌떡 일어나 시계를 보니 다섯 시가 조금 넘은 시각이다. 아이들도 없는 날 다섯 시에 알람이 울렸을 리는 없고, 어디서 난 소리인가 싶어 비몽사몽간에 몸을 일으키고 앉아 있는데 집 현관문을 두드리는 소리가 난다. 인터폰 화면으로 바깥을 살펴보니 매일 요구르트를 넣어주는 아줌마가 서 있다. 알아들을 수 없는 잠꼬대를 웅얼거리는 남편을 뒤로하고, 외씨 부인은 원피스 형 잠옷 위에 티셔츠 하나를 걸친 채 문을 열었다.

"계산해 드리러 왔어요."

요구르트 아줌마는 무뚝뚝하게 말하며 카드 리더기를 들이민다. 외씨 부인은 벌써 한 달 날짜가 다 되지는 않았을 텐데, 하고 의아해하며 급한 대로 소파 위에 놓아둔 가방에서 지갑을 꺼내어 들었다.

"벌써 한 달이 되었어요? 그런데 이렇게 일찍 어쩐 일이세요?"

낮에 자신을 만나지 못하면 계좌 이체를 할 수 있는 용지를 문 사이에 끼워놓고 가곤 하던 아줌마임을 알기에 외씨 부인은 도무지 이해가 가지 않는다. 하지만 무슨 사정이 있을지도 모른다는 생각을 하며 지갑에서 카드를 꺼낸다. 요구르트 아줌마는 장에 좋다는 요구르트 두 개와 간에 좋다는 요구르트 하나가 든 비닐봉지를 바닥에 내려놓은 후 기계 옆쪽 홈에 카드를 쭉 넣었다가 뺀다. 그러고는 애초에 외씨 부인이 철천지원수라도 된다는 듯이 부루퉁한 표정으로 말을 뱉는다.

"아무튼 계산은 끝났습니다."

요구르트 색의 누리끼리한 모자를 쓰고 빨간 립스틱을 바른 요구르트 아줌마는 툽상스레 영수증을 던져놓는다. 모자 아래로 삐져나온 더부룩한 파마머리가 오래 굴러다녔던 먼지덩어리처럼 지저분해 보인다. 늘 봐오던 사람인데 오늘따라 왜퉁스럽기 그지없다. 다시는 요구르트를 넣지 않을 듯이 구는 말투가 거슬려 외씨 부인이 아줌마를 쳐다보지만, 아줌마는 눈길 한 번 주지 않는다. 마치 어디서고 외씨 부인 같은 사람을 상대한 일이 없으며, 앞으로도 그러고 싶지 않다는 듯한 완강한 태도다. 아줌마는 인사도 없이 몸을 돌려 나가려 한다. 외씨 부인은 어쩐지 억울한 마음이 들어 카드를 미처 지갑 속에 넣지도 않고 아줌마를 불러 세운다.

"아줌마, 아주머니!"

하지만 요구르트 아줌마는 뒤도 돌아보지 않고 현관문을 밀고 나가버린다. 외씨 부인은 괘씸하다기보다는 어이없어 그녀가 여닫고 나간 문을 한동안 바라보고 서 있다. 아줌마의 말과 행동을 보면 자신이 요구르트를 그만 받기로 했음이 틀림없고, 단순히 그만 받는 게 아니라 무언가 아줌마를 단단히 화나게 한 것이 분명했다. 외씨 부인은 현관에 선 채로 자신이 미처 생각하지 못하는 무언가를 떠올리기 위해 애를 썼다. 비가 오나 눈이 오나 요구르트 리어카를 밀고 다니며 단지 구석구석 배달하는 그녀를 어제오늘 봐온 게 아니다. 자신이 그이를 무시하는 말을 했던가? 하지만 최근에 그녀를 만난 기억이 없는데 그럴 리는 만무했다. 더군다나 요 며칠은 휴가로 집에 있지도 않았다. 사람을 못 보고 지나쳤을 수는 있다. 하지만 그 정도 일로 요구르트 하나라도 더 팔려는 아줌마가 이 꼭두새벽에 자신에게 성질을 내고 갈 일은 아니지 싶다. 도리어 외씨 부인 쪽에서 슬슬 화가 난다.

"이상한 사람이지 뭐야? 뭐 저런 아줌마가 다 있어?"

외씨 부인은 남편에게라도 하소연을 하고 싶어 풀썩거리며 침대에 눕는다. 하지만 남편은 며칠 만에 집에서 자는 잠이 사뭇 달콤한지 미동도 하지 않는다. 분이 삭여지지 않아 한동안 뒤척이던 그녀도 어느새 다시 잠에 떨어지고 만다. 자신이 없어져가는 실제적인 사건임을 외씨 부인은 아직 짐작조차 하지 못한다.

잠깐의 새벽잠 가운데 반복되는 꿈 때문에 외씨 부인은 자면서도 민망해 죽을 지경이다. 강의 이편과 저편을 연결한 다리 위로 달리고 있는 자신의 뒷모습. 알몸이다. 엉덩이께 두둑하니 붙은 살점이 발을 디딜 때마다 미련스레 떨린다. 군살이 많이 붙은 다이아몬드 형의 벗은 몸은 텅 빈 대교를 뛰어가기에는 너무 위태로워 보인다. 더군다나 전체적인 균형감에 크게 무리를 일으키는 작은 맨발은 불안하다 못해 측은할 지경이다. 두려워서인지 자꾸 뒤를 돌아보는 자신의 얼굴은 화장기 없이 메부수수하다. 핀 하나도 꽂혀 있지 않은 머리는 요구르트 아줌마의 먼지덩어리 파마머리처럼 촌스럽게 붕 떠 있다. 외씨 부인은 무안하고 슬퍼서 어찌할 바를 모른다. 꿈일 뿐이라고 반쯤은 자신을 위로하며, 그러나 반쯤은 그 슬픈 마음에서 벗어날 수 없음을 괴로워하며 잠결에 운다. 자면서 우는 것인 줄은 알겠는데 잠에서 깨어날 수가 없다. 다시 꿈이 반복되며 다리의 초입 부분.

외씨 부인이 가까스로 눈을 떴을 때는 아홉 시가 조금 넘어 있었다. 아침을 거르지 않는 남편이 어쩐 일로 그녀를 깨우지도 않고 혼자 출근을 했다. 전화를 걸어보지만 받지 않는다. 요구르트 아줌마 때문에 늦잠까지 자다니 생각할수록 화가 난다. 꿈도 찜찜하기 그지없다. 하지만 오늘은 이모저모로 몸을 재게 놀려야 하는 날이다.

3

외씨 부인은 서둘러 세안을 마치고 세탁소에 들른다. 세탁소 아저씨가 시도 때도 없이 집에 오는 게 싫어 그녀는 맡길 때나 찾을 때 언제나 제 발품을 판다. 오전으로 약속된 브런치 모임에 입고 나갈 원피스를 찾아 와야 한다. 지난주부터 세탁이 완료되었다는 문자가 들어왔는데 막상 입고 나갈 일이 생기니 그제야 생각이 미쳐 서둘렀다.

"원피스 찾으러 왔어요."

외씨 부인은 여느 때처럼 인사말을 생략하고 찾아야 할 세탁물을 알린다. 한 해 두 해 봐온 세탁소 아저씨가 아니라 얼굴만 봐도 알아보고 옷을 건네준다. 그런데 오늘은 이상하다.

"우린 다 배달로 갖다 드리는데? 몇 동 몇 호세요?"

생판 처음 보는 사람이라는 듯이 세탁소 아저씨가 외씨 부인을 바라본다. 외씨 부인은 잠시 자신이 없다.

"1002동 809호잖아요. 별일이시네. 매번 그냥 찾아주시면서?"

외씨 부인이 다소 무안하여 던진 말에 아저씨는 대꾸가 없다. 증기를 팍팍 뿜어내는 다리미를 손에서 놓을 생각도 않는다. 외씨 부인은 슬그머니 부아가 치민다. 요구르트 아줌마도 그렇고, 이 사람들이 오늘 하나같이 왜 이러지?

"1002동 809호예요. 원피스 빨리 주세요."

외씨 부인은 정색을 하고 아저씨를 채근한다. 그제야 아저씨는 심드렁하게 다리미를 세우더니 빽빽한 옷걸이 사이를 장대로 휘젓는 시늉을 한다.

"1002동 809호에서 맡긴 옷 없는데요?"

외씨 부인은 이건 또 무슨 되지도 않은 소리인가 싶어 놀란 눈으로 아저씨를 바라본다.

"전표 있으세요? 세탁물 맡길 때 드렸던……."

"영수증이야 집에 찾아보면 어디 있겠지만, 오늘 왜 이러세요? 모르는 사이도 아니고……."

"모르는 사이가 아니라니요?"

손과 팔뚝 여기저기에 쥐며느리 모양의 덴 자국이 나 있는 세탁소 남자는 정말로 의외라는 듯 외씨 부인을 데면데면 바라본다. 뱉고 보니 모르는 사이가 아니라는 말이 자연스럽지는 않다. 외씨 부인은 파르르 윗입술 가장자리가 떨리는 걸 느낀다. 당장 집에 가서 영수증을 찾아 남자의 얼굴에 던져주고 싶다. 하지만 열 시 반 모임인데 어느 동안에 집에 가서 영수증을 찾고 다시 온단 말인가……. 자신의 얼굴만 봐도 '809호시죠?' 하며 대번에 옷을 찾아주던 세탁소 주인이 맞는 건지 다시 한 번 아저씨의 얼굴을 빤히 본다. 오른쪽 뺨보다 왼쪽 뺨에 곰보 자국이 더 심한 그 얼굴이 백번 천번 맞다. 미칠 것 같다.

"영수증 없이는 못 드립니다. 찾아 가지고 오세요."

"그동안 영수증 없이 잘만 찾아주곤 했는데 갑자기 무슨 소리세요?"

"글쎄, 저희는 원칙대로 한다니까요. 찾아 와서 말씀하세요."

"여기 문자 메시지도 보내셨잖아요?"

외씨 부인은 마침내 휴대전화기를 꺼내어 최근 온 문자를 이리저리 살펴본다. 택배 배달 안내, 은행 출금 안내, 영어 캠프 회비 독촉 안내, 미용실의 휴가 기간 할인 안내 등 하루이틀 사이에도 엄청난 문자가 와 있다. 그런데 세탁소에서 보낸 문자는 시간이 지나 자동으로 지워진 것인지 아무리 찾아도 보이지 않는다.

"아무튼 영수증을 가지고 오셔야 합니다."

영수증을 찾지 못할 것이라 확신한다는 듯이 단호하게 말하는 세탁소 아저씨 때문에 외씨 부인은 약이 바짝 오른다. 매번 배달 수고를 덜어주어 고맙다고 인사하던 그가 생판 모르는 사람이라는 듯 외면을 하고 있는 것이다. 가장 먼저 든 생각은 세탁소 아저씨가 뭔가 자신을 오해해서 몽니를 부리고 있지 않을까 하는 것이었다. 하지만 바로 이어서 어느 모로 보나 자신이 동네 세탁소 아저씨가 오해할 만한 짓을 했을 리는 없다는 데 생각이 미친다. 참을 수 없을 만큼 화가 난다. 하지만 외씨 부인은 아침부터 본 바 없는 여편네처럼 드잡이를 놓고 싶지는 않다. 더욱이 그저 그런 동네 세탁소 아저씨를 상대로는 절대 그럴 수 없다. 외씨 부인은 심호흡을 하고서 내 참, 한마디를 겨우 던지고는 돌아서고 만다. 흥분이 가라앉지 않아 상가 엘리베이터 버튼을 누르는데 손이 벌벌 떨린다. 영수증을 찾아 아저씨 면전에 던져주고 말리라, 그리고 다시는 저 세탁소와 거래를 하지 않으리라, 다짐을 한다.

그런데 그 순간 갑자기 전날 보았던 크레인의 이미지가 뇌리를 스치고 지나간다. 외씨 부인은 황망히 떠오른 크레인 생각에 급속도로 당황해한다. 뭘까? 이 걸쭉하니 찌뿌드드한 기분은? 그건 마치 사막 한가운데서 찬란한 풀빛 요트를 보았을 때처럼 생소한 느낌이기도 하다. 엉뚱한데 이상하게 처연하여 가슴 한복판에 압정이 야무지게 꽂히기라도 한 듯 꼼짝할 수가 없다. 외씨 부인은 실제로 가슴에 욱신욱신한 통증을 느끼며 가까스로 엘리베이터를 탄다. 간밤에 핀이 없어진 것부터 오늘 아침까지 있었던 일련의 일들이 그 크레인과 무관하지 않을 것 같다는 불안감이 전신을 떨리게 만든다. 눈이 부셔 더는 올려다볼 수도 없었던 파란 크레인…….

4

큰아이가 초등학교 1학년이었던 때부터 6년 동안 계속되어온 모임에서는 언제부터인가 아이들에 대한 얘기는 화제로 오르지 않았다. 서로들 친구로서보다 경쟁자로서의 입지가 굳어가면서 교육에 관한 정보를 줄 수도 받을 수도 없게 되었기 때문이다. 그래도 다들 어쩐지 불안한 마음을 떨칠 수가 없어 모이는 것에 반대하는 사람은 아무도 없었다.

외씨 부인은 제아무리 한 달에 한 번 아니라 일 년에 한 번 있는 날이었다고 해도 그 브런치 모임에 가지 않는 게 옳았다는 걸 뒤늦게야 깨달았다. 하지만 그녀는 이미 한참을 걸어왔다고 생각했기에 결코 멈추거나 돌아가는 쪽을 택하지 않았다. 그리고 어쩌면 결국 그것은 피해 갈 수 없는 길이었는지도 몰랐다.

외씨 부인은 세탁소에서 찾지 못한 원피스 대신 일 년 전 명품 아울렛 몰에서 산 투피스를 꺼내어 입었다. 치마 라인이 어찌나 예쁘게 빠졌던지 매장에서 오래 굴렀던 것임이 분명한데도 사지 않고는 견딜 수 없어 산 것이었다. 그사이 군살이 더 붙어 스커트의 지퍼 끝부분 고리를 채울 수 없었지만 외씨 부인은 아랑곳하지 않았다. 볼록 나온 아랫배 때문에 길이가 다소 짧아지긴 했어도, 짧아진 길이를 커버해줄 수 있는 품위가 지퍼 옆 상표로부터 흘러나오고 있었기 때문이다. 몸에 부드럽게 감기면서도 덥지 않은 비스코사 원단의 감촉 때문에 외씨 부인의 기분은 잠시나마 나아진 것 같다. 오닉스 알이 박힌 귀고리를 달고, 그것과 똑같은 한 쌍의 다른 귀고리는 가방 속에 넣는다. 황당하게 떠오른 크레인 생각은 수면 아래로 가라앉았는지 더 이상 그녀를 괴롭히지 않는다. 외씨 부인은 지난번 모임에 들고 나가지 않았을 것 같은 가방을 고민해서 골라 들고 택시를 잡는다.

브런치 카페는 나오는 채소가 모두 유기농이라는 뷔페식 이태리 음식점이다. 외씨 부인은 유기농이라고 해서 특별히 더 고소하다거나 신선하다는 느낌을 받지는 않지만 일단 접시 가득 샐러드를 담아 올린다. 노릇노릇 적당히 구워져 나온 마늘빵에다 제대로 우유와 버터를 섞어 만든 스프, 커피까지 갖춰 미리 가져다놓는다. 얘기하는 중간에 자주 일어서기가 싫어서다.

모임에는 그리스로 크루즈 여행을 간 한 집을 빼고 모두 다섯 사람이 참석했다. 셋과 둘이 마주 보고 앉았는데 외씨 부인은 셋 중 가운데에 앉았다. 아이들의 캠프나 학원 스케줄 때문에 해외 여행은 이제 물 건너갔다는 얘기로 대화가 시작된다.

"아무리 지중해라서 덥지 않다고는 해도 상쾌하지는 않을 거야, 이 여름에. 보내준다고 해도 여행은 이제 싫어, 정말. 더 가볼 데도 없긴 하지만······."

"미코노스니 산토리니니 하는 섬들은 예쁘긴 하잖아. 엽서만큼 사진이 안 나오는 게 흠이긴 하지만."

"크루즈라는 게 원래 배 안에서 즐기는 건데 이번에 가영이네 타는 것은 배도 작더구먼. 이 섬 찍고 저 섬 찍고 뭐 그러고 다니는 거지."

"그러게. 작은 배는 당장 탈 때는 몰라도 내려서 한 달은 뱃멀미를 한다니까. 배가 크면 선상 파티도 제법 그럴싸하게 하는데······. 그때 샀던 샤넬 드레스 언제 또 입어보나 몰라."

언제나처럼 대화의 핵은 자리에 없는 누군가에 대한 경멸과 스스로에 대한 자랑이다. 아는 것과 가진 것을 최대한 포장해서 드러내 보이지 않으면 모임에서 당장 도태되고 만다. 모두들 심드렁하지만 집요하게 말을 던지는 통에 외씨 부인도 한마디쯤 거들고자 한다. 아테네는 신전이랍시고 다 망가져 매양 공사 중이고 매연은 또 어찌나 심하던지, 하면서 아테네를 폄하하는 것으로 아는 체를 하려는데 갑자기 오른쪽에 앉은 여자가 뚝별스럽게 짜증을 내며 웨이터를 부른다.

"여기 컵에 립스틱 자국 뭐예요? 아침부터 더럽게시리. 난 입도 안 된 컵이라고."

쑥색 앞치마를 두른 남자가 한 손은 뒷짐을 지고 한 손으로는 컵을 살피더니 반쯤 허리를 굽혀 사과한다.

"죄송합니다. 새것으로 바꿔 드리겠습니다."

오른편 여자는 밥맛이 싹 달아났다는 듯이 구긴 인상을 펴지 않는다.

"이런 립스틱 자국은 사람 손 거치지 않으면 제대로 안 닦인다는 걸 모르나? 이 집 돈 많이 벌었군. 여긴 오늘로 끝이야."

대화는 다시 청결에 관한 문제로 옮겨간다.

"식기세척기 돌리는 것도 은근히 지저분하다니까. 그 전기세로 아줌마를 한 번 더 쓰지."

"난 남편 속옷이랑 양말은 찜찜해서 아예 세탁기 하나 더 사버렸잖아. 애들 것이랑 내 것은 섞어서 돌리겠는데 남편 것은 정말 그러기 싫다니까."

"나도 이상하게 남편 것은 같이 돌리기 싫더라. 우리는 남편 쓰는 화장실도 따로 있잖아."

"남자들 불쌍하다니까……."

"불쌍……."

"참! '써니' 봤어들?"

불쌍할 것도 없다며 외씨 부인이 다시 대화에 끼려는데 이번에는 왼쪽 앞에 앉은 여인이 영화 얘기로 화제를 돌린다. 외씨 부인은 남자들 불쌍할 게 없는 것이 하룻밤 쓰는 술값을 보면 만정이 뚝 떨어진다는 말까지 다 마치고 싶었는데 그러지 못하고 하릴없이 치커리며 양상추를 우겨 넣는다. 대화는 이미 영화에 나온 여배우들의 개인적인 스캔들로까지 넘어가 있다. 외씨 부인은 시큼한 발사믹 소스 때문에 향을 거의 느끼지 못하는 채소를 우걱우걱 씹어 넘기며 미처 영화를 보지 못한 것을 후회한다. 자신이 보았던 도리스 되리의 '헤어드레서'에 관한 얘기라도 주섬주섬 해보려 들지만 중간에 또 말이 잘리고 만다. 외씨 부인은 이제 자신이 도무지 모임에 스며들지 못하고 있음을 뚜렷이 자각한다. 그녀의 입술에서 나온 거의 모든 말들이 물컵에 띄운 얼음 조각처럼 슬며시 녹아내리고 있다. 외씨 부인은 황망하지만 아직까지는 포기하지 않는다.

"복고 열풍으로 너무 말아먹는 것도 싫증나, 이제."

"애들이 우리 때 노래 가사 이해를 못 하겠다잖아. 청승맞고, 궁상이고."

외씨 부인은 이번에야말로 대화에 꼭 끼어들고 말겠다는 듯이 재빨리 말을 받아 돌린다.

"사오십대 아줌마, 아저씨들 감성 자극해서 돈 버는 건 누군지 몰라."

간신히 한 문장을 말하고서 외씨 부인은 다소 의기양양하게 주변을 둘러본다. 하지만 좌중의 누구도 그녀의 말에 대꾸를 않는다. 얘기는 금방 나가수니 뭐니 하는 서바이벌 형 오락 프로그램에 관한 것으로 옮겨가고 만다. 외씨 부인은 식은땀을 흘리며 허공에 흩뿌려지고 만 자신의 말을 되새김질해본다. 그래도 한 마디만은……. 외씨 부인은 포기하지 않고 다시 집요하게 이야기를 시도한다. 하지만 번번이 다른 누군가에 의해 그녀의 말은 묵살되거나 무시당하고 만다. 샐러드가 식도 어디께 걸려 막힌 것인지 속이 몹시 거북하다. 누구도 그녀의 말에 주의를 기울이고 있지 않음이 분명하다. 자세히 보니 숫제 아무도 자신에게 눈길을 주지 않는다.

외씨 부인은 자신의 자리가 실제로 그들의 가운데인지, 자신이 떠 온 스파게티며 볶은 가지 등에서 아직도 김이 나고 있는지 재차 확인한다. 자신과 자신의 모든 것은 그 자리에 있는 것이 틀림없다. 그녀의 그릇, 숟가락, 포크 등 모든 것이 일정한 공간을 차지하고 있다. 하지만 어쩐 일인지 외씨 부인은 점점 이들의 식탁에서 멀어지는 것만 같다. 아니, 숫제 싹둑 잘려 나간 것만 같다. 외씨 부인은 극도로 혼란스럽고 당황스럽다. 어쩌면 그동안 자신을 곱게 품었던 세계가 자신을 밀어내고 있는 것인지도 모른다는 생각이 든다. 분명 무슨 일인가가 일어나고 있는데 외씨 부인은 왜 그런지를 알 것 같아 더욱 혼란스럽다.

그녀는 립스틱 자국이 선명한 자신의 컵을 들어 물을 쭉 들이켜고는 비틀비틀 일어난다. 술에 취한 것처럼 몽롱한 가운데 끼여 있는 자리를 애써 넓히며 섰더니, 순간 테이블이 흔들리면서 접시에 걸쳐두었던 숟가락이 바닥으로 떨어지고 만다. 이어 체스의 폰처럼 생긴 후추 통이 퍽 소리를 내며 넘어지고, 자몽 주스를 담은 유리컵은 사방에 붉은 액체를 튕기며 요란스레 깨진다. 상당한 양의 주스 입자가 파동을 그리며 외씨 부인의 투피스를 적시자 그녀는 자동반사로 외마디 비명을 지른다. 하지만 앉아 있는 아무도 그 사실을 알지 못하는 듯하다. 여전히 누가 무엇을 얼마나 덜 빼앗긴 채 어떻게 삶을 일그러뜨리며 살고 있는지에 관해 열심히들 얘기를 나누고 있다. 외씨 부인이 비칠거리며 자리를 떠나는데 단 한 명도 그녀를 붙잡지 않는다. 안색이 나쁘다며 걱정하는 이도 없고, 잘 가라며 인사를 하는 이도 없다. 외씨 부인도 될 대로 되라는 기분으로 카페를 나선다.

5

 엄밀히 말하면 친구의 집에 갔던 그 아침, 부산에서 보낸 휴가의 마지막 무렵에 처음 그 여자를 본 것은 아니었다. 외씨 부인은 이미 그 여자를 알고 있었으나 의식의 표면으로 결코 떠올리지 않았던 것뿐이다. 사실 외씨 부인은 버스에서 내려 공장 담벼락 위로 솟은 크레인을 보았을 때 순간적으로 그 여자를 떠올렸지만 곧 잊었고, 친구의 집에서 숙소로 돌아올 때 다시 잠깐 생각이 나긴 했지만 금방 또 잊었다. 보지 않으려는 외씨 부인의 노력 때문에, 크레인에 대한 이미지는 그녀의 대뇌피질 후두엽에 이르지 못하고 어딘가로 하염없이 미끄러져 누락되어버렸던 것이다.

 크레인 속의 여자를 본 것은 훨씬 더 전의 일이었다. 사 개월이나 오 개월쯤 전, 외씨 부인은 우연히 대학 때 기숙사 방을 같이 썼던 선배 언니를 만났다. 아이들을 위한 대치동의 유명 영어학원 설명회에서였다. 자체 제작한 시험의 일정 수준을 넘지 않으면 천금을 던져 줘도 다닐 수 없다는 학원에서 시험을 보는 자격을 얻는 데만도 꼬박 삼 개월이 걸린 터였다. 원장의 말마따나 좋은 아이들을 선별해서 뽑기 때문에 좋은 학원의 명성을 유지하고 있는 곳인지라 입학시험을 보는 것도 만만치가 않았다. 외씨 부인은 어쩐지 밸이 꼴리는 기분이었지만 아이들을 위해 잘

난 체로 일관된 설명회를 열심히 듣고 있었다.

원장이 막 '우리 아이들은 어쨌거나 학원에 오는 걸 행복해합니다'라며 가볍지만 당당하게 화이트보드를 두드리는 찰나, 외씨 부인은 앞 열에서 비스듬히 등을 돌린 선배 언니를 발견하였다. 꽤나 친했던 선배인데 어쩐지 졸업하고 흐지부지 연락이 끊어졌던 사이였다.

숱 많은 머리를 뒤로 넘겨 질끈 묶고 여전히 검은 뿔테 안경을 쓴 선배 언니는 변한 데가 그다지 없어서 금방 알아볼 수 있었다. 반갑게 인사를 하고 연락처도 주고받았으며 아이들도 서로 소개를 시켰다. 의외로 가까운 데 살고 있으니 자주 만나자는 말도 빼먹지 않았다. 하지만 외씨 부인은 그 후로 선배에게 다시 연락을 할 수 없었다. 하얀 머리카락이 이마 위로 듬성듬성 생기기 시작한 것을 빼고 외관상으로 거의 변한 게 없는 선배였지만, 외씨 부인은 한눈에 알 수 있었다. 선배는 외씨 부인이 알던 이십 년 전의 그녀가 아니었다. 선배는 자식을 위해 이마와 허리에 붉은 띠를 졸라매고, 소위 죽는 시늉이 아니라 정말 죽어버리기도 할 수 있는 열혈 엄마로 변해 있었다. 아니, 변했다는 말은 어폐가 있는지도 모른다. 외씨 부인은 선배를 다시 만난 순간, 과연 자신이 과거에 알던 선배의 모습이 올바른 것이었는지조차 의심하게 되었던 것이다.

그날 밤, 외씨 부인은 혈기왕성하던 시절의 선배를 떠올리며 잠을 이루지 못했다. 그건 외씨 부인 자신에 대한 실망보다 더 크고 깊은, 시원에서 솟구쳐 오른 절망감 때문이었다. 외씨 부인은 믿고 있었던 것이다. 자신은 원래부터도 그저 그런 인간이었을지 모르지만 선배는 자신과 달라야 했다. 아니, 다른 사람임이 틀림없었다. 어쨌거나 이십 년 전에는 분명히 그랬다.

선배는 소등이 되어 캄캄한 복도를 비척이며 걸어갔다. 이십 대의 외씨 부인은 숨죽이며 선배를 뒤따랐다. 피부가 터질 듯 윤을 내고 눈의 흰자위가 파랗게 광을 내던 젊은 날이었다. 선배가 공용 세면실에 들어서서 불을 켜고 옷을 벗고 샤워 부스로 들어가는 동안, 외씨 부인은 손톱을 물어뜯으며 쭈그려 앉아 있었다. 기숙사 방을 함께 쓰는 선배는 온몸에 최루탄을 뒤집어쓰고 들어와 사감 몰래 샤워를 마쳐야 했고, 외씨 부인은 그런 선배를 도와 망을 보기로 했던 것이다. 운동이니 투쟁이니 하는 것에 깊이 다가서지 못하던 외씨 부인이었지만, 젊은 날의 그녀는 선배를 존경하고 있었다. 선배는 최루탄을 씻어내며 조용히 울기 시작하였다. 몸이 따가워서인지 아니면 마음이 따가워서인지 선배의 울음소리는 점점 커지더니 거의 통곡으로 변했다. 외씨 부인은 사감이 나타나기라도 하면 어쩌나 마음을 졸이며 선배를 따라 울었다. 선배의 알몸을 타고 흐를 눈물방울이 너무 서러워 따라 울지 않을 수가 없었다.

그래서였다. 외씨 부인은 선배를 만난 날 밤, 아령칙한 과거가 짜임새 없는 현실 속으로 비집고 들어오는 것을 막지 못했다. 하지만 성긴 현실일지라도 그것을 놓고 싶은 생각은 들지 않아 그녀는 밤새 고군분투하였다. 일상적인 수면으로 안전하게 도망가기 위해 집요하게, 필사적으로 노력하였다. 하지만 베개의 어떤 부분에 머리를 묻어도 잠이 오지 않자 마침내 외씨 부인은 조용히 컴퓨터 앞에 앉았다. 화면에는 연예계의 가십부터 믿을 수 없는 해외 토픽까지 수많은 기사들이 떠 있었다. 그러나 외씨 부인은 다른 것을 볼 생각도 하지 못했다. 고공 농성에 관한 기사가 오래 숨죽여 기다리고 있기라도 했다는 듯 단박에 창을 열고 외씨 부인을 맞았기 때문이다. 그때 본 것이 파란 그 크레인이었고 작은 그 여자였다. 장난꾸러기처럼 웃고 있는 여자와 파란 크레인, 그리고 수백 혹은 수천으로 보이는 노동자들의 사진을 보았다. 부드럽게 웃고 있지만 오달지고 대찰 것이 틀림없는 여자는 부당해고에 대한 시위로 크레인에 올라가 내려오지 않는다고 하였다. 외씨 부인은 그 여자의 웃는 얼굴이 정말 마음에 들지 않았다. 그 얼굴은 누군가와 몹시 닮은 듯도 보이고, 전혀 상반되게도 보여서 불편함을 주었기 때문이다. 불편함. 그렇다. 외씨 부인은 결코 불편하고 싶지 않았던 것이다.

해보지 않았던 것은 아니다. 아직 남편을 만나기 전에, 아이들이 생기기 전에, 사실 버틸 수 있는 한 꽤 오래, 외씨 부인은 옳지 않은 것을 옳지 않다고 말하는 것이 당연히 옳다고 믿고 저항했다. 몸으로 대처하지 못할 때는 마음으로라도 싸웠으며 분개도 했고 한탄도 했다. 하지만 외씨 부인은 언제까지나 홀로 서 있을 수가 없었다. 그녀가 남편과 아이들과 함께 꼿꼿이 서 있으려는 세상은 공기부터가 달랐다. 어디로든 어떻게든 휠 수 있고 흘러넘칠 수 있는 웨이브가 외씨 부인이 숨 쉬는 공간을 장악했다. 외씨 부인은 그 부드러운 곡선들이 어떻게 자신을 후려치는지, 얼마나 아픈 채찍이 되는지 몸소 겪었다. 그래서 외씨 부인은 여분을 마련해둔 인생 속에 안전하게 숨어 있으려고 발버둥을 쳤던 것이다. 누구도 그녀를 탓하지 않았다. 스스로가 아니면 아무도 자신을 괴롭힐 수 없는 영역으로 외씨 부인은 이미 도망가 있었으니까.

외씨 부인은 서둘러 컴퓨터를 꺼버렸다. 모니터에 크레인 속 여자의 잔상이 남았지만 괘념치 않았다. 최루탄을 씻어내며 울던 선배까지도 감쪽같이 보듬어 안은 이 드넓은 사회가 얼마든지 외씨 부인을 숨겨줄 수 있으리라 자위했기 때문이다. 외씨 부인은 여분이 없는 불편함에 결코 자신을 노출시키지 않기 위해 악몽의 잠 속으로 다시 돌아가고자 하였다. 그녀는 반드시 돌아갈 수 있는 길이 열려 있으리라 확신하면서 부풀어 오르는 불안감을 우겨 넣었다. 원한다고 다 얻어지는 세상이 아님을 모르지 않는 나이였지만, 외씨 부인은 쉽게 인정하려 들지 않았다.

6

브런치 카페를 나와 집으로 가는 도중에 외씨 부인은 약국에 들른다. 속이 메스껍고 어지러워 곧 죽을 것만 같았기 때문이다. 남편에게 전화를 걸까 하고도 잠시 생각하지만 곧 부질없으리라 판단한다. 남편 역시 전화를 받지 않을 것이다. 외씨 부인은 자신이 급속도로 사라져가고 있음을 이제 뚜렷이 느끼고 있다. 하지만 그녀는 최대한 고집스럽게 버텨보고자 결심한다.

그렇다고 해서 남에게 큰 해를 입히고 산 것은 아니잖아? 난 비교적 선하고, 그다지 교양 없지 않으며, 어쨌거나 최소한의 도리는 하면서 살아왔단 말이야. 외씨 부인은 그동안 살아오면서 자신이 행했던 소소한 선행들을 떠올린다. 전철에서 종이쪽지를 돌리는 사람들에게 천 원, 혹은 오천 원, 만 원짜리를 쥐어주기도 했고, 장애인들이 만들었다는 비누나 카드 등을 잔뜩 사주기도 했었다. 굿네이버스를 통해 카자흐스탄의 한 소녀를 후원하고 있기도 하고, 일 년에 한두 번쯤은 양로원이나 고아원을 방문하기도 한다. 그런데 왜? 내가 도대체 왜?

외씨 부인은 힘겹게 약국의 문을 밀고 들어간다.

약국은 거대한 코끼리 모양의 아로마 향초를 태우고 있어서 사탕 같은 단내가 진동을 하고 있다. 외씨 부인은 머리가 아프다고 얘기한다. 임신한 듯 보이는 약사는 땟국이 흐르는 가운을 건성으로 걸쳐 입고 약국의 이름이 프린트된 메모지에 무언가를 열심히 적는다. 그의 몸에 새로 생긴 생명이 짐짓 마땅치만은 않다는 듯이 신경질적인 얼굴이다. 외씨 부인은 한 번 더 호소해본다.

"체한 것 같기도 해요."

배가 가슴까지 차오른 약사는 고개를 들지도 않고 적는 데 열심이다. 가끔 볼펜을 왼쪽으로 비틀듯 돌려가며 볼펜에서 나온 파란색 찌꺼기를 덜어낸다. 외씨 부인은 간절한 마음이 되어 사정조로 부탁을 한다.

"유기농 채소를 먹었거든요. 스파게티 면이 덜 익었는지도 몰라요. 많이 먹진 않았는데……"

약사는 갑자기 볼펜을 탁 내려놓더니 메모지를 반으로 접는다. 외씨 부인은 의사도 아닌 그녀가 자신을 위해 무언가 처방을 내린 것이라 생각한다. 어이없지만 어쩐지 반가운 마음도 생긴다.

"커피를 많이 마셔서 그런 걸까요? 위장이 탈난 것도 같아요. 좀 메슥거리기도 하고요."

외씨 부인은 최대한 상태를 잘 설명하고 싶다. 하지만 말을 하면 할수록 소용없을 것이라는 열패감이 냉기처럼 오싹하게 등을 훑고 지나간다. 약사는 끝내 아무 말도 않을 것이며, 아무 약도 조제해주지 않을 것이다. 외씨 부인은 가쁘게 숨을 몰아쉰다. 코끼리 향초는 더욱 맹렬히 타올라 이제 약국은 통째로 거대한 시럽이 되어버린 것만 같다. 약사는 접은 메모지와 볼펜을 가운의 가슴 포켓에 쑥 집어넣더니 무표정하게 서 있다. 볼펜 끝에 묻어 있던 잉크가 포켓의 가두리에 찍혔는지 파란 얼룩이 번져 나오고 있다.

외씨 부인은 아까보다 더 뚜렷하게 스스로가 사라져가고 있는 것을 느낀다. 하지만 그녀는 아직도 자신이 가진 두 개의 것들을 포기하고 싶지 않다. 똑같은 양말 두 켤레와 똑같은 국자 두 개, 똑같은 시계 두 개와 똑같은 책 두 권. 여분의 것이 준비된 안전한 삶이 여태 자신을 얼마나 넉넉하게 지탱해주었는지 잘 알고 있기 때문이다. 그녀는 잃어버리는 것도, 잊어버리는 것도 상상할 수 없을 만큼 두렵다. 하지만 자신이 이미 커다란 무언가를 잊고, 잃어버렸다는 것을 자각하고 있다. 외씨 부인은 악에 받쳐 소리친다.

"밴드에이지라도 달라니까!"

하지만 약사는 외씨 부인의 소리가 전혀 들리지 않는 듯 태연스레 향초의 심지를 돋우고 있다. 외씨 부인은 이제 그 들척지근한 냄새 때문에라도 당장 속엣것을 모두 토해낼 판이다. 그녀는 씨근거리며 약사의 가운 포켓에 들어가 있는 메모지를 거칠게 끄집어내어 펼쳐본다. 약사는 아무런 상관도 하지 않는다. 메모지에는 글씨 대신 파란 크레인이 그려져 있다. 홀로 높이 솟아 있는 외로운 크레인.

그렇다. 가장 큰 실수는 뭐니 뭐니 해도 그 여자를 본 것이다. 그것도 웃고 있는 그 여자를 본 탓이다. 틀림없이 그 높은 크레인 위에는 야구 모자를 거꾸로 쓰고 해맑게 웃는 여자가 있었다. 붉은 띠와 노동가와 불끈 쥔 주먹들이 아우성치는 현장과 별개로 여자는 동그란 안경을 쓰고 천진스레 웃고 있었다. 외씨 부인은 차라리 그 여자가 아래에 있는 수많은 진지한 사람들처럼 주먹을 불끈 쥐고 있었더라면, 차라리 눈물 흘리며 부당한 현실을 목 터져라 저주하고 있었더라면 한결 쉽게 무시할 수 있었으리라고 생각한다. 억울하다. 지금은.

외씨 부인은 더 이상 들큼한 향이 자신을 허물지 못하도록 코끼리 향초를 밀어서 쓰러뜨리고는 약국을 뛰어나온다.

7

그 첫날 이후로 이틀, 사흘……. 날이 흐를수록 외씨 부인은 점점 더 사라져갔다. 수년간 한동네에서 인사를 나누었던 어떤 사람도 외씨 부인을 알아보지 못했으며, 심지어 캠프를 다녀온 아이들마저 엄마를 찾지 않았다. 여전히 외씨 부인은 일상을 치러내고 있었지만 이젠 어디에도 자신이 없다는 것에 놀라지 않았다.

외씨 부인은 버틸 수 있는 데까지 버텨내고 싶었다. 그래서 아무도 둘러앉지 않을, 아무도 먹지 않을 식탁을 고집스럽게 차리고 있었다. 아직은 희망이 있다는 듯이 쌀을 씻고 생선을 다듬었다.

생선의 꼬리를 잡고 탄력을 잃은 살을 칼로 훑어나간다. 생의 어느 순간에도 빛을 내본 적이 없다는 듯 단단하게 굳은 하얀 생선의 눈이 무기력하게 허공을 바라보고 있다. 무자비하고 우악스러운 칼질에 비늘들이 이리저리 튀어 오른다. 몇 개의 비늘들은 외씨 부인의 팔뚝에 엉겨 붙었고, 몇몇은 더 높이 날아가 눈가와 입언저리, 목에까지 들러붙는다. 외씨 부인은 칼질을 해대며 죽은 생선이 지르는 비명 소리를 듣는다. 무기력하고 소외되어 누구에게도 기억되지 않는 단말마의 고음.

칼날에 하얗고 징그럽게 비늘들이 엉겨 붙어 있다. 외씨 부인은 더 이상 견디지 못하고 털썩 쥐었던 생선을 놓는다. 손에 묻은 생선 냄새를 씻어내지도 않고, 악착같이 몸에 달라붙은 비늘들을 떼어내지도 않고 외씨 부인은 달리기 시작한다. 크레인의 그 여자를 만나야만 하겠다. 만남이 자신을 어떻게 구제해줄지, 그게 또한 무슨 의미가 있을지 외씨 부인은 알지 못한다. 하지만 이대로 애꿎은 생선을 난도질하며 점점 사라질 수는 없다는 생각이 든다. 그 여자를 만날 때까지, 부산이든 금성이든, 달려야만 한다.

육신으로 들어갈 것과 들어갔다 나온 것 모두를 밧줄에 달아 올리고 내리며 크레인 속에서 '살고 있는' 그 여자는 누군가에게 엿을 먹이기로 작정했다는 듯이 말갛게 웃고 있었다. 외씨 부인은 크레인 위의 여자가 던진 한 조각의 웃음 때문에 이전에 아무렇지도 않던 삶을 더 이상 편하게 걸치고 앉아 있을 수가 없게 되었다고 항변하고 싶다. 하지만 너무 멀어 소리는 저 높이에까지 다다르지 못할 것이다.

외씨 부인은 크레인의 뒤편으로 조용히 다가간다. 군데군데 크레인과 여자를 지키는 사람들이 망을 보고 있다. 노동자들의 대열에는 남자도 있고 여자도 있어서 단신인 외씨 부인을 수상하게 여기는 사람은 거의 없는 듯하다. 막 식사를 마친 것인지 사람들의 얼굴에는 피곤과 포만이 함께 어려 있다. 외씨 부인은 가끔씩 크레인을 올려다보곤 하는 다른 사람들처럼 한동안 고개를 젖혔다 내렸다를 반복한다.

뭐든 두 개를 사고, 뭐든 잃지 않는다면 자신의 삶은 언제까지나 안전하다고 믿었다. 미용실을 드나들고 매니큐어를 칠하고 친목 모임에서 차를 마시고 생선을 다듬어 밥을 짓고 아이들을 학원에 실어다 나르는, 남들과 똑같은 삶을 살면 끝까지 모르는 척 살 수 있을 줄로 믿었던 것이다. 그래서 선배도 잊었고, 선배와 같았던 자신도 까마득하게 잊고 살았다.

외씨 부인은 이제 자신은 더욱 사라져 파도의 포말처럼 와해되어버릴지도 모른다고 생각한다. 하지만 마지막으로 그 여자의 얼굴을 직접 보고 싶다. 그게 선배의 얼굴인지, 자신의 얼굴인지, 아니면 전혀 새로운 누군가의 얼굴인지 알 수 없지만 어쨌든 실체를 본다면 그나마 안심이 될 것 같아서다. 아주 조금쯤은 견고한 위로가 될지도 모른다.

외씨 부인은 신발을 벗고 크레인을 기어오르기 시작한다. 얼마 가지도 못해 누군가가 외씨 부인을 발견하고 소리를 지른다. 아우성과 성난 고함 소리. 크레인은 지나치게 미끄러워 외씨 부인은 얼마를 오르지도 못하고 억센 손에 붙들리고 만다. 다시 오르려는 그녀를 사람들이 말리는 통에 옷이 찢어지고 피부가 마구 긁힌다. 긁힌 자국 위로 벌겋게 핏빛이 맺힌다. 하지만 외씨 부인은 어쩐지 후련하고 상쾌하다. 크레인을 조금만 더 오른다면, 어쩌면 사라지는 자신을 막을 수 있을 것 같다는 제법 약삭빠른 생각이 든 때문이다. 그사이 경계심 가득한 사람들이 무슨 일인가 싶어 잔뜩 모여들고, 어째서 그녀가 크레인을 기어오르려고 하는지에 대해 중구난방 추측들을 해댄다. 일부 사람들은 흥분하여 전투태세까지 갖춘다. 누군가는 언제나 추측을 하고, 누군가는 언제나 전투태세를 갖춘다. 그러나 그들은 그러라지…….

외씨 부인은 발버둥을 치다가 문득 이곳의 사람들은 자신을 뚜렷이 인식하고 있다는 데 안도감을 느낀다. 어쩌면 사라지는 것을 멈출 수 있을지도 모른다. 있는 듯 없는 듯 사는 것은, 이제 더는 할 수 없다. 외씨 부인은 분명히 그렇게 느끼고 있었다.

그녀는 사람들의 거친 손길 때문에 옷이 벗겨지고 찢겨 나간 것도 개의치 않고 다시 오르는 것에 열중한다. 이제 외씨 부인은 자신의 꿈속에서처럼 거의 맨몸으로 크레인에 매달려 있다. 그러나 꿈속에서처럼 소심한 모습은 아니다. 여전히 뒤룩뒤룩 보기 싫은 몸매지만 외씨 부인은 당당하다.

그녀의 살 위로 생선 비늘처럼 지독한 햇볕이 덕지덕지 엉겨붙어 있다. 외씨 부인은 상상할 수 없는 힘으로 사람들을 떨쳐내고 집요하게 기어오른다. 평생 달려온 것처럼 온몸이 피곤하다. 높은 곳에서 숭굴숭굴한 얼굴이 고개를 내밀어 자신을 바라보고 있다. 외씨 부인은 그 웃는 얼굴이 아직도 완전히 마음에 들지는 않는다. 하지만 가까이서 그 얼굴을 봐야만 마음이 놓일 것이다.

외씨 부인은 잠시 생각을 집중하고 힘을 모은다. 사라지는 자신을 막아줄, 다른 모든 여분의 것들을 포괄할 그 얼굴을 보기 위해 마침내 외씨 부인은 비상을 시도한다. 끄응차……. 그녀의 살집 많은 엉덩이가 잠시 꿈틀거리는가 하더니 곧 육중한 도약이 이루어진다. 만날 수 있으리라. 다시 만날 수 있으리라.

외씨 부인은 탄탄해진 자신의 몸을 사랑스레 껴안고 높은 크레인을 향해 뛰어오른다. 중구난방 추측을 하고 전투태세를 갖추었던 사람들의 입이 벌어진다. 미소 짓는 동그란 얼굴은 점점 가까워진다. 외씨 부인은 세상을 송두리째 안을 수도 있겠다고 생각하며 마음껏 자신의 도약을 즐긴다. 여름 햇빛이 찬란한 후광이 된다. ‖

유예의 장면

12년 동안 언제나 그녀와 만날 수 있는 가능성을 생각하곤 했었다. 아메리카노 커피 한 잔을 주문하고 페이저가 울리기를 기다리거나 사람이 많은 거리 한가운데서 잠시 걸음을 멈출 때, 혹은 높은 곳에서 천천히 내려오는 엘리베이터를 기다리며 문에 비친 스스로의 실루엣을 바라볼 때……

유예의 장면

무력한 발견

　　　　　　　김지원은 통로에 드리워진 커튼 뒤에서, 그저 화장실을 쓰려는 승객일 뿐인 것처럼 서성거리며 서지원을 바라보고 있다. 비즈니스 클래스의 앞부분과 뒷부분을 나누는 좁은 통로에는 간이 세면실과 화장실이 마련되어 있다. 나는 3분의 1쯤 드리워져 있는 커튼 때문에 서지원이 자신을 보지 못할 것이라 계산하는 김지원을 바라보며 그의 선택을 예의 주시하고 있다. 김지원은 확실히 젊은 날의 반짝임은 잃은 상태지만 여전히 멋스럽고 호감이 가는 사내다. 나는 김지원이 서지원을 다시 만나게 된 곳이 어째서 한국 발 프랑크푸르트 행 비행기—장장 열한 시간 동안은 꼼짝없이 문을 열 수도 뛰어내릴 수도 없는—라는 폐쇄적 공간이 아니면 안 되는가에 대해 생각하고 있다.

　김지원은 아직은 제 코앞에 나타난 서지원을 결코 우연이라든지 운명이라든지 하는 평범한 말로 설명하고 싶지 않다. 그런 단순한 언어들은 김지원의 감정 중 극히 일부도 설명하지 못한다. 우주의 어떤 실마리에 의해 서지원을 다시 보게 되었는지는 모르지만 어쨌든 김지원은 가슴이 설렌다. 그는 평소에는 제 몸에 있다고 한 번도 실감해보지 못한 기, 진중한 어떤 기운이 자신의 손끝과 발끝을 통해 빠져나가는 걸 느끼며 주먹을 그러쥔다. 실제로 안경 밑의 눈을 비비진 않았지만 김지원은 통속적인 글귀 그대로 눈을 비벼대고 싶다. 서지원이 틀림없다! 10여 년, 정확히 12년간 그리움이라고만 알았던 감정은 막상 느닷없이 튕겨져 나오고 보니 애초의 상태와는 전혀 다른, 그리하여 김지원 자신도 제대로 이해할 수 없는 다른 무언가가 된 듯하다. 기쁨도 원망도 아닌 이것은……. 지독한 무력감인지도 모른다.

　김지원은 내가 이미 숙고한 바 있는 열한 시간의 폐쇄성에 대해 이제 막 고민을 시작한다. 그는 인생이 한 번 크게 꺾이는 지점에 서지원이 있었던 것을 떠올리고, 지금 자신의 인생에 또 다른 금이 그어지고 있는 것은 아닌지 긴장한다. 그러나 그럴 필요는 사실 없는 것인지도 모른다.

　김지원은 잠시 자리에 앉았다가 다시 일어나 가벼운 운동을 해보려는 것일 뿐인 사람처럼 통로에 선다. 김지원은 승무원들이 헤드폰이며 음료수를 나누어주느라 부산하게 돌아다녀 집중하기가 쉽지 않지만 그러는 쪽이 더 낫다는 생각을 한다. 아무도 움직이지 않는 곳에서 홀로 서 있다면 많은 사람들의 눈이 자신을 향할지도 모르고, 또 그 눈들 중에는 서지원의 것도 섞여 있을지 모르기 때문이다. 아직 김지원은 서지원에 대해 어떤 생각도 정리할 수 없기에 아무렇게나 마주칠 수가 없다. 적어도 김지원이 서지원을 먼저 보았다면 그리고 원한다면, 그녀를 알은 체하지 않고도 열한 시간을 보낼 수 있는 선택권이 그에게 있기 때문에 더욱 신중해야 했다.

오른쪽 창가 쪽에 앉은 서지원은 책도 영화도 보지 않는 듯 시선을 허공으로 향하고 있다. 분명 어딘가 달라지고야 말았을 터인데 멀리서 서지원을 바라보는 김지원의 눈에 뚜렷이 잡히는 변화는 없다. 머리 모양도 옷차림도 앉아 있는 자세도 모두 예전과 하나 다름없다. 생각을 할 때면 가끔 그랬듯이 지금도 서지원은 볼 안쪽 살을 지그시 물고 있다. 그 바람에 입 양쪽으로 음영을 만드는 짧은 주름이 생긴다. 주름이 더 깊어지기는 했을 거야. 김지원은 어떻게든 그녀가 변했기를 바라며—그녀의 변화만이 자신에게 위안을 줄 수 있다는 듯—눈을 가늘게 만들어 서지원의 면면을 더욱 자세히 살펴본다. 하지만 그녀는 거의 늙지도 지치지도 않은 듯하다. 아니, 10여 년 전의 서지원은 이미 세상을 다 살아버린 덤덤한 표정을 하고 있었다. 그래서 더 서지원의 모습이 변한 게 없는 듯 보이는지도 모른다. 달라지지 않은 그녀의 모습 때문에 김지원은 절망감을 느낀다. 김지원은 이름이 같은 서지원을 제 인생의 첫 운명이라 여겼었다.

단순한 회한

서지원은 동창회에 대해 생각하고 있다. 김지원이 꼬박꼬박 동창회에 나온다는 사실 때문에 서지원은 한 번도 그 모임에 가보려는 시도를 하지 않았었다. 비단 그가 아니더라도 동창회 같은 것에 쫓아다니는 것을 싫어하긴 했지만, 아무래도 그와 다시 얼굴을 볼 자신이 없다는 것이 가장 큰 이유였다. 그러나 요즘처럼 현실적인 문제로 동창회가 필요한데도 갈 수 없다는 건 곤란한 일이기는 했다. 유명한 인터넷 포털 사업의 대주주인 동기나 오만 가지 카드에 다 쓰인다는 마그네틱 사업으로 사실상 재계 도약을 이루었다는 동기 등 제법 잘 나가는 동창들에게서 기부금을 받아내는 일은 그다지 어렵지 않을 터였다. 어차피 내야 할 세금을 선용할 수 있도록 유도해주는 것뿐이니까. 하지만 서지원은 그 동기들 역시 김지원과 친하다는 것을 알기에 개인적인 만남조차 생각해보지 않았다.

장애인 협회의 일이 자리를 잡으면 잡을수록 서지원은 더욱 동창회에 대한 압박감에 시달리고 있었다. 서지원이 끌어들인 소소한 지원금 백 개를 합친 것보다 몇몇 동기들의 화끈한 지원이 더 나을 수 있는 상황이기 때문이다. 서지원과 같이 장애인협회에서 일을 하는 남편 정이 의도적으로 상처를 내기 위한 것이 분명한 질문을 던졌다. 동창회에 3류 영화 찍은 옛날 애인 있어서 못 가는 거지? 서지원의 남편은 그녀의 옛 남자 친구가 누구인지 정확히 알고 있다. 서지원과 그가 떨어지도록 종용한 것이 바로 지금의 남편이니까.

동창회 이야기가 나왔을 때 정은 그까짓 게 뭐 대수냐는 얼굴을 하고 있었다. 서지원은 남편이 '그까짓 거' 정도로 취급하는 그런 일에 자신 역시 신경을 쓰지 않고 있다는 해명을 하고 싶었지만 그럴 수 없어 얼굴이 벌겋게 달아올랐다. 서지원이 열 살만 더 나이가 들었더라도 좀 더 수월하게 둘러댈 수 있었을는지 모른다. 아니, 오히려 10년 더 젊은 그녀였다면 천연덕스럽게 그렇지 않다는 걸 증명해 보였을 것이다. 뻔뻔한 태연함은 그녀가 나이 어린 시절에 가졌던 유일한 무기였으니까.

서지원은 기내 좌석이 얼마나 좁은지 실감하며 앉은 방향을 이리저리 튼다. 유독 엉덩이에 살이 없는 서지원은 오래 앉아 있을 때면 엉덩이뼈 여기저기가 아파서 견딜 수 없었다.

이렇게 볼륨 없는 여자를 사귀게 될 줄은 몰랐는데 말이야.

김지원은 그렇게 말하며 서지원의 엉덩이를 톡톡 두드려주곤 했었다.

사랑의 오해 (1)

둘은 종종 인적이 드문 캠퍼스나 공원을 걸어 다니며 음악을 들었다.

김지원은 가성을 아름답게 소화할 수 있는 가수들의 노래를 사랑했다. 금방이라도 대기를 찢어버릴 듯 격렬하게 부르는 음색은 부담스럽게 느껴졌다. 여리고 감미로운, 그다지 남자답다고는 할 수 없지만 한없이 부드러운 남성미를 느낄 수 있게 해주는 목소리야말로 가수에게 가장 필요한 것이라 여겼다. 게다가 김지원이 좋아하는 노래들의 가사는 하나같이 그의 마음을 대리 표현해주고 있었다. 김지원은 표상으로 드러나는 부분보다 그것이 전달하는 메시지에 더 큰 의미를 두고 있었다.

한편, 서지원은 소위 가창력이 있다고 하는 부류의 가수들이 가진 오만함에 질려 그다지 가창력은 없지만 듣는 이를 편안하게 해주는 가수들을 좋아했다. 서지원이 김지원이 추천하는 여러 가수들의 노래를 기꺼이 듣는 이유는 단지 그 가수들은 적어도 소리를 꽥꽥 질러대지는 않기 때문이었다. 서지원은 있는 힘껏 목의 힘줄을 돋우는 가수들을 상상할 때마다 불편한 위기감을 느꼈다. 그 핏줄 중의 하나가 금방 터질 듯 팽창되어 있으리라는 사실은 작은 녹음기를 던져버리고 싶게 만들 만큼 위협적인 것이었다. 김지원이 예리한 가사들에 대한 찬사를 늘어놓을 때 거개 서지원은 음 자체의 편안함을 떠올리며 고개를 끄덕였다.

옛사랑

나는 김지원이나 서지원에 대해 오해를 불러일으킬 만한 어떤 이야기도 하고 싶지 않다. 소설 속의 인물을 정형화하는 것이야말로 세상 문학의 최종 목표이기라도 하다는 듯이 이렇다 혹은 저렇다고 규정하는 것에 찬성할 수 없기 때문이다. 그들이 막 사랑을 시작했을 때나 10여 년이 지난 지금이나 나는 그들을 잘 모른다. 그들에 대해서라기보다 그들의 사랑을 통해 드러난 사실만을 나는 알고 또 쓸 뿐이다. 가능성들은 마치 불이 번질 때처럼 오로지 바람에 의해서만 방향이 정해진다. 가까운 커튼에 불이 붙을지, 멀리서 졸고 있던 노파의 얼굴에 불똥이 튈지는 아무도 모르는 것이다.

현재 내가 알고 있는 사실 중 언급해야 할 것은 김지원이 어렸을 적 해외에서 근무한 아버지의 덕택으로 정원 외 특별생으로 대학에 갔고, 그곳에서 어쨌든 공부를 잘 해내고 싶어 했다는 것, 그러나 아버지가 졸업한 곳이기도 한 그 대학의 과정은 김지원이 따라가기에는 한계가 있었다는 것 정도이다. 김지원에게 강의들은 종종 너무 어려웠고, 더 자주 졸음을 참기 쉽지 않은 것이었다. 친구들은 그의 키와 외모, 근육량을 부러워했지만 그는 자신이 가진 것들이 부끄러울 뿐이었다. 다행히 과락을 간신히 면하곤 하는 김지원의 성적은 누구에게도 공개되지 않았다.

김지원은 인기가 많아 늘 주변에 여자들이 끓었다. 끓는다는 말이 딱 맞았다. 부글거리다가 어느 순간 거품처럼 사라져버리곤 했으니까. 하지만 그는 스스로를 경멸하고 있었기에 그 누구도 진지하게 대할 수 없었다. 대부분의 여자들은 김지원의 빛나는 외모에 눌려 그와의 사랑을 시도조차 하지 않았으며, 일부 여자들은 가볍게 자신을 주고 또 그만큼 가벼운 대가만을 받아 갔다.

김지원은 벌레 먹은 미루나무 잎 여러 개가 버스럭대며 굴러다니던 어느 날 서지원에게 말했다.

"나랑 계속 만나자."

김지원은 자신이 너무 상투적이거나 촌스러운 혹은 애매한 말을 하고 있는 것은 아닌지 걱정했지만, 서지원은 비웃지 않고 정확히 알아들은 듯 이렇게 말했다.

"이름이 같은 너랑 내가?"

그녀는 마시던 술을 카키색 재킷에 조금 흘렸을 뿐 그 어떤 호들갑도 떨지 않았다. 서지원은 날 때부터 그랬던 듯한 자연스러운 무뚝뚝함을 가지고 있었는데, 사실 김지원이 가장 높이 사는 그녀의 매력은 그렇게 언제나 담담한 천연덕스러움이었다. 서지원의 그러한 고요함과 서늘함은 다소 작위적인 노력과 가식에 의한 것이었지만 사람들은 대개 알지 못했다. 김지원은 서지원과 헤어지고 난 후에도, 그리고 그녀를 다시 만난 지금 이 순간에도 결코 그러한 사실을 알지 못한다.

김지원은 자신이 만나왔던 여자 중 서지원이 가장 섹시하다고 느꼈다. 무심한 혹은 무관심한 듯 보이는 그 표정이야말로 김지원을 끓게 만드는 유일한 것이었다.

2년여의 시간이 흐르는 동안 김지원은 많은 것을 서지원과 공유했다. 모든 것은 아니지만 많은 것들을 공유한다는 사실은 김지원에게 하나의 정점을 찍는 일이었다. 그는 그 이전에도, 그 후로도 다른 어떤 사람과도 그렇게 많은 것을 나누지는 못했다. 그래서 막상 서지원과 헤어지게 되었을 때 김지원은 슬픔을 주체할 수 없어 남이 보건 말건 울고 다녔다. 먹어도 먹어도 가슴 한 구석이나 머리 한 부분, 아니면 손가락 한 마디 등에 예상치 못한 공복감이 찾아왔다. 입대해서 더 자유롭게 울 수 있게 된 것은 그나마 다행한 일이었다.

무거움의 행로

김지원은 서지원이 남편을 만나기 전 기간상으로는 가장 오래 사귄 사람이었다. 아니, 기실 김지원을 만나기 전에 서지원은 이렇다 할 만한 연애를 해본 일이 없었다. 남자들은 거개 남성 의존적인 목소리로 교태를 부리거나 사소한 것에 과격한 감동을 내뿜는, 서지원과는 다른 성적 에너지를 뿜어대는 여자들을 좋아했다. 여기서 다른 에너지라 한 것은 서지원에게도 형태는 다를지언정 분명 성적 에너지가 있다는 점을 뜻한다. 서지원은 깜찍하게 보이거나 귀엽게 보이는 걸 선택하지 않은 대신, 근접할 수 없게 만드는 거리감으로 페로몬을 만들어냈다. 그래서 어떤 여자들이 하얀 살을 도드라져 보이게 하는 치마나 유방의 동그란 라인이 선명하게 드러나게 하는 셔츠 등의 직접적인 도구를 사용하는 반면, 서지원은 고개를 기울이고 머리카락 속에 손을 넣어 윗머리를 지그시 부여잡는 행동이라든지 담배를 빨았다가 멀리 뿜어내는 침묵의 행위로 남자들의 가슴을 설레게 하였다. 이런 서지원의 매력은 수면 위로 찬란하게 떠올라 빛을 발하는 성질의 것은 아니어서 겨우 몇몇 남자들의 호기심을 끌었을 뿐이었다. 그러니까 김지원도, 지금의 남편도 잘 드러나지 않는 서지원의 신호를 용케 포착한 소수의 남자들에 속했다.

　서지원은 김지원이 자신에게 관심을 표할 것이라고는 꿈에도 생각해보지 않았었다. 지성적이지 않다는 점을 제외하면 김지원은 여자들이 소위 완벽한 이상형이라고 부를 만한 남자였다. 게다가 그 지성은 평상시에 겉으로 드러나는 성질의 것은 전혀 아니었다. 같은 과 친구들이나 하물며 선배들까지도 김지원의 외모나 목소리, 넉넉한 주머니 등에 대해 모종의 찬사를 아끼지 않았다. 그는 얼굴값을 하느라 재수가 없는 부류는 결코 아니라고들 하였다. 하지만 그런 장점들이 서지원에게 의미로 다가온 것은 아니었다. 적어도 그가 '나랑 계속 만나자'는 말을 하기 전까지는.

둘은 2년을 사귀는 동안 많은 것을 함께했다. 영화를 보았고 도서관에 갔으며 술을 마셨다. 하지만 주로 김지원이 서지원을 따라다녔다고 하는 편이 더 맞았다. 서지원이 몸담고 있었던 각종 사회 참여 동아리나 행사 등에 함께 가기 위해 김지원은 댄디한 의상을 포기하기 시작했다. 카키색이나 회색, 짙은 밤색 계열의 옷들을 새로 사느라 둘은 자주 쇼핑을 하기도 했다. 김지원은 자신이 가진 여러 가지 물건들에 붙어 있는 상표를 조심스럽게 가릴 줄 알게 되었으며, 그렇지 못할 때는 값싼 다른 물건으로 대체했다. 서지원은 애써주는 김지원에게 감사했고, 그의 속 깊은 마음을 높이 샀다.

그와 헤어진 것은 지금의 남편 정을 만났기 때문이다. 서지원은 김지원에게 미안한 마음이 들었지만 정을 선택하는 것이 보다 순리에 맞는 것이라 강하게 믿었다. 여름비는 어쨌든 끈적이지 않을 수 없고, 아침의 이슬은 영롱할 수밖에 없다는 식의 체념 속에서 서지원은 길게 망설이지도 않았다. 남편은 저돌적인 사람이었다. 서지원이 김지원을 만나고 있었기 때문에 더 적극적으로 자신을 원했다는 사실을 뒤늦게야 알았지만 그것은 사실 중요하지 않았다. 결국 선택은 서지원이 한 것이기 때문이다.

서지원은 장애인들의 사회 역시 비장애인들의 사회와 마찬가지로 선한 척할 뿐이거나 기실 마음 바닥까지 악한 사람들까지도 포괄하는 곳임을 아직 깨닫지 못했을 때, 정의나 정리가 불가능한 사랑의 감정을 당연히 키치보다 아래에 두었을 때 지금의 남편과 결혼을 결심하였다. 남편은 자신의 신념으로 대변되는 장애인들을 위해서라면 서지원도 기꺼이 포기할 수 있는 사람이었다. 젊은 날의 서지원은 남편의 그러한 점을 높이 평가하는 것이야말로 자신을 확고부동하게 하는 방편이라 여겼다.

이런 점은 어쩌면 내가 서지원에게 기꺼이 동조할 수 없게 만드는 부분인지 모른다. 하지만 나는 그녀보다 더욱 이해할 수 없는 사람들을 수도 없이 보아왔고, 나 자신조차 종종 이해할 수 없는 행동을 하는 것을 목도하기에 결코 그녀를 탓하지는 않는다. 탓할 수 없다. 서지원은 어쨌든 자신의 길을 쉬지 않고 걸어왔다.

사랑의 오해 (2)

김지원은 서지원이 아닌 다른 사람과의 성관계가 커피를 마시거나 담배를 피우는 것처럼 사소한 의미에 불과하다고 여겼다. 그에게 성은 길어진 손톱을 정기적으로 깎아주는 것이나 머리를 감는 것 혹은 면도 후 애프터 셰이브 로션을 바르는 것처럼 필요 불가결하지만 사랑과는 아무런 상관이 없는 것이었다. 그러나 김지원은 자신이 다른 여자들과 자곤 한다는 사실을 결코 서지원이 먼저 알기를 바라지는 않았다. 그는 최대한 솔직하고 자연스럽게 털어놓고 싶었지만 어떻게 설명해야 할지 막막했다. 자신이 진정으로 섹시하다고 느끼는 대상, 가슴 설레는 대상은 오직 서지원뿐이라는 사실을 이해시키고 싶었지만 방법을 몰라 오래 헤매기만 하였다. 김지원은 기회가 되는 대로 애타게 서지원의 몸을 요구하였다. 그에게 서지원과의 섹스는 사랑과 똑같은 의미였다.

  서지원에게 섹스는 그야말로 아무것도 아닌 것이었다. 놀이기구를 타기 위해 한 시간 혹은 두 시간을 기다려 줄을 서고 인내하다가 또다시 공포감을 안고 몇 분을 더 기다리고 참아내야 하는 허탈한 과정일 뿐이었다. 그녀에게 섹스는 마치 타박상이 났을 때 멘톨 성분이나 살리실산메틸 성분을 뿌리면 시원해지는 감각을 느끼기 위해 일부러 타박상을 내는 어리석은 일이었다. 또한 약을 먹었을 때 두통이 가시는 구원의 느낌을 즐기기 위해 일부러 머리가 아프도록 만들어야만 하는 바보짓이었다. 물론 벗은 육체들의 부딪침으로 오는 쾌감은 아이스크림을 먹을 때의 만족감이나 새 옷을 입었을 때의 도취감과는 분명 다른 특별한 감각이었지만 그것이 결코 사랑은 아니었다. 서지원이 김지원의 벗은 몸에 느끼는 감탄은 그의 조각 같은 얼굴을 보고 느끼는 경탄과 거의 다르지 않았다.

비약과 도약

유럽으로 자주 출장을 다니는 김지원에게 비행시간은 거개 잠을 보충하는 시간이다. 하지만 지금 좌석에 앉은 김지원은 신경 조직이 죄다 위로 솟구치고 있는 통에 도무지 잠을 이룰 수가 없다. 서지원이 끝내 자신을 밀어낸 뒤로 김지원은 생기의 일부분이 빠져나간 듯 살아왔다. 12년, 왜 갑자기 마개가 닫힌 유리병 같은 상황 속에서 그녀를 만나게 된 것인지 이해할 수 없다. 하지만 서지원을 떠나보내고서도 언제나 그녀의 시선을 느껴왔던 김지원으로서는 이런 만남은 어쩌면 예정되었던 것인지도 모른다는 생각이 든다. 그녀와 함께했던 익숙한 장소나 그녀가 있을 법한 가능의 장소, 혹은 전혀 낯선 장소에서조차 김지원은 서지원의 시선을 느꼈다. 때로 아무런 문 하나를 열면 까칠한 서지원의 얼굴이 정면으로 다가올 것 같아 손바닥에 흥건히 땀이 고이기도 했었다. 이제 저 통로 하나를 건너면 정말 그녀가 앉아 있다!

김지원은 또다시 눈물이 흐를 것 같아 잠시 호흡을 가다듬는다. 잘못은 자신이 먼저 했지만 김지원은 왠지 서지원을 설득할 수 있으리라 여겼었다. 그래서 오래 그녀를 붙들었고 신파류의 장면도 서슴지 않고 만들어냈다. 김지원은 마음이 가라앉지 않아 스튜어디스에게 커피를 부탁한다. 그 씁쓸한 맛으로도 가슴 먹먹한 침울함을 견뎌낼 수 있을 것 같지 않지만 그래도 김지원은 애쓴다. 도착 시간과 남은 비행시간을 알리는 숫자가 모니터에 뜬다. 현지 시간으로 오후 다섯 시 도착, 열 시간이 남았다.

김지원과 잠자리를 했던 여자들은 김지원의 서랍을 열면 가득한 기념품들과 크게 다르지 않았다. 석굴암 앞에서 구한 본존불상의 엽서나 제주도에서 얻은 돌하르방, 혹은 멀리 코펜하겐에서 산 별자리 요정들의 조각상과 크라쿠프 소금 광산의 암염 덩어리 등은 김지원을 허전하지 않게 하는 기억일 뿐이었다. 결코 석굴암 자체이거나 코펜하겐이 아닌 그것들은 김지원이 사랑했던 본류가 아니라 그저 그 표면과 닿아 있는 하나의 실에 불과했다. 언제든 끊어질 수 있고, 그 하나로는 전혀 전체를 대신할 수도 없는 보잘것없는 실밥. 긴 머리카락이 가는 허리까지 늘어지던 여인이나 가슴의 검붉은 유두에서 우윳빛 젖이 나오기도 했던 여인, 자신의 광대뼈나 귀를 잘근잘근 물어뜯던 여인 등은 모두 그에게는 세계의 끄트머리, 끝자락일 뿐이었다. 끊임없이 생기기는 하나 없애는 것이 당연히 나은 보푸라기들 이상도 이하도 아니었던 것이다.

김지원에게 처음이자 마지막인 완벽한 세계는 오직 서지원 하나였다. 오래되었지만 결코 잊을 수 없는 원환의 세계.

김지원은 결국 서지원과 잠시라도 말을 나누지 않고서는 이 비행시간을 견딜 수 없으리라는 생각을 한다. 그러나 무슨 말을 할 것인가? 판에 박힌 안부, 케케묵은 옛 감정, 요즘 사는 얘기……. 그 어떤 대화 거리도 3분 이상을 넘기기 어려울 것이며, 우습게도 '그럼 잘 지내' 따위의 어색한 인사로 마무리되고 말지도 모른다. 게다가 빼곡히 사람들이 타고 있는 기내에서 얼마나 자연스럽게 이야기를 나눌 수 있을 것인가? 또한 몇 마디 이야기를 나누고 그녀의 달라지지 않은 표정이나 몸을 가까이에서 느껴본다는 게 도대체 무슨 의미가 있을 것인가? 김지원은 끊임없이 생각을 번복하며 고뇌하고 있다. 나는 김지원의 선택을 예의 주시하며 기내의 조그만 창을 통해 하늘을 본다. 비행기는 벌게진 구름 위를 날고 있다. 겨우 해의 미미한 한 자락일 뿐인 빛들이 낮게 포복한 구름들을 온통 장악하였다. 김지원은 결국 누구도 아닌 자신을 다시 보게 될 뿐인지도 모른다.

도저히 마음을 억누를 수 없는 김지원은 별수 없이 좌석에서 일어서고 만다. 건너편 좌석에서 헤드폰을 끼고 있던 젊은이가 흘끗 자신을 곁눈질하는 게 느껴진다. 시선, 시선……. 12년 동안 김지원은 단 한순간도 서지원의 시선에서 자유롭지 못했다. 헤어진 걸 마침내 담담히 인정하고 군에 있었던 때에도, 군용 담요를 개고 구두끈을 묶는 자신의 손을 유심히 들여다보는 서지원이 느껴졌다. 어째서 고리를 안으로 돌리지 않고 바깥쪽으로 돌리는지 물어보는 서지원, 급하게 밥을 먹는 자신을 나무라는 서지원, 하얀 재킷을 사려는 그의 손 위에 살며시 자신의 손을 올리며 제지하는 서지원, 그의 다양한 잠자리에 드나들며 성교 장면을 뚫어지게 바라보는 서지원, 심지어 그의 결혼식장에서도 머리카락 하나하나를 쥐어뜯듯이 잡아끌던 서지원…….

김지원은 좌석을 빠져나와 다시 커튼이 쳐진 통로에 이른다. 지원을 곁눈질하던 젊은이가 노골적으로 그를 돌아다본다. 김지원의 어떤 점이 보던 영화보다 더 흥미롭게 느껴졌기 때문일 것이다. 김지원은 이제 망설이지 않고 창백한 얼굴을 어색하게 붉히며 서지원이 있는 곳까지 똑바로 걸어간다. 미리 머릿속으로 계산해둔 방향이라 시선을 두지 않고도 곧장 갈 수 있다. 하지만 서지원이 앉았던 좌석에 그녀는 없다. 딱히 서지원의 것이라고 볼 수도 없는 기내식 담요며 안대, 수면양말 따위가 어지러이 널려 있을 뿐이다.

사랑의 오해 (3)

김지원과 서지원은 똑같이 아이스크림을 좋아해서 자주 사먹곤 했다. 밥을 먹고 커피를 마시고 다시 밥을 먹거나 술을 마시기 전 출출한 시간에, 혹은 저녁에 샤워를 마치고 잠자리에 들기 직전 허전한 밤에 그들은 아이스크림을 먹었다.

김지원은 그 부드러우면서도 차가운 느낌을 즐겼다. 그는 이런저런 것들이 가미되지 않은 상아처럼 매끄러운 아이스크림을 먹을 때 자신의 삶이 그 아이스크림의 결처럼 차분하게 정돈되는 것을 느꼈다. 너무 달콤해서 온몸이 노곤해지고 울혈이 풀리는 느낌이었다. 그는 현실적인 안정감 때문에 오히려 증대하는 내면의 불안감을 전혀 의식하지 않을 수는 없었으므로 다소 긴장하고 있었다. 김지원은 똑똑하지는 않았지만 삶이 결국 어디에 닿을 수 있는지에 대해 모르지는 않았기 때문이다. 한편으로 그는 그러한 것들을 생각함으로써 자신의 미련함을 만회할 수 있다고 믿기도 하였다. 김지원은 아이스크림의 표면을 매끈하게 다듬어가며 소중하게 그 맛을 음미했다.

서지원은 전혀 에너지를 내뿜지 않는 무기력한 것에 가하는 자극적인 폭력을 즐기기 위해 아이스크림을 먹었다. 사실 서지원은 자신이 아이스크림의 맛을 좋아하는 것인지, 맛보는 과정을 좋아하는 것인지 딱히 구분할 수 없었다. 그녀는 약한 표면을 이로 베어 물거나 포크로 긁어대면서 알 수 없는 쾌감을 느꼈다. 액체가 아닌 듯하지만 결코 고체라고도 할 수 없는 아이스크림은 찍으면 찍는 대로 자국을 만들어냈다. 서지원은 자신의 난폭함을 있는 그대로 반영하는 그 하얀 표면을 보면서 오르가슴에 가까운 흥분을 느꼈다. 딱딱해 보이던 아이스크림은 거개 서지원이 다 먹어버리기 전에 흐물흐물한 물로 변하고 말았는데, 서지원은 녹아내린 아이스크림을 경악의 눈으로 바라보곤 하였다. 끈적한 우유처럼 변한 그것은 어쩐지 상하거나 오염된 것으로 여겨졌다. 서지원은 저항하지 않는 것들을 미워했다.

복잡한 후회

나는 내 마음에 꼭 드는 서지원의 얼굴을 보고 있다. 서지원의 얼굴은 뭔가 특별한 사람임을 말하고 싶을 때 흔히 인용하는 '아름답지는 않지만 이상하게 시선을 끄는' 그런 얼굴은 분명 아니다. 눈빛만은 살아 있다거나 묘한 웃음이 매력적이라거나 하는 수식어가 붙을 수도 없는 건조한 얼굴이다. 서지원은 굳이 말하자면 매끈한 계란 같은 얼굴을 하고 있다. 눈도 없고 코도 없고 입도 없는 것이 본질인, 떠올려도 아무것도 붙여서 생각할 수 없는 담백한 얼굴을 하고 있는 것이다. 아마 그렇게 생긴 것이 아니라 그런 느낌을 준다고 하는 것이 더 맞을 것이다. 하지만 나는 굳이 서지원을 이렇게 저렇게 떠올릴 수 있는 얼굴로 만들고 싶지는 않다. 누군가가 나의 소중한 서지원에 대해 '딱 이것이다' 하고 말하는 게 싫기 때문이다.

서지원은 정과의 결혼을 서두르기 직전에 죽어야겠다는, 죽어버리고 말겠다는 생각을 한 번 했다. 그리고 한 번 생각한 이후로는 아주 여러 번 그런 생각을 할 수 있었다. 서지원은 죽기 위해 바다로 갔고, 반드시 차를 몰고 바다로 뛰어들 수 있으리라 믿었다. 그 바닷가에 차들이 더 이상 들어갈 수 없도록 막아놓은 가림막이 없었더라면 서지원은 그날 죽어 더 이상 내 소설에 나오지 않았을 것이다. 하지만 우습게도 서지원은 차를 날려 바다에 떨어져 죽는 것 외에 다른 방법은 내키지 않았고, 결국 돌로 만든 원통형의 펜스를 들이받아 차 앞부분을 찌그러뜨리는 것으로 만족하고 말았다. 그녀는 마지막 순간 액셀러레이터에 얹었던 오른발의 힘이 쭉 빠져버렸다는 사실을 이후로도 오래 기억해내지 않았다. 기억해내지 못하는 게 아니라 기억해내지 않는 것에 대한 변명으로 다만 죽는 것은 생각보다 쉽지 않다고 자위했을 뿐이다.

서지원은 스스로에 대한 분노를 결코 겉으로 표출하지 않았다. 입 냄새가 심하게 나는 장애인들과 얘기할 때, 성긴 머리카락 사이사이 비듬이 하얗게 앉은 노인들을 껴안을 때, 혹은 손바닥이 축축한 초조한 사람들과 악수를 나눌 때 서지원은 계란처럼 매끈한 얼굴로 부드럽게 행동했다. 자괴감을 억제하지 못했다면 결코 협회의 일을 계속할 수 없었을 것이다. 대신 그녀는 화장을 공들여 하기 시작했다. 자신이 돌보는 사람들을 위해 무지막지하게 평생을 바치고 있지 않다는 것을 알리기 위해, 적어도 자신을 더 생각하는 '인간'임이 틀림없다는 확신을 스스로뿐만 아니라 남들에게도 알리기 위해 서지원은 화장하는 것에 공을 들였다. 파운데이션을 두텁게 바르는 화장이 아니라 자연스럽게 보이도록 만드는 투명 메이크업은 서지원을 나이보다 젊고 예쁘게 만들었다. 서지원은 어디를 가든지 무거운 화장품 파우치를 들고 다녔다.

그리고 서지원은 시선을 다른 곳으로 돌렸다. 저항하지 않는 것들이 아니라 아예 저항할 필요를 느끼지 않는 우둔한 것들을 향해 맹렬히 돌진했다. 그것들은 때로는 제도였고, 때로는 도덕이나 사회였으며, 때로는 대통령이나 연예인이기도 했다. 서지원은 그 속에서 발견하는 위선보다 그것을 향해 돌진해 가는 스스로의 위선을 발견하는 것에 더욱 쾌감을 느꼈다. 그러므로 서지원은 결코 늙지 않았다. 남편 정과 3년의 나이차가 났지만 사람들은 10년 이상 차이가 나 보인다고들 하였다.

이렇게 서지원은 자신에 대한 분노를 감추거나 억제하거나 다른 곳으로 돌렸을 뿐 결코 자신을 용서하지는 않았다. 그러므로 서지원의 삶은 약한 불로 뜸을 들이는 음식처럼 멈추지 않고 끓고 있었다. 언제나 지친 채로 곤죽이 되고 있었던 것이다.

서지원은 똑똑한 여자였기에 정과 결혼하기 이전에 이미 자신의 실수를 깨달았다. 그녀는 자신이 김지원을 얼마나 사랑했었는지 곧 알게 되었다. 그와 함께했던 시간들을 다시 찾을 수만 있다면 세포 하나하나로 분해되어버려도 좋겠다는 암울한 상상, 혹은 베개가 흥건하게 젖은 채 잠에서 깨어난 여러 날의 아침이 사랑을 의미하는 것이 맞는다면 말이다. 사실 김지원의 의미 없는 단순한 음성을 포함하여 그가 던지던 농담이나 자신을 향한 칭찬, 얼굴, 손길 하나하나까지 참을 수 없을 정도로 그리워지기까지는 그리 오랜 시간이 걸리지 않았다. 하지만 서지원은 이를 악물고 스스로에게도, 그 누구에게도 그 사실을 드러내지 않았다. 서지원은 똑똑한 여자였지만 똑똑한 체하는 것이 쓸모없는 일이라는 걸 알 만큼 똑똑하지는 못했다. 서지원은 사람을 사랑한다는 것이 결국에는 불완전하게 마련인 사람의 본성과 그 사람을 둘러싼 환경의 저열함으로 인해 종국에는 변질되고 말 것이라는 비관주의로 스스로를 위로하였다. 그리고 이후로는 더 이상 사랑 같은 것에는 관심을 두려고 하지 않았다.

고개를 떨구지 않기 위해 안간힘을 쓰는 서지원이 절망적인 눈빛으로 나를 본다. 그녀가 허리를 꼿꼿이 세우고 김지원을 잊으려는 태도는 분명 일종의 비극이었다. 아무도 서지원에게 영웅이 되라고 하지 않았음에도 불구하고 그녀는 스스로를 다그쳐 환난 중이라 믿는 세상 한가운데로 뛰어들었다. 그것이 그저 연극 무대의 한 장면일 뿐임을 서지원은 결코 인정하지 않는다.

끝없는 시선

김지원은 12년 동안 언제나 그녀와 만날 수 있는 가능성을 생각하곤 했었다. 아메리카노 커피 한 잔을 주문하고 페이저가 울리기를 기다리거나 사람이 많은 거리 한가운데서 잠시 걸음을 멈출 때, 혹은 높은 곳에서 천천히 내려오는 엘리베이터를 기다리며 문에 비친 스스로의 실루엣을 바라볼 때……. 김지원은 빗질을 제대로 하지 않아 엉긴 머리 그대로인 서지원이 금방이라도 옆에 서 있을 것만 같아 뻣뻣하게 굳은 적이 한두 번이 아니었다. 어색하고 애매하게 웃는 서지원의 얼굴, 그 방심한 얼굴이 자신을 바라보고 있을지 모른다! 김지원은 이유 없이 자주 뒤를 돌아다보곤 했다. 하지만 막상 이렇게 아무런 전조 없이 그녀를 보게 되니 실제는 꿈처럼 아득하기만 하고, 오히려 꿈꾸었던 과거가 더 실제인 듯 느껴진다.

김지원은 서지원에 대한 사랑이 자신의 부족함을 채우기 위한 필요에 의해 출발했다는 사실을 깨닫지 못할 정도로 순수했기에 사랑이 끝나자 오래 아파했다. 그는 그 사랑이 단순히 주위에 있었던 다른 여인들 때문에 깨졌다고, 끝내 그렇게 믿었다. 사소한 자신의 잘못이 아니라 보다 깊은 곳에 자리한 균열에 의한 것인 줄은 꿈에도 생각하지 못했다. 김지원은 총명하지 못해서 그 사랑이 처음부터 자기 자신에 대한 더 큰 사랑으로부터 비롯되었다는 것 또한 결코 알지 못했다. 의식하지 못했기에 김지원은 완전히 충일하여 성실히 사랑했던 것이다. 그는 서지원의 어떤 모습도 사랑하지 않은 것이 없었다.

김지원은 지금의 아내를 만나 결혼할 때 지독히 아팠던 자신의 옛사랑은 이미 지나간 것이라 여겼다. 결코 삶의 어떤 골목에서도 갑자기 나타나거나 부딪히게 되지 않을 것이라 굳게 믿었다. 김지원이 그렇게 믿은 것은 서지원과 헤어진 후 충분히 울고 충분히 못 잊어 했기 때문이었다. 그는 총명한 사람은 아니었으므로 시간이 모든 것을 해결해줄 수 있다는 선인들의 입담을 그대로 신뢰했다. 그는 아내를 사랑하므로 서지원은 더 이상 사랑하지 않는다고 결론 내렸다. 그러므로 김지원은 삶의 곳곳에서 자신이 느끼는 서지원의 시선 때문에 가책을 느끼기도 하였다. 그는 자신의 아내에게 다른 여자들과의 잠자리를 미안해하지는 않았지만 서지원을 떠올리는 것에 대해서는 미안하게 여겼다. 그는 서지원에 대한 생각을 꾹꾹 눌러버릴 때마다 여전히 사라지지 않는 그 힘에 놀라워하곤 했다. 그는 안간힘을 썼지만 언제나 서지원을 기다리고 있는 자신을 발견할 뿐이었다.

이유 있는 선택

서지원은 지금의 남편 정이 나타나서 자신에게 애인이 있음에도 불구하고 강하게 구애를 해왔을 때 처음으로 김지원에 대해 진지하게 생각해보기 시작하였다. 사실 김지원의 삶의 방향이 극히 모호한 것에 비해, 정은 서지원이 평생의 업으로 삼을 장애인 사업을 함께 해나가면서 끌어주고 밀어줄 수 있는 사람이었다. 말하자면 정은 서지원의 근본이랄 수 있는 정신세계에 동일한 뿌리를 지닌 사람이었다. 정은 김지원이 왜 서지원의 짝이 될 수 없는지를 장황하게 설명하고 동의를 구하고자 했다. 김지원이 가진 어떤 것도 그녀 혹은 그녀를 포함한 자신들의 세계에는 도움이 되지 않는다는 것이 정의 구구절절한 설명이었다. 그는 마지막으로 쐐기를 박듯 말했다.

김지원은 너를 만나는 것과 상관없이 구질구질한 여자관계들을 여태 끌어오고 있어.

서지원은 머리가 아팠다. 머리가 아팠다는 말이 적절한 이유는 그녀의 감정과 전혀 다르게 논리적인 판단들이 전개되고 있었기 때문이었다. 사실 서지원이 김지원의 다른 여자관계에 대해 생판 모르고 있었던 것은 아니었다. 서지원은 똑똑한 여자였기에 김지원의 그런 편력들이 감정과 관계없이 습관이나 기호처럼 흐르고 있다는 것까지도 이해하고 있었다. 하지만 그런 양상이 김지원에 의해서가 아니라 정에 의해 가시화되었다는 사실은 참을 수가 없었다.

서지원은 자존심에 상처를 입은 데다 규정할 수 없는 복합적인 감정 속에 함몰되었다. 우선 그녀는 증오에 가까운 감정을 드러내는 정에게 약간의 연민을 느꼈다. 어쩐지 정은 그녀가 감당하기로 마음먹었던 사회적 정의와 불가분의 관계에 있는 듯도 했다. 그의 말처럼 그들은 동질의 세계에 근간하고 있는 것인지도 몰랐다. 그러나 정에 대한 마음보다 더욱 큰 것은 사귀고 2년여의 기간이 지난 후 조금씩 위협으로 다가오는 김지원의 세계에 대한 부담감이었다. 전적으로 이질적일 수 있는, 천진난만해 보이지만 도저히 동의할 수 없을지도 모르는 그의 나라가 두렵게 느껴지기 시작한 것이다. 사실 여자들의 문제는 서지원에게 크지 않은 문제일 수도 있었다. 하지만 아직 열어본 적이 없고, 김지원이 서지원을 배려해 결코 열어 보이려고도 않은 그의 이면은 분명 큰 문제가 될 수 있었다. 물론 이러한 위기감은 어디까지나 감정이 아닌 생각에 의한 것이었는데, 서지원은 당시 정의 추궁에 질려 그것이 어떻게 생겨난 것인지를 판단할 수 없는 상황에 있었다. 김지원이 아무것도 모르고 있는 동안 서지원은 오래 고민하고 잡다한 생각들을 계속, 계속하였다. 마침 죽네 사네 하며 김지원을 괴롭히는 다른 여자의 문제가 불거졌을 때 서지원은 속 시원히 이별을 통고했다. 그건 생각의 집적물이라기보다는 순간적인 짜증의 감정에 기인한 것이었지만, 서지원은 너무 지쳐 있어 찬찬히 스스로를 돌아볼 여유를 가지지 못했다. 생각하기에 지친 서지원에게 세상의 어떤 것도 짜증스럽지 않은 것이 없었다. 그녀는 김지원의 말을 들으려고도 이해하려고도 않고 고집스럽게 고개를 가로저었다.

사랑의 오해 (4)

김지원과 서지원은 바다에 가는 걸 좋아했다. 둘은 모두 서울에서 나고 자랐지만 서해든 동해든 혹은 남해든 모든 바다를 자신들의 고향처럼 여겼다.

김지원은 바다의 동물적인 청명함을 사랑했다. 피부에 부딪치는 끈적이는 감촉과 후각을 자극하는 내음, 소금 알갱이처럼 뽀얀 고밀도의 공기 속에서 그는 한없이 천진난만해졌다. 김지원은 마치 그곳에서 나고 자란 갯가의 아이처럼 용감해져서 해변을 뛰어다녔다. 인간으로 태어나서 다행이라는 생각, 이 아름다운 자연을 호흡할 수 있어서 행운이라는 감사가 그를 들뜨게 하였다.

서지원은 바다의 무한함에 감동을 받았다. 서지원은 하늘과 꼭 하나인 것만 같이 아련하게 달려가는 바다를 보며 울지 않기 위해 이를 악물어야 했다. 그녀는 끝도 없이 푸르고 또 검은 바다의 진중한 과묵함을 사랑했다. 자신이 가장 흉내 내고 싶은 대상이야말로 바다라고 생각했다. 그러므로 서지원은 자존심을 꺾고 싶지 않아 스스로를 합리화하고 기만했던 시간들을 바다 앞에서만큼은 내려놓았다. 수면 위로 부서지는 햇살의 찬란함 때문에 억지로 지탱했던 어색한 자만심은 소리도 없이 녹아내렸다.

그러므로 바다에서 두 사람은 모두 자신에 대한 감동으로 서로에게 더욱 뜨거운 마음이 되었다. 심연만큼이나 어둡고 깊은 둘 사이의 간극도 바닷가에서는 미약한 하나의 이유도 되지 못했다.

가벼운 시도

그런데 방금 전까지 자리에 앉아 있던 서지원은 도대체 어디를 간 것일까?

김지원은 서지원을 찾아 가장 가깝다고 생각되는 화장실까지 간다. 머리를 빡빡 밀어 브루스 윌리스 같은 인상을 주는 남자가 화장실 앞에 선 채 잡지를 보고 있다. 그는 브루스 윌리스와는 달리 진솔한 미소를 날리며 김지원에게 가벼운 인사를 건네지만 김지원은 예의 있게 응대하지 못한다. 화장실 앞에서 서지원을 만나는 것은 결코 바람직한 재회가 되지 못할 것이라는 생각으로 머릿속이 시끄럽기 때문이다. 김지원은 당장이라도 서지원과 마주치게 될까봐 진저리를 치며 돌아선다. 다시 처음에 했던 생각으로 돌아간다. 만나서 뭘 어쩌자는 거지? 결국 해서 아무런 결과도 얻지 못할 인사 따위는 건네지 않는 편이 나을 수도 있다. 비장했던 결심은 어이없이 무너진다. 중요한 것들은 꼭 사소한 계기로 황당하게 무너지고 마는 것이다, 김지원은 주저주저하면서도 결국 자신의 좌석으로 돌아오고 만다.

서지원이 그녀의 남편과 함께 장애인 협회 일을 하고 있다는 것은 동창들을 통해 들어 알고 있었다. 그들이 2년여 열애했던 사실을 아는 친구들은 일부러 서지원의 얘기를 꺼내지는 않았다. 하지만 허리에 두둑하니 살이 붙고 볼살이 늘어지기 시작하면서 조심성이라고는 찾아볼 수 없게 된 몇몇 동기들이 우연히 그 얘기를 입에 올리고 말았다. 김지원은 이미 알고 있는 사실이었지만 당황해하는 동기들을 딱히 용서해주고 싶은 마음도 들지 않아 그저 묵묵히 입을 다물고 있었다. 재치 있는 한 친구가 얼른 나섰다. 서지원이 널 놓친 건 평생에 큰 실수지 뭐.
"나는 네가 생각하는 것처럼 그렇게 아량이 넓지 않아. 아니, 오히려 편협한 편이지. 네가 다른 여자와 잤고, 앞으로도 그럴 수 있다는 사실은 정말 끔찍해. 헤어지자."

김지원이 느닷없이 서지원에게 사귀자고 말했을 때처럼 서지원도 헤어지자는 말을 쉽고 단호하게 쏟아냈다. 당시 김지원은 관계를 깔끔하게 정리하지 못한 어느 여인 때문에 지쳐 있는 상태였다. 그 지친 모습을 더 이상 숨길 수가 없어 서지원에게 들킨 것이 직접적인 이별의 사유가 될 수 있으리라고는 전혀 생각하지 못했다. 김지원은 육체적 관계를 맺은 여인들에 대해 어떻게 얘기해야 좋을지 몰라 쩔쩔맸다. 농구공과 같다고 하면 될까? 목까지 올라오는 스웨터나 얼음 띄운 콜라? 서지원이 너무 냉정해서 김지원은 더욱 당황하였고 하는 말은 두서없이 꼬이기만 하였다.

"그게 아니라니까!"

설명을 제대로 해내지 못한 김지원은 화를 냈고, 서지원은 치를 떨며 자리를 떠났다. 서지원이 한 걸음 한 걸음 힘 있게 내디디며 골목 어귀로 사라지는 그 순간까지도 김지원은 결코 두 사람이 헤어질 수 있으리라 생각하지 않았다. 그러나 결국 헤어지고야 말았을 때 김지원은 원하지 않았음에도 일이 그런 식으로 진행된 것은 김지원의 인생 전체를 움켜쥐고 비틀어버린 모종의 음모에 의한 탓이라고 여겼다. 김지원이 결코 원하지 않았지만 끊임없이 그를 내포하고 간섭하려 드는 얄미운 음모 말이다.

김지원은 좁은 좌석에 몸 전체를 완전히 밀어 넣고 마음을 가다듬는다. 결심하고 서지원에게로 갔건만 그녀가 없었다는 사실이 왠지 이 세계의 또 다른 모략인 것처럼 여겨진다. 김지원의 인생을 제대로 한 번 꺾어놓았던 바로 그 운명의 짐짓 모른 체하는 헛기침 소리를 들으며 그는 눈을 감는다. 십여 년 전의 상처는 기실 흉터는 남았을지언정 아프지 않은 게 당연하다. 하지만 김지원은 딱히 아프지 않다고 여유를 부릴 수가 없다. 다만 서지원이 표면적으로 제시했던 헤어짐의 이유를 아직도 수긍할 수 없고, 언제든 제대로 된 해명을 주고받고 싶다는 바람이 강하기 때문이라고 김지원은 차분하게 스스로를 변명한다. 그러나 나는 김지원의 생각이 그것뿐이라고는 결코 믿지 않으므로 매끈한 그의 얼굴에서 눈을 떼지 않는다. 수려한 이마에 서린 근심과 붉은 입술에 물린 불안이 심경의 복잡함을 그대로 드러내 보여주고 있다.

우연 이전의 우연

사실 서지원이 동창회와 김지원에 대한 생각을 떠올리게 된 것은 출입국 검사대를 통과하면서 김지원을 보았기 때문이었다. 검색원의 지시에 따라 입고 왔던 회색 블레이저 재킷을 벗는 그의 모습이 서지원의 눈에 꽂히듯 날아들었다. 그러니까 서지원은 김지원이 서지원을 인식하기 훨씬 전에 이미 그를 보고 있었던 것이다. 두 번 의심할 겨를도 없이 서지원은 한 번에 그를 알아볼 수 있었다. 하긴 십여 년의 세월이 지났다고 해도 변한 것은 거의 없었다. 전보다 한결 여유 있고 부드러워진 모습은 이미 십여 년 전에 그가 발화시키지 않은 채 간직하고 있던 모습이기도 했기 때문이다.

서지원은 그가 자신과 같은 비행기를 타려 한다는 것을 알았다. 비슷한 시간대에 들어와 비슷한 방향으로 움직이고 있었고, 마침내는 서지원이 들어가야 하는 게이트 앞에 줄을 선 그를 볼 수 있었기 때문이다. 서지원은 탑승을 미룬 채 화장실에서 꼼꼼히 손도 씻고 화장도 고치면서 가능한 한 시간을 끌었다. 그가 먼저 앉게 되면 자신을 볼 수 있는 확률이 그만큼 늘어날 터였다. 아직 서지원은 이 상황에서 그를 만나는 것을 달가워해야 할지 말아야 할지를 결정할 수 없었다. 물론 그와 다시 만나는 시간을 무수히 상상하기는 했었다. 그러나 서지원은 두 사람의 조우가 이렇게 '설정된 것 같은' 상황 속에서 이루어지리라고는 생각하지 않았다. 당당하게 동창회에서 얼굴을 보거나 아니면 따로 연락을 해서 만나는, 다분히 의도된 만남을 떠올려왔던 것이다.

우연한 만남은 그동안 어쩌면 다소 비장했을지도 모를 서지원의 감정을 오히려 냉랭하게 만들 수 있었다. 나는 충분히 그럴 가능성이 있다는 것을 이미 짐작하고 있었다. 서지원은 스스로의 감정이 왜곡되거나 포장되지 않은 채 그대로 노출될 수 있는 상황을 극도로 무서워하는 여자이기 때문이다. 그러나 연극이든 소설이든 그 어떤 창작물도 지극히 현실적인 세계에서 연원한다는 것을, 머리가 아닌 몸으로 이해할 수 있는 정도의 나이는 되었으므로 서지원은 '폐쇄된 열한 시간'을 일단 받아들이기로 하였다. 극적인 것이야말로 가장 사실적인 것이라는 반어에 대해 서지원은 순순히 항복하였다. 하지만 서지원이 종횡무진 진두지휘하는 것을 당연시하는 모종의 법칙에 묵묵히 수긍만 한 것은 아니었다. 그녀는 묵혀왔던 불만의 감정을 언제고 터뜨리고야 말겠다는 듯 표독한 모습으로 거울을 응시한다. 화장을 고친 그녀의 얼굴은 투명해 보이고, 마음속의 독기 때문인지 겉으로 요염한 기가 흐른다. 뇌쇄적이랄 수도 있는 어두운 아름다움이 그녀에게서 빛나는 것은 참으로 드문 일이었다.

그녀는 공항 건물과 비행기를 연결한 통로를 걸어가는 동안 마음을 가라앉혔다. 그를 먼저 알은 체하지는 않을 것이라고 결심을 굳힌다. 서지원은 좌석을 찾아 들어가는 동안 자신을 발견하고 당황해하는 김지원의 시선을 놓치지 않고 포착하였다. 극히 짧은 순간이라 서지원은 그가 무엇을 하고 있는지는 보지 못했지만 자신을 보았음이 틀림없다는 것만은 확신할 수 있었다. 김지원은 서지원이 먼저 김지원을 보았고, 짧은 순간 그가 자신을 보는 것 역시 알아차렸다는 사실을 전혀 눈치채지 못하고 있는 것이 분명했다. 서지원은 다시 한 번 김지원을 확인했고, 모르는 척 태연하게 자신의 자리를 찾아가서 앉았다. 그렇게 둘은 열한 시간을 갇힌 공간 속에 함께 있게 되었던 것이다.

사랑의 오해 (5)

김지원과 서지원은 영화 감상을 하는 연합 서클에 들었다. 오전에 영업을 하지 않는 술집을 빌려, 마약에 절어 어찌 할 수 없는 인생이나 동성애의 비애 따위에 대해 우호적인 입장을 견지하는 영화들을 보았다. 가끔은 뚜렷한 메시지 없이 비위를 상하게 하는 폭력적인 영상이나 지루하게 반복되는 자연의 영상들을 연이어 보기도 했다. 김지원과 서지원은 그런 영화들을 본다고 해서 자신들의 이해력이나 포용력이 엄청나게 커질 것을 기대하지는 않았다. 단지 낯선 사람들이 쉽게 접근할 수 없는 공간에서 둘만의 공통된 기억을 만들어간다는 것이 보다 중요했다.

쉰 맥주의 냄새가 가시지 않은 공간에서 담배 냄새에 찌들어 영화를 보는 동안, 김지원은 서지원의 살이 그 어느 때보다 자신에게 밀착되어 있는 듯 느껴져 가슴이 떨렸다. 그는 환기가 되지 않아 습하고 탁한 공기가 자신과 서지원을 결계 안의 세계로 묶어주는 것이라 확신했다. 더군다나 영화란 김지원의 생각에 인생의 이면을 가장 쉽게 또한 가장 확실한 거리를 두고 관조할 수 있게 해주는 매개였다. 김지원은 영화 자체를 사랑하는 사람이었다.

한편, 서지원은 그 영화 동아리에 탁상시계를 허리에 차고 오는 사람과 검정 고무신을 신고 나타나는 사람, 머리카락이 빗자루처럼 곤두서 있는 사람 등이 모여 있다는 사실에 보다 감동을 받았다. 그녀는 영화 자체보다는 영화에 미친 사람들과 그 장소에서의 어처구니없는 시간감각을 사랑했다. 빌린 술집의 검은 공간 안에서 시간은 어디로 어떻게 흘러가든 상관없었다.

유능한 거부

서지원은 김지원이 오래 자신을 바라보고 있다는 사실을 분명하게 알고 있었다. 커튼 뒤에 숨듯이 서서 자신을 힐끗거리는 것을 의식하고 있었기에 그녀는 점점 아무것도 할 수 없게 되었다. 책을 보거나 영화를 볼 수도 없었고, 독일에서 개최하는 장애인협회에 관한 사항들에 대해 의견을 정리할 수도 없었다. 장애인협회에 대한 생각은 곧 동창들에 대한 생각으로, 이어서 김지원에 대한 생각으로 쉽게 넘어가버렸다. 서지원은 집요한 그의 시선을 느끼며 긴장했고, 어쩔 수 없이 무언가에 골똘히 몰두해 있는 체할 수밖에 없었다. 그녀는 습관적으로 머리카락 속에 손가락을 넣다가 문득 예전에 그런 그녀의 모습을 김지원이 예쁘다고 했다는 것을 기억해낸다. 서지원은 가슴속 작은 구석에서부터 세계가 꺼져가는 소리를 듣는다. 그녀는 점점 무기력해져서,

하나씩 무너지다가 마침내 거대한 산사태가 될지도 모를 그 소리에 예민하게 귀를 기울이고 있다.

꼭 가야 할 만큼의 시간이 흐른 후에 서지원은 마침내 김지원이 작정하고 자신에게 다가오려는 것을 직감한다. 그의 얼굴을 보지 않아도 서지원은 알 수 있다. 그는 자신에게 말을 걸기로 결심했을 것이다. 그의 몸이 커튼 옆으로 반쯤 드러난 순간 서지원은 재빨리 몸을 일으켜 뒤쪽 통로로 걸어 나간다. 그러므로 김지원이 힘겹게 서지원의 자리까지 왔을 때 서지원은 안전하게 화장실 안으로 숨어들 수 있었다. 서지원은 잠시 후면 그가 마음을 돌리고 다시 자신의 자리로 돌아가리라 믿는다. 믿지 못한다 해도 기다릴 수 있을 것이라 위안한다.

서지원은 비치된 일회용 칫솔에 치약을 묻혀 양치질을 시작한다. 흔들리는 거울 속에서 아직은 그다지 늙지 않은 자신이 거울 바깥의 늙고 우울한 자신을 바라보고 있다. 입가로 묻어 나온 치약 거품을 닦아내며 서지원은 열심히 양치질을 한다. 비행기가 다소 심하게 흔들려서 그녀의 얼굴도 덩달아 일그러진다. 화장이 망가지는 것을 결코 원치 않았는데 눈물 때문에 볼을 타고 자국이 생긴다. 그녀는 화장품 파우치를 가지고 오지 않은 것을 후회하며 눈 바로 아래를 티슈로 눌러 흐르는 눈물을 막는다. 그가 제자리로 돌아간 후에라야 나갈 것이다. 결코 김지원을 만나지 않을 것이다. 만나지 않을 것이다! 서지원은 사랑이 언제라도 다시 시작될 수 있다는 사실이 두려워 도저히 문을 열지 못한다. 오래 웅크렸던 사랑은 굶주렸던 만큼 멀리 튀어 오를지도 모른다. 그러나 서지원은 진심으로 그런 일이 일어나기를 바라지 않는다. 그녀는 자신이 감상에 젖은 탓에 아주 잠깐 동안만 완전한 사랑의 무기력함과 사랑 자체에 대한 불가지론 등 사랑에 관한 여러 냉정한 전제들을 받아들이지 못하는 것이라 생각한다. 그녀는 이미 오래전부터 익혀왔던 그 피곤하고 덤덤한 얼굴로 얼마든지 마음을 차고 단단하게 위장할 수 있으리라 믿는다. 사랑이 아닌 것으로도 얼마든지 세상을 살아나갈 수 있을 것이며, 사랑이란 것도 결국 시간의 진행과 반비례하여 엷어지고야 말 것이라는 단순한 가정들로 마음을 가라앉혀보고자 애쓴다. 서지원은 여전히 자신을 바라보는 관객이 아무도 없다는 것을 인정하고 싶지 않다. 나는 관객이 없는 썰렁한 극장을 그녀 대신 둘러보아준다. 어둠만이 공허하게 서지원의 주변을 채우고 있건만 정작 서지원은 70억 인구 전체를 표피 가득 느끼고 있다. 그녀의 처참한 심경이 내 마음마저 무겁게 짓누른다.

  서지원은 지난 십여 년을 견뎌온 것과 마찬가지의 인내로 이 밀폐된 비행시간 역시 견디기로 마음먹는다. 인생을 가볍지 않게 만들 수 있는 방법을 알아도 여전히 무겁게는 살기 싫은 마음이 있는 것이다. 서지원은 지상에서 결코 발을 떼지 않는 쪽을 선택한다. 나는 서지원이 결국 가벼움과 무거움의 상관관계 역시 상대적인 비교에 불과하다는 사실 앞에 겸허히 설 날을 기다리기로 한다. 기다리지 않는 척하는 것은 오직 서지원뿐이다.

  서지원은 거울을 들여다보며 번진 아이라인이며 마스카라를 꼼꼼히 수습한다. 그녀의 마음은 이제 더 이상 하느작거리지 않는다. 서지원은 그래도 부득불 김지원을 만나게 되면 장애인 협회에서 제공할 수 있는 세금 공제 건에 대해 자연스럽게 말을 꺼낼 수 있으리라고까지 생각한다.

  이 모든 확고부동한 의지에도 불구하고, 서지원은 화장실의 문을 여는 순간 그가 기다리고 섰을까봐 심하게 가슴이 뛴다. 하지만 김지원은 없다. 서지원의 자리까지 이어지는 좁은 통로에도 그의 모습은 보이지 않는다. 서지원의 시선 어디에도 김지원은 포착되지 않는다.

사랑하기 전의 오해

  어린 날의 서지원은 역시 그녀처럼 어렸던 김지원의 갑작스러운 고백을 받기 직전까지 그를 다음과 같이 생각하고 있었다.
  얼굴 하나는 끝내주게 생겼군. 쌍꺼풀 없는 긴 눈은 바람기는 없다고 하던데 정말일까? 하긴 인물값 하느라 여자들 울리고 다니는 치는 아닌 것 같아. 못생긴 남자들이 오히려 방심한 여자들을 더 잘 꼬드기기도 하거든. 저이는 순진한 것 같아. 전체 키에 비해 다리가 그다지 길다고 할 수는 없어. 물론 길긴 하지만 큰 키에 균형감을 가지려면 다리가 좀 더 길어야겠지. 술을 잘 마시지는 못하나봐. 얼굴이 하얗게 질린 걸 보니.

뭘 저렇게 열심히 쓰지? 지금은 쓸 타이밍이 아닌데 말이야. 그다지 지적인 인간은 아니군. 지난 학기에 이어 이번에도 세 과목 이상 같이 듣네. 네 과목인가? 성적이 잘 나왔을 리는 없어. 늘 가방이 무거워 보이는 걸 보면 쓸데없이 책만 많이 사서 그저 들고 다니기나 하는 거야.

댄디한 옷차림을 보니 세상에 심각한 것 따위는 없는 부잣집 귀한 도령임이 틀림없어. 상표가 대문짝만 하게 붙어 있는 가방을 들고 다니다니 유치해. 저런 상표가 머리를 비어 보이게 할 수도 있다는 걸 모르는 걸까? 그래도 패션 감각이 꽤 있기는 해. 아무나 저렇게 입어서 어울리지는 않을 걸?

왜 매번 과사무실 같은 데를 들락거리는 거지? 가두리가 나달나달한 천 소파나 홈이 파인 테이블 등은 저 남자와 어울리지 않아. 둘둘 말아 들고 있는 구겨진 신문은 초조하다는 증거야. 그는 왜 안절부절못하는 걸까?

김지원은 서지원을 사랑하기 전 2년 동안 캠퍼스에서 그녀를 볼 때마다 거의 다음과 같이 생각하고 있었다.

여자가 술을 저렇게 잘 마시는 걸 보니 엄청 드센 것임이 틀림 없어. 자신이 아마조네스쯤 된다고 생각할 거야. 남자들에게 너희들의 어머니가 여자라는 걸 생각하라고 말하기 전에 자신들의 어머니 또한 여자라는 사실을 상기해야 된다는 걸 모르는 족속 중의 하나일지 모르지. 저런, 안주도 없이 몇 잔째 원샷이군. 취해서 울거나 짜지 않는 건 다행이야.

왜 매번 수업을 빼먹는 거지? 내가 교수라면 출석률을 더 많이 반영할 텐데. 수업을 대하는 학생의 자세라는 것도 꽤나 중요한 덕목이잖아. 저 여자는 바쁜 척을 하고 있는 거야. 수업 따위보다 훨씬 중요한 무언가를 하고 다닌다고 잘난 체를 하는 거지. 그런데 도대체 무얼 하고 다니는 걸까?

국방색 사파리나 카키색 티셔츠가 잘 어울려. 왠지 갈대가 많은 늪지를 연상시켜. 갈대가 이리저리 흔들리긴 하지만 그다지 질척거리지는 않을 것 같은 늪 말이야. 저 여자가 노란색이나 분홍색의 옷을 입는다면 웃길 거야. 암, 꼴불견이고말고. 무채색 옷이 잘 어울리는 여자야.

사랑과 우연의 시작

두 사람은 사랑이 우연한 술자리에서 시작되었다고 믿었다. 우연 이전에 필연이, 필연 이전에 우연이 있다거나 사랑과 우연이 동시에 시작될 수도 있다는 것을 알기에는 그들은 아직 어린 나이였던 것이다.

어느 날, 동기들의 모임에서 술이 센 서지원과 술을 거의 마시지 않은 김지원이 마지막으로 남아 있게 되었다. 같이 술을 마시던 사람들 중 일부는 집으로 돌아갔거나 화장실에 간 뒤로 소식이 없었고, 또 다른 일부는 좌석에 그대로 쓰러져 자고 있었다. 김지원과 서지원은 막걸리와 김칫국물이 여기저기 흘러 있는 테이블을 사이에 두고 이야기를 주고받았다. 평소라면 벌써 일어나 그날을 함께할 수 있는 여자에게 전화를 넣었을 김지원이 끝까지 자리에 남아 있었던 이유는 며칠 전 서지원에 대해 자신이 들은 얘기 때문이었다. 그러니 어쩌면 김지원의 사랑은 그 술자리에 앞서 시작된 것인지도 몰랐다.

그 며칠 전, 김지원은 서지원이 자기 학과뿐만 아니라 단과대를 통틀어 가장 우수한 성적으로 입학했다는 사실을 알게 되었다. 선배나 동기들이 서지원을 두고 과톱인데 과락자가 되게 생겼다는 말을 하면서 웃을 때 김지원은 그녀를 새로이 보게 되었다. 다소 비딱하게도 보았던 그녀의 모든 면들이 서서히 변하기 시작하였다. 먼저 전혀 특별하다고 생각한 적이 없는 그녀의 외모가 다음날부터 마치 스냅 사진처럼 한 장씩 한 장씩 순간 포착되어 쌓여나가기 시작하였다. 쌍꺼풀이 없는 눈은 생각의 깊이를 드러내는 듯하였고, 볼륨이 없는 마른 몸은 지적인 감수성을 대변하는 듯하였다. 그녀의 수수한 옷차림이며 엷은 화장, 팔목에 찬 메탈 소재의 평범한 시계까지 모든 것이 한순간에 김지원이 오래 바라왔던 이상향으로 여겨졌다. 하지만 김지원은 자신이 서지원을 좋은 감정으로 대하기 시작한 시점이 그녀가 '똑똑하다'는 얘기를 들었던 순간이라는 것을 당시에도, 이후에도 결코 깨닫지 못했다. 김지원은 자신이 똑똑하지 못한 것에 대해 고민하고 있었는데, 고민하는 자신을 결코 인정하지는 못했기 때문이다. 그러나 사랑은 원래 그런 것인지도 모른다. 자신으로부터 비롯되었으나 결국 자신을 잃어버리고, 마침내 까마득하게 잊어버리고 마는, 원래부터 그러한 성정의 것인지도 모른다.

한편, 서지원은 김지원이 자신에게 관심을 보이리라고는 상상도 해보지 않았기에 그가 자신에게 '너랑 있고 싶다'는 말을 뱉은 후에도 한동안 그가 자신에게 한 말을 받아들이지 않았다. 물론 그의 말을 완전히 이해하고 있었지만 인정할 수는 없었기 때문이다. 하지만 오래지 않아 영리한 서지원은 많은 사람들이 '어디 한 군데 모자란 것이 없다'고 얘기하는 김지원이 진심으로 자신을 사랑한다는 사실을 받아들이게 되었다.

서지원은 김지원이 자신을 좋아한다는 사실만으로 그를 받아들이고 싶지는 않았다. 그러나 김지원을 사랑하게 되는 과정이나 동기에 대해 고민해보기도 전에 이미 그는 그녀의 삶 한가운데까지 들어와 있었다. 서지원은 다른 여자 선배들이나 후배, 친구들의 질투 어린 시선을 받는 것이 싫지 않았다. 서지원은 자신이 잠시 주변의 시선을 즐기는 사이 이야기가 어디까지 전개되어버렸는지 짐작도 하지 못했다.

 그를 사랑하지 않을 이유가 없다는 것만으로 사랑하는 이유가 되지는 않았다. 영리한 서지원은 곧 그 사실을 알아차렸지만 자신의 감정을 구태여 정리하려 하지는 않았다. 서지원은 적어도 김지원보다 더 특별한 감정을 느끼는 다른 사람이 없었으므로 김지원을 사랑하는가 아닌가에 대한 고민을 보류하였다. 서지원은 댄디한 차림의 김지원이 자신을 위해 조금씩 스타일을 바꾸어가는 모습에 신뢰감을 느꼈다. 지적이진 않지만 섬세하고 따뜻한 모습에 감동을 받기도 하였다. 그와 함께하는 편안한 시간들에 만족했고, 그의 잘생긴 이마와 날 선 코와 똑 떨어지는 턱의 선을 흡족하게 바라보았다. 서지원의 사랑은 익어가면서 점점 제 맛을 내는 김치처럼 서서히 완성되었다. 게다가 김지원의 가슴은 서지원이 언제 뛰어들더라도 넉넉한 탄성을 유지할 수 있는 발달된 근육으로 이루어져 있었다.

 그렇게 서지원은 김지원을, 김지원은 서지원을 사랑하게 되었다. 그렇게 되었다.

남은 비행

김지원의 마음은 십여 년 전 서지원과 헤어지던 바로 그 시점으로 되돌아가 있다. 세월은 아무런 해독제도 되지 못한 듯 상처는 새로 벌어지고 피는 다시 흐른다. 그는 그와 잠자리를 함께했던 많은 여인들을 떠올려보려고도 하고, 자신의 아내와 아이들을 상기해보려고도 한다. 하지만 여러 가지 것들이 뇌수 속에서 유영하다가 결국은 같은 자리로 돌아오고 만다. 서지원.

김지원은 다시 몇 번이나 자리에서 일어서서 나갔다 들어왔다를 반복한다. 환영한 적 없는 두통이 그의 행동반경을 따라다니며 점점 몸집을 불린다. 승무원에게 부탁해 두통약을 먹었지만 아무 소용이 없다. 머리 전체가 둔중한 것에 맞은 듯 욱신거리더니 이제는 머리가 제멋대로 기내의 집기류에 부딪히며 공중을 떠다니는 느낌이다. 김지원은 너무 아파 소리라도 지르고 싶다. 하지만 자신도 모르게 서지원을 부를까봐 손으로 입을 막는다.

몇몇 승객들이 안절부절못하는 그를 쳐다보기도 했지만 싫은 소리를 하지는 않는다. 아마 불쌍한 중년의 남자가 지독한 변비나 전립선염에 걸렸음이 틀림없다고 추측하는 것일 게다. 김지원은 아직도 비어 있는 서지원의 자리를 바라보며 점점 은밀해지는 세계의 거래를 실감한다. 기차표나 시계, 비, 책과 같은 일상의 것들이 곳곳에서 그에게 상징의 폭력을 가했던 순간들처럼 지금 김지원은 또 다른 암시와 음모에 시달리고 있다. 그는 용수철처럼 튀어 오른 자신의 감정에 놀란 데다 묵혀둔 탓에 더욱 강렬해진 추억의 향기에 거의 질식할 것만 같다.

그러나 거의 같은 힘의 강도로 결코 김지원이 바라지는 않았던 반작용이 시작된다. 일탈에 대한 도발적인 응대와 개인 혹은 집단으로서 경험한 소외, 그리고 스스로 그러하다는 자연에 대한 광적인 신봉 등이 한데 뒤엉킨 이제까지의 김지원의 역사가 김지원 자신을 제지한 것이다. 젊은 나이라면 결코 그런 종류의 항거는 알지 못했을 김지원은 스스로에게 놀란다. 어쩌면 몸이 지쳤기 때문일 것이다. 비행이란 언제나 피곤을 동반하니까. 또한 그 폐쇄성의 무게가 자신을 옴짝달싹 못하게 짓누른 탓인지도 모른다. 그리고 무엇보다 두통과 더 이상 싸울 힘이 없어서일 것이다. 젊지 않은 나이에는 의지보다 훨씬 큰 힘을 가지는 것이 육체가 되기도 하니까. 김지원은 일단 타협을 받아들인다. 유예.

이제 그는 절망임이 분명한 희망이나 의미를 위장한 허무 앞에서 잠시 유예의 시간을 갖기로 한다. 화장을 고치며 시간을 벌고 있는 서지원과의 싸움에서 누가 이길지는 아무도 장담할 수 없다.

나는 안대를 한 그의 얼굴 양 옆으로 흐르는 눈물을 본다. 그는 참 잘 우는 남자다. 현실 속에 갑작스레 모습을 드러내버린

내밀한 감정 때문에 그의 심신은 젤리처럼 말랑말랑해지고, 둔중한 것에 맞기라도 한 듯 맥을 못 추게 되었다. 그러나 김지원은 곧 울지 않게 될 것이다. 그는 긴 비행시간을 위해 비상용으로 들고 다니는 수면제를 방금 삼켰기 때문이다. 저용량이라 약효는 불과 서너 시간 갈 수도 있고, 밀린 피로감이 도와준다면 좀 더 잘 수도 있을 것이다. 아무튼 그는 잠시나마 그 두통의 가면을 쓴 혼돈으로부터 멀리 떨어질 수 있을 것이다.

이제 약의 항히스타민제 성분과 잠깐 동안이지만 강렬했던 긴장감에 대한 체내 면역 성분이 김지원의 혈관 구석구석을 돌아다니며 그의 상처를 무디게 하고 있다.

무통.

검은 안대 속으로 더욱 검은 수면의 힘이 몰려 들어가는 것을 나는 본다. 영화와 음악과 바다를 사랑하는, 아이 같은 어른은 곧 잠에 떨어지고 말 것이다. 그는 지금 많이 아프지만 운이 좋으면 대여섯 시간쯤은 거뜬히 그 아픔으로부터 떨어져 있을 수 있고, 더 운이 좋다면 비행시간이 끝나는 순간까지 숙면을 취할 수 있을 것이다.

김지원과 서지원은 닫힌 유리병 같은 상황 속에서 어쩌면 가장 바보 같은 방법을 택했을지도 모른다. 나는 그 방법이 그저 일시적이라거나 아니면 영구 대책이 될 수도 있다거나 하는 어떤 단정적인 말도 할 수가 없다. 이제 그들은 더 이상 내가 간섭할 수 없는 곳으로, 즉 내 소설 바깥으로 걸어 나가버릴 것이기 때문이다. 김지원과 서지원이 가는 길을 계속해서 좇을 수 없다는 것은 유감이다. 하지만 어찌 되었든 그들에게는 아직 아홉 시간의 폐쇄된 방공호가 있다는 사실이 내게 위안을 준다. 서지원에게도, 김지원에게도 공평하게 주어진 그 절대의 시간 말이다. ‖

아크로스틱

무관한 듯 보이는 글자들이 하나의 제대로 된 의미를 이루고 드러날 때에야, 무심하기 짝이 없는 아크로스틱의 세상이 아침 해를 맞을 때에야 비로소 누군가는 단말마의 비명을 지를지도 모르겠다.

아크로스틱

아이가 훔친
크림색 고물 오토바이는
로터리를 돌고 있다
스토리를 따라
틱틱틱

아기 엄마는 미뤄두었던 저녁 설거지를 큰애들이 돌아온 늦은 밤에야 시작한다. 갑상선 저하 증세로 온몸이 나른해져서 도무지 만사에 열의가 나지 않는 데다 골머리를 썩게 만드는 일 때문에 두통이 심했기 때문이다.

'장모는 어머니 아닌가? 똑같이 환갑인데 누구는 해주고 누구는 안 해주나?'

아기 엄마는 주방 세제의 피톤치드 향 때문에 두통이 다시 도지는 걸 느끼며 미간에 주름을 모은다. 그녀는 결코 대단한 효녀가 아니지만 불평등한 대우에는 당연히 항거해야 한다는, 그 순간에는 지극히 유리한 정의감을 발휘한다. 따라서 필요할 때만 보이도록 멀리 차두었던 효성이 재빨리 날아와 그녀의 설거지 물통 속으로 퐁, 들어간다. 제대로 물을 부어놓지 않은 탓에 그릇의 밥알들은 쉽게 떨어지지 않고 애를 먹인다.

사실 지금 그녀가 간절히 바라는 것은 공정한 대우나 효성의 실현 따위가 아니다. 자고 싶다. 설거지를 하지 않고 그대로 드러누워 잘 수만 있다면 정의감이든 효성이든 얼마든지 폐기 처분할 수 있다. 엄마이거나 딸이거나 아내인, 자신을 구속하는 자신의 굴레가 하나같이 끔찍하기만 하다. 아기 엄마는 존재의 방공호든 뒤안길이든 그 어떤 곳이라도 계속 드러누워 있을 수만 있다면 어디라도 달려가고 싶다. '아무것도 하고 싶지 않다'는 일견 욕심 없는 욕구가 이렇게 탐욕적일 수 있을지는 몰랐다. 침대에서 일어나는 것도, 밥을 먹는 것도, 다시 침대로 돌아가는 것도 너무너무 힘겨웠다. 몸이 끝없이 불건 말건, 집안일이 밀리건 말건 자고 자고 또 자고 싶었고 도대체 손가락 하나 움직이고 싶지가 않았다. 모두 갑상선저하증 때문이었다. 뒤늦게야 병인 줄 알고 약을 먹기 시작했지만 증세가 쉽게 호전되지는 않았다.

'그래도 둘 다 여행을 보내 드리려면 한꺼번에 목돈이 나갈 텐데……'

그러니까 아기 엄마가 친정어머니와 시어머니의 여행에 관한 생각을 하는 이유는 끊임없이 나라지는 육체를 잠시나마 잊기 위한 것인지 모른다. 아기 엄마는 생각의 고리를 잇기 위해 정신을 집중하고, 당연한 수순으로 시어머니를 원망한다. 남편이 하고 있는 합기도장이 영 시원찮은 데다 늦둥이까지 태어난 자신들의 형편을 모르지 않을 텐데 환갑 타령을 하는 시어머니가 얄

밉기 그지없는 것이다. 그게 아니라도 시어머니가 미운 이유는 넘치는데 말이다.

쌍둥이인 초등 6학년 아이들은 이제 설이 지나면 중학생이다. 학원비며 교복이며 들어가야 할 돈이 태산인데 당사자는 짐짓 모르는 체하고, 효자인 남편은 이러지도 저러지도 못해 쩔쩔매고 있다. 아기 엄마는 시어머니만 환갑이 아니라 자신의 어머니도 환갑임을 기세등등하게 알리며 남편에게 하려면 똑같이 하라고 으름장을 놓은 터였다.

'하필 생일도 일주일 차이로 비슷할 건 또 뭐람…….'

아기 엄마의 한숨 소리가 개수대의 물소리를 능가한다. 곧 땅은 아니라도 그릇 하나쯤은 거뜬히 꺼져버릴 것 같다.

이제 돌이 다 된 아기는 아기 전용 침대에서 앉았다 섰다를 반복하고 있다. 눕혀놓으면 어느새 삐뚜름하게 앉아 있고, 침대 칸막이를 잡고 끙끙거리며 일어섰다가 다시 주저앉는다. 예상치 못하게 생긴 자식이고, 자식을 하나 더 낳아 기른다는 것은 생각도 못한 아기의 엄마와 아빠였기에 필요한 용품들은 거의 얻어다 썼다. 환경호르몬 따위가 걱정되기는 했지만 가급적 싼 물건을 사기 위해 노력했고, 배내옷 하나라도 빌릴 수 있는 것은 전부 빌렸다. 부부는 모빌이든 유모차든 아기 침대든 잠시 쓰고 말 그 어떤 것에도 돈을 쓰지 않고 아껴야 했다. 아기의 엄마와 아빠가 유일하게 아기에게 새로 사준 것이라곤 물고 빨고 노는 딸랑이 장난감 서너 개가 전부이다.

하지만 아기는 싫증이 난 것인지 그 딸랑이 장난감들을 이제 쳐다보지도 않는다. 아기는 지금 한창 침대의 안전 잠금장치에 관심을 보이고 있다.

막 체육관의 문을 잠그던 중인 관장은 숨이 턱에 닿을 듯한 여인의 음성에 덩달아 초조해지고 만다.

"아니, 무슨……."

"이런 도장이……."

"다 있어요?"

두어 달 전에 등록을 한 중학교 2학년 학생의 어머니는 어디서 마라톤이라도 하고 있는 중인지 전화기 너머로 가쁜 숨을 몰아 보낸다. 도장에 간 아이가 돌아오지 않았다는 것이다. 그녀의 목소리에서 아이의 일을 빌미로 자신이 겪고 있는 모든 분노와 고통을 관장에게 쏟아내고야 말겠다는 단호한 의지를 느낄 수 있다.

"어떻게 관장님이 애들 실어 나르고 가르치고를……."

헉헉거리느라 숫제 말을 계속 잇지도 못한다.

"혼자 다 한데요? 그러니……."

관장은 자신도 덩달아 숨쉬기가 어려움을 느낀다.

"그러니 애들 관리를 그 모양으로 하지."

여인은 유언이라도 남기듯 절박하게 말을 마친다. 맞는 말씀이다. 관장인들 몰라서 그러고 있는 게 아니다. 하지만 반지하라도 1층과 다름없다는 건물 주인의 주장으로 비싼 월세를 내는 그의 입장에서, 번번한 급료도 받지 않고 일할 사범을 구하는 게 그리 쉬운 일은 아니다. 엄밀히 말하자면 정말 미치고 환장할 노릇이다. 앞 수련 시간과 뒤 수련 시간 사이에 빠듯하게 마련한 쉬는 시간 30분 동안 관장은 아이들을 다그쳐 차에 태우고 미친 듯이 차를 몰아 동네를 돌아야 한다. 아이들도 얼마 없는 도장에서 하루 다섯 번의 수업을 해야 하는 까닭은 그나마도 시간이 안 맞아 수련을 받을 수 없겠다는 학부모들을 설득하기 위해서다. 어리면 어린 대로 크면 큰 대로, 여자아이면 여자아이인 대로, 또 다른 학원과 겹치지 않게 원하는 시간이 모두 달랐다. 관장은 비굴하지 않고는 달리 살 방법이 없다는 체념이 드러나지 않도록 조심하면서 가능한 한 많은 사람들의 요구를 들어주었다. 한 명을 놓고 운동을 해야 한다 해도, 그 한 명도 아쉬운 관장으로서는 다른 도리가 없는 것이다.

전화해서 애들 관리 운운하는 아이 어머니의 말이 백번 맞기는 하다. 중학교 2학년인 그 집 아이가 최근 자주 수련에 빠졌음을 알렸어야 했다. 하지만 그 아이처럼 결석을 했다가 지각을 했다가 제 마음대로 도장을 드나드는 아이들은 동네 곳곳에 있는 중국집보다 많았다. 합기도장은 관장의 쌍둥이 아이들이 다니는 영어 학원처럼 '학생이 입실하였습니다)'라는 안내 메시지를 친절히 보내줄 수 있는 형편이 아니다. 애들을 데려다주는 것도, 데리고 오는 것도, 수업을 하는 것도 모두 관장의 일이므로 사실 회비 날짜를 챙기는 것만도 더넘스러운 실정이었다.

"네에, 죄송합니다. 제가 근처라도 한번 찾아보겠습니다."

아이가 여태 들어오지 않아 걱정하고 있었다는 아이의 엄마는 전화기 사이로 독침이라도 날려 보낼 듯 씨근거리며 대꾸했다.

"그러실 필요 없어요."

헉헉.

"이제 합기도는 더 이상 안 보낼 테니까."

'꼭 그렇게 하세요.'

관장은 차마 입술 밖으로는 쏟아지지 않는 말을 목울대 밑으로 삼키며 죄송합니다, 하고 전화를 끊는다. 정말 죽어라 죽어라 하는 날이다. 이런 일이 아니라도 걱정거리는 얼마든지 많은데 말이다.

관장은 집으로 가려던 발걸음을 돌려 체육관 옆 곱창가게로 향한다. 오래 안면을 트고 지낸 주인장이 알아서 소주도 내오고 고기도 주문해준다. '매상을 올리는 한도 내'에서만 한껏 친절한 주인은 대창 몇 점 구운 것을 신속히 내온다. 겨울밤의 냉기가 유리벽 바깥에서 사납게 으르렁거린다. 관장은 먼저 차가운 소주로 타는 속을 가라앉혀야겠다고 생각한다.

그라고 아이를 바로잡고 싶지 않았던 것은 아니다. 아이는 컴퓨터 중독에 자학 증세로 병원과 보호소를 들락거렸다고 했다. 아이의 어머니가 아니라 아이를 알고 있는 다른 아이들을 통해 들은 얘기였다. 여력이 있다면, 여력이 없지 않았다면 말이다, 아이를 챙겨주고 싶었다. 자신의 쌍둥이 두 아이를 생각하면 정말이지 남의 일 같지 않았다. 하지만 아이에 대한 생각은 아이가 본질적으로 가지고 있는 불가항력적 범주에 힘입어, 관장이 소주병을 따는 순간 사라져버리고 만다. 세상의 모든 일에 책임감을 가지고 살 수는 없는 일이다. 더구나 제 코가 석 자인 인간은 제 코부터 해결해야 할 일이다. 합리적인 관장은 아이에 대한 생각을 그치고, 양가 어머니들의 여행 경비에 대해 생각하기 시작한다. 알코올 성분이 식도며 위까지 매끄럽게 내려가는 동안 그는 유리문 밖으로 눈송이가 드문드문 떨어지기 시작하는 것을 본다.

아이의 엄마는 오늘 아이가 아침부터 학교에 오지 않았다는 연락을 받고 종일 아이를 찾으러 다녔다. 갑상선항진증이 도져 숨이 턱에까지 차오르고, 가슴이 곧 폭발이라도 일으킬 듯 쿵쾅거리는 와중에 아이가 가볼 만한 데를 죄다 뒤졌지만 찾지 못했다. 아이는 어디로 가버린 것일까? 또 오토바이를 훔쳐 타고 돌아다니는 걸까? PC방에 숨어 있는 걸까? 그녀는 합기도 관장에게 공연히 분풀이를 하기는 했지만 기실 그의 잘못이 아니라는 걸 안다. 아이는 결코 아이의 엄마가 가보지 않은 새로운 곳에서 자신을 놓아주지 않는 시간에 대해 화를 내고 있을 것이 틀림없기 때문이다.

아이는 합기도뿐만 아니라 태권도와 권투 도장에도 다니고 있었다. 아이는 공부를 포기한 소년들이 밟는 비슷한 절차를 밟고서 학교에 완전히 흥미를 잃은 상태였다. 오토바이 값을 변상하고 온 동네 게임방을 찾으러 다니는 것도 지겨워져 아이의 엄마가 마지막으로 제시한 카드가 운동이었다. 어릴 때 운동을 좋아했었다는 기억을 떠올려 학교에만 간다면 어떤 운동이든 하게 해준다고 제의한 것인데, 아이는 세 가지 운동을 모두 하겠다며 억지를 부렸던 것이다. 우선은 학교라도 제대로 다니게 하고픈 마음에 아이의 엄마는 가슴에서 천불이 나는 걸 애써 누르고 세 군데 모두 등록을 해주었다. 하지만 아이는 결국 운동에도 마음을 붙이지 못했다. 언제나 이런저런 예상지 못한 공간에 널브러져 있는 아이를 수습하여 와야 할 뿐이었다.

아이의 엄마는 관장에게 전화를 걸기 조금 전 폐지를 수거하는 동네의 할머니가 곤경에 처한 모습을 본다. 싣고 가다가 떨어뜨린 것인지 할머니와 수레 주위로 종이들이 마구 널려 있는데, 골목 안에 차 두 대가 끼어서는 할머니를 향해 빵빵거리고 있었던 것이다. 할머니는 야윈 말이 짐 탐한다는 속담에 틀리지 않게 비썩 마른 몸으로 커다란 수레를 끌고 다녔다. 종이들이 흘러내릴 듯 말 듯 아슬아슬한 모습이나 수레를 끄는 할머니의 몸이 넘어질 듯 말 듯 위태로운 모습은 보는 이의 눈을 한참이나 사로잡곤 하였다. 할머니는 온종일 과부하가 걸린 듯한 그런 상태로 여기서 불쑥, 저기서 불쑥 나타나곤 하였다. 동네 사람들은 하루 중 할머니의 발이 한 번도 닿지 않은 길은 결코 없다고 장담하곤 하였다.

할머니는 트럭과 빨간 승용차가 빵빵거리는 것도 아랑곳 않고 흩어져 있는 종이들을 꼼꼼하게 모으고 있다. 마치 종이 한 장이 지폐 한 장이라도 된다는 듯이 악착스러운 모습이다. 아이의 엄마는 신문지 몇 장을 집어주는 척하며 할머니에게 묻는다. 일전에도 할머니의 도움으로 아이를 찾은 일이 있기 때문에 약간의 희망을 건다.

"할머니……."

허어허어. 역시 숨이 차서 한 번에 말을 마칠 수가 없다.

"우리 애……. 못 봤어요?"

"저기 있는 것 좀 가져다줘."

할머니는 종이를 주워 올리는 것에 열중하여 아이의 엄마를 쳐다보지도 않고 대꾸한다. 부탁하는 것에도, 도움을 받는 것에도 미안함이나 고마움은 없다. 할머니의 더딘 손길에 짜증이 난

운전자들이 다시 빵빵거린다. 그사이 승용차의 뒤에 다른 승용차가 또 붙었다. 트럭과 빨간 승용차는 한 뼘 가량의 사이를 두고 반대 방향으로 빠져나가기 위해 안간힘을 쓰고 있다. 하지만 폐지 할머니의 수레가 먼저 움직여야 트럭이 움직일 수 있고, 그 다음에 다른 차들이 움직여야 모두들 무사히 골목길을 벗어날 수 있다.

아이의 엄마는 적어도 자신의 인생이 이후에 이 할머니와 같이 되지는 않을 것이라는 은밀한 만족감과 할머니에 대한 동정심 중 어느 쪽이 큰 상태인지 가늠할 수 없다. 만족감은 결코 겉으로 드러나지 않지만 동정심의 영역에 착 달라붙어 평행이동하고 있다. 거친 바람과 자외선을 쏘아대는 태양에 무방비로 노출되어 나다닌 탓에 할머니의 얼굴은 무덤에서 방금 일어나기라도 한 것처럼 스산하다. 그러나 지금은 어떤 만족감이나 동정심이라 하더라도 갑상선항진증을 누를 수가 없다. 대사가 빨리 진행되는 탓에 회장실도 가고 싶고, 복도 마르고, 무엇보다 폐지를 걷어차버리고 싶은 조급함 때문에 진득하니 할머니를 달래고 있을 수가 없다. 아이의 엄마는 건성으로 줍는 둥 마는 둥하던 동작을 멈추고 할머니의 수레를 떠나버린다.

"육시랄 놈!"

할머니는 아이 엄마도 충분히 들을 수 있는 큰 목소리로 트럭 기사를 향해 욕을 퍼붓는다. 아이 엄마는 그 욕의 몇 할쯤은 할머니를 제대로 돕지 않은 자신에게 향해 있는 것 같아 불편하지만 걸음을 멈추지 않는다. 그녀는 지금 세상의 모든 돌이 자신에게 날아온다고 해도 할머니를 도울 수 없다. 도울 마음도 없다. 당장 집에 가서 좀 누웠으면 좋겠고 뛰는 심장이나 가라앉혔으면 좋겠다. 이렇게 헉헉거리다가는 순식간에 몸이 터져버릴 수도 있겠다는 생각이 든다. 아이의 엄마는 가까스로 휴대전화기를 꺼내어 합기도 관장에게 전화를 넣는다. 눈이 내릴 듯 밤공기가 꼬물꼬물하다.

할머니는 꼬부라지고 비틀어진 자신의 인생에서 폐지보다 중요한 것을 알지 못한다. 깎아놓은 손톱들을 숨긴 신문지건 김칫국물이 묻은 박스건 할머니에겐 무조건 종이라면 소중한 자산일 뿐이다. 폐지는 할머니에게 들어오는 순간 그 어떤 형태였다 할지라도 하나같이 판판하게 눌리고 만다. 할머니는 구불구불 주름진 자신에 대한 항변으로 종이들을 그렇게나 평평하게 만드는 것인지 모른다. 1킬로그램에 100원도 하지 않는 그것들은 할머니의 수레에 납작납작 엎드려 이 골목과 저 골목을 누비고 이 집과 저 집에서 실랑이를 한다.

그러나 억척같이 사는 할머니라고 해서 자존심이 없는 것은 아니다. 방금 전 그녀는 새파랗게 젊은 슈퍼마켓 주인으로부터 도둑년이라는 소리를 들었다. 할머니는 억울해서 한참 욕을 퍼부어댔지만 어린 남자는 끝내 '도둑년'이라는 말을 철회하지 않았다. 자신이 잘 쌓아놓았던 박스 한 무더기가 없어졌는데, 이런 캄캄한 밤중에 도둑괭이처럼 다니는 할머니가 아니면 누구도 그런 걸 가져가지는 않는다는 것이었다.

할머니는 동네 곳곳에서 끈질기게 종이를 얻어내지만 폐지가 너무 많이 나오는 가게들로부터는 결코 그러지 않았다. 가게의 주인들이 자신의 종이를 탐내지 않는 것만도 다행이라 여기며 그들을 조심히 피해 가는 그녀였던 것이다. 그것은 할머니 나름대로 지키는 상도덕이기도 했고, 자칫 골치 아파질 수 있는 일들에 대한 방비책이기도 했다. 하지만 어린 슈퍼마켓 주인은 막무가내로 수레의 짐을 헤집으며 할머니를 도둑으로 몰았다. 할머니는 갖은 욕을 퍼부어대며 자신의 결백을 주장했다. 하지만 주인이 할머니의 폐지들을 이리저리 뒤지는—실은 뒤지는 시늉을 하는(왜냐하면 사실은 주인도 비슷하게 생긴 종이들에 대해 증명할 수 있는 근거가 없었으므로)—동안 이상하게도 할머니는 점점 자신감이 없어지는 걸 느꼈다. 자신이 그 집의 박스들을 수거했을 리 없다고 확신하면서도 한편으로는 무심결에 그랬으면 어쩌나 싶은 걱정이 스멀스멀 올라오기 시작했던 것이다. 할머니는 적어도 자신이 아무것도 확신할 수 없는 나이에 접어든 것만큼은 뚜렷이 자각하고 있었으므로, 가게 주인에게 크게 한 번 더 욕을 퍼부어준 뒤 부리나케 줄행랑을 치고 말았다.

가게에서 멀리 떨어진 골목으로 진입하였을 때 할머니는 갑자기 울화가 치밀어 일부러 길 한가운데로 수레를 끌기 시작했다. 젊은 사람에게 '년'자 소리를 듣고 사는 처지로부터 시작해서 당장 죽어도 아무도 와보지 않을 신세에 대한 한탄에 이르기까지 구구절절 억울한 마음들을 끄집어낸다. 그리고 당연한 수순으로 자기 자신과 조금이라도 관련이 있는 누군가와 그리고 하늘을 원망한다. 그때 그를 만나지만 않았더라면, 그 다홍색 신발을 신지만 않았더라도, 벚꽃이 그리 곱게 피어 있지만 않았더라면……. 할머니는 살 터진 우산처럼 내내 불안하고 서글펐던 자신의 인생을 돌아본다. 무작위로 사건들을 떠올려보지만 거개 그것들은 일정한 경로를 따라 정해져 있는 하나의 출구로 나온다. 심하게 짓이겨지고 뒤틀려 원래의 모습은 알아볼 수 없는 형태로 나온 그것은 스스로의 왜곡을 강하게 부인한다. 그러므로 당연히 운명의 수레바퀴 밑으로 자신이 초래했을 수도 있는 모든 실수는 흔적도 없이 사라져 있다. 모든 건 할머니를 제외한 다른 것들의 탓이었다.

하지만 대체로 그녀는 운명이든 그 어떤 힘이든 원망할 수 있는 조각들이 남아 있다는 것에 안도감을 느꼈다. 어제 아침과 오늘 아침, 그리고 다음날 아침이 구별되지 않는 하루하루가 쉽고 가벼운 밤을 통해 연결된다는 걸 느낄 때마다 그 안도감은 희열로 바뀌기도 하였다. 그래서 폐지들을 길 한가운데 쏟아버리는 일은, 엄밀한 의미의 쾌감은 아니더라도 비슷한 감정을 할머니에게 안겨주었다.

뒤쪽에서 반짝이는 자동차의 불빛을 느꼈지만 할머니는 가운데로 가는 것이 조금 전 슈퍼마켓 주인으로부터 받은 수모를 상쇄시키기라도 한다는 듯이 비켜서지 않았다. 그리고 마침내 차가 아주 가까이에서 경적을 울렸을 때 할머니는 고의 반 자의 반으로 수레에 가하고 있던 힘을 슬며시 빼고 말았다. 누구에게든 욕을 하고 싶었다. 어쩌면 누구에게든 말이 하고 싶었던 것인지도 모른다.

슈퍼마켓 주인이 헤집어놓은 탓에 가뜩이나 위태로웠던 종이더미들이 사정없이 쏟아지고 만다. 할머니의 신호를 기다리기라도 했다는 듯 종이들은 멀리까지 흩어진다. 가림대보다 아래에 있던 종이들만 조용히 수레 안에 널브러져 있다. 할머니는 안도인지 실망인지 모를 가벼운 신음 소리를 토해낸다.

사실 트럭이 그렇게 무례하게 경적을 울려대지만 않았어도 할머니는 신속히 종이들을 수습했을지 모른다. 막상 종이들이 흩어지는 걸 보니 하나하나 모은 그것들이 너무도 아깝게 여겨졌기 때문이다. 하지만 슈퍼마켓의 주인과 마찬가지로 되바라진 게 분명한 운전자는 클랙슨을 울려대는 것으로도 모자라 하이라이트까지 깜빡여대고 있었다. 되통스러워진 할머니는 이제 세상 모든 것에 몽니를 부리기로 작정이라도 한 듯 최대한 천천히 손을 놀린다. 할머니는 트럭 기사를 곯릴 수만 있다면 밤새도록 이렇게 길 위에 쭈그리고 있을 수도 있다고까지 생각한다. 세상이 보여주는 저열한 행태와 질서를 가장한 위선에 완강하게 저항하고 훼방을 놓을 수 있을 것이었다. 최소한 늙은 목숨이 끊어질 때까지는 말이다.

그러므로 뒤이어 나타난 아이의 엄마가 자신을 제대로 도와주지도 않은 채 아이에 대해 물었을 때 할머니는 오토바이를 타는 아이를 보았다는 말을 결코 하지 않는다. 그녀는 지금 분풀이를 하는 중이었으니 말이다. 하지만 어쩌면 하지 않았다기보다 할 수 없었는지도 모른다. 할머니는 심술을 부리던 것에 이어 전개된 자기 연민의 홍수에 묻혀 다른 누구도 고려할 만한 입장이 아니었던 것이다. 할머니는 누구에게랄 것도 없이 욕만 걸게 퍼부어대며 더디게 손과 몸을 움직인다. 트럭 운전자가 조급해서 죽든 말든 상관할 바가 아니었다.

트럭은 사실 승용차가 지나간 다음 좀 더 여유 있게 골목으로 진입할 수도 있었다. 아니, 사려 깊은 운전자라면 틀림없이 그렇게 했을 것이다. 하지만 용달차라고도 불리는 이 파란 트럭의 기사는 꽁무니에 불이 붙은 여우처럼 황급히 차를 몰았다. 그가 그렇게 한 이유는 이 골목으로 들어서기 직전 다른 골목에서 얌전히 정차하고 있는 조그만 하얀 차의 범퍼를 제 트럭의 뒷부분으로 살짝 긁었기 때문이다. 하얀 차는 막 출발하려는 것인지 도착한 것인지 시동이 걸린 채 골목 한쪽 옆에 얌전히 정차해 있었다. 문제는 커브를 돈 각도였다. 트럭 기사는 기분 나쁜 금속의 마찰음을 너무도 선명하게 들었고, 깜짝 놀라 고개를 돌려 하얀 차의 운전자를 바라보았다. 밤인 데다 코팅이 진한 유리창 때문에 운전자가 뚜렷이 보이지는 않았지만 여자인 것이 틀림없었는데 고개를 숙인 채 무언가에 열중해 있었다. 접촉 건에 대해서는 전혀 모르는 게 분명했다. 그녀는 깜짝 놀라거나 차 문, 하다못해 차의 유리창이라도 내려 사고에 대해 확인을 해보려는 그 어떤 동작도 하지 않았다. 트럭 기사는 짧은 순간 정확한 판단으로 하얀 차의 운전자가 전혀 눈치채지 못했음을 확신하고 줄행랑을 친 것이었다. 그러니 그곳을 빠져나온 바로 다음 골목에서 그의 마음이 조급해진 것은 당연한 일이었고, 폐지를 길에 쏟은 할머니를 향해 짜증을 낼 수밖에 없었던 것이다.

    트럭 기사는 하얀 차의 운전자와 합의를 보고 어쩌고 하는 과정은 생각하기도 싫었다. 자신의 정직성이 세상을 사는 데 아무런 도움도 되지 못한다는 것을 생식세포와 체세포 전체로 이해하고 있는 그였다. 다음날이나 혹은 며칠 더 지난 어떤 날 하얀 차의 여자가 제 차에 난 흠집을 보고 속상해하겠지만 그것은 트럭 기사의 소관 밖이 될 터였다. 이미 시간은 원하는 만큼 지나 있을 테고, 원하지 않을 때도 늘 지나가는 게 시간이니까 말이다.

트럭 기사는 마음이 아주 편하지는 않겠지만 길지 않은 시간 안에 분명 가책 따위는 느끼지 않으리라 확신한다. 그는 재빨리 자기 합리화를 진행했는데 사실 그 합리화는 차가 부딪히기 이 전부터 이미 발동된 것인지도 몰랐다. 자신이 가지고 있는 것과 비교할 수도 없이 많이 가진 자들은 결코 자신이 가진 것 따위를 탐내지는 않을 것이며, 탐내서도 안 될 것이라고, 그는 그렇게 편리한 대로 세상을 이해하고 있기 때문이다. 하얀 차의 여자가 자신보다 덜 가진 자가 아니라는 것은 그가 자신의 트럭을 걸고 맹세할 수 있을 만큼 확실하였다. 트럭 기사는 불쌍한 자신을 보호할 수 있는 자기 비하와 자기 비애를 적절히 발동시킨다. 그는 스스로 설정한 윤리 안에서 결코 부끄러움을 느끼지 않는다.

문제는 폐지를 운반하는 할머니였다. 지금이 아닌 다른 경우였더라면 그는 트럭에서 뛰어내려 할머니를 도왔을 것이다. 적어도 그는 스스로를 경우도 없이 매몰찬 인간은 아니라고 생각하고 있기 때문이다. 하지만 이 순간은 그럴 수 없다. 그는 조급해서 할머니를 밟고라도 지나가고 싶다. 늦게라도 여자가 사실을 알고 뛰어오면 충분히 잡힐 수도 있는 거리이기 때문이다. 그의 트럭에 어쩌면 수액 같은 하얀 페인트가 묻어 있을지도 모르고, 누군가가 트럭의 도주 사실을 여자에게 알려주었을지도 모르기 때문이다. 그는 '씨발'을 연발하며 할머니를 노려본다.

가중되는 불안을 떨치기 위해 트럭 기사는 기세 좋게 클랙슨을 울린다. 할머니의 굼뜬 동작이 갑갑해 미칠 지경이지만 그는 결코 트럭 밖으로 뛰어나가지는 않는다. 행여 당장이라도 하얀 차의 여자가 뛰어오지 않을까 겁을 내며 하이라이트를 깜빡여댔을 뿐이다.

하얀 차의 여자 운전자가 제 차의 뒷부분이 트럭에 의해 긁히는 것도 몰랐던 이유는 음악을 크게 틀어놓은 데다 휴대전화기로 메시지를 보내는 데 열중하고 있었기 때문이다. 방금 전 친구가 자신의 남자 친구에게서 받았다는 명품 지갑의 사진을 자랑삼아 전송한 탓에 하얀 차의 여자는 있는 대로 열을 받았다. 유치하거나 천박한 짓이라고 누군가가 욕을 한다 해도 여자는 자신의 애인을 긁어대지 않고 그 순간의 울화를 가라앉힐 수는 없었다.

'선희는 좋겠지. 생일 선물로 이런 거 받았대.'

금색 로고가 선명한 지갑의 사진과 함께 문자를 전송했건만 남자 친구에게서는 답이 없다. 여자는 친구가 자신에게 보낸 문자의 내용을 곱씹으며 괘씸해도 하고 부러워도 하면서 울분을 삭이지 못하고 있었다. 애인은 3년 전에 친구의 소개로 만났는데 기념일에 주는 고가의 선물이나 명품 등이 여자들에게 어떤 의미를 가지는지 모르지 않는 사람이었다. 하지만 남자는 자신에게 그런 선물을 한 적이 없었다. 막 사랑이 타오르던 초창기에 겨우 창의성도 특색도 없는 평범한 선물 몇 가지를 주었을 뿐이다. 소품에 지나지 않는 남자의 선물들은 결코 여자의 취향이 아니었다. 어디서나 어떤 시간에나 누구에게나 건네지고 받아질 수 있는 그저 그런 물물교환에 지나지 않았다. 여자는 자신 역시 남자의 감동을 끌어낼 만한 그 어떤 것도 선물한 적이 없다는 사실은 결코 계산에 넣지 않고서 시간이 흐를수록 억울해하기만 하였다.

'일 끝나지 않았어?'

다시 문자를 보내보지만 여전히 답은 오지 않는다. 애인은 문자를 보았지만 답을 하지 않고 있을 것이다. 대놓고 그에게 투덜거릴 정도로 자존심이 없는 것은 아니어서 여자는 결코 전화를 걸지는 않으리라 마음먹는다. 대신 친구가 보낸 지갑의 사진을 꼼꼼히 들여다본다. 검은 윤기가 우아하게 떨어지는 지갑은 그 브랜드가 갖고 있는 가치를 여실히 드러내준다. 여자는 지갑일 뿐인 그 물건에 역사의 모든 비밀이 담겨 있기라도 한 것처럼 마음이 설렌다. 물건의 가치, 물건을 살 수 있는 인간의 가치, 그리고 구매된 물건과 소유한 인간이 시너지를 일으키는 그 신비스러운 가치……. 여자는 사진을 들여다보면 볼수록 초조해지고 편협해져서 이제는 거의 비정상적인 서러움에 사로잡혀 있다. 문자의 답이 오지 않는 이 순간이 어쩌면 애인과 자신 사이에 놓인 심연이기라도 한 것처럼 무섭고 슬프다. 실제로 큰 눈물방울

하나가 여자의 눈에서 떨어진다.

사실 집집이 방문을 해서 아이들을 가르치는 학습지 선생인 여자의 돈으로도 마음만 먹는다면 그런 것을 살 수 있기는 했다. 옷이든 구두든 가방이든 몇 달 할부를 결심하면 아주 불가능한 것도 아니었다. 실제로 여자에게는 값비싼 물건들이 없지 않았다. 하지만 여자는 애인이 자신에게 쏟는 애정의 가치를 굳이 그런 것들로 가늠하고 싶었다. 또한 친구들에게 자신이 애인에게서 어떤 대접을 받고 있는지 자랑하는 것은 보다 중요한 일이었다. 여자는 얼마 전 홍대에서 산 인디 밴드의 CD 볼륨을 최대한 높여놓고 휴대전화기를 노려보았다. 적어도 미약해 보이지는 않았던 이성을 아주 쓸모없는 것으로 만들어버릴 만큼, 사소한 분노는 이제 절실한 분노로 증폭되고 있었다. 그러므로 여자는 방금 파란 트럭이 자신의 차를 꽤 선명하게 긁어놓고 줄행랑을 친 것을 조금도 알아차리지 못한다. 아마 머리 위로 대포가 지나갔다고 해도 여자는 의식하지 못했을 것이다. 그녀는 음악의 빠른 비트와 함께 자신의 심장이 요동치는 소리를 들을 수 있을 뿐이었다.

여자의 애인은 물론 여자의 메시지를 보았다. 하지만 그는 여자가 바라는 미안한 마음 대신 그간 사랑이 걸어온 시간에 비례하는 권태가 밀려옴을 느낀다. 동시에 30대 중반을 넘어서고 있는 나이에 아직도 결혼을 결정할 수 없는 자신의 상태, 더 정확하게는 전셋집도 장만할 수 없는 자신의 처지에 화가 날 뿐이다. 기술직이라 전망이 밝다고 선택한 컴퓨터 정비사의 길이지만 실상 전망이라곤 딱 한 달을 먹고 자고 입는 데 지장을 주지 않는 수준이 다였다. 게다가 철없는 여자 친구는 늘 무언가를 원하고 요구해대고 있었다. 남자는 여자가 보낸 지갑 사진을 그 자리에서 삭제해버리고 문자 메시지 역시 무시해버린다. 대신 그는 다른 사람의 메시지를 들여다보고 있다.

한 달쯤 전에 컴퓨터를 수리하러 간 집에서였다. 혼자 있던 안주인은 컴맹인 자신의 신세를 한탄하며 여러 가지를 남자에게 물었다. 남자는 사실 기계 자체를 수리하는 것 외에 컴퓨터를 어떻게 이용할 수 있는지에 관해 초보적인 질문을 해대는 부인에게 오래 붙들려 있고 싶지는 않았다. 하지만 부인은 상냥한 누나 같은 얼굴로 커피를 내오고 과일을 내오면서 남자의 시간을 길게 잡아두었다. 그녀는 교사인 남편이 워낙 바쁜 탓에 누군가의 도움을 받지 않고서는 간단한 컴퓨터 고장도 처리할 수 없다며 남자의 동정심을 자극했다. 남자는 엉겁결에 점심까지 얻어먹고 알쏭달쏭한 기분으로 그 집을 나왔다.

부인은 두 번 더 남자를 불렀다. 회사를 통해서가 아니라 남자의 개인 휴대전화기를 통해서였다. 자식들도 없는 것인지 남자가 갈 때마다 집은 늘 조용했다. 부인은 인터넷을 이용한 강좌의 수강이라든지 간단한 엑셀 작업에 대해 질문을 했고, 출장비라며 현금이 들어 있는 봉투를 건네주었다. 액수는 과하지도 우습지도 않은 적정한 수준이어서 남자는 돈을 거절하지 않았다. 수작을 거는 것임이 분명한데도 남자는 이상하게 부인으로부터 천박하다거나 구차하다는 인상은 받지 못했다. 그녀가 문자를 보내오면서부터 남자는 모종의 기쁨과 안도감마저 생기는 걸 느꼈다. 문자의 내용은 여자의 감정을 결코 직접적으로 드러내지 않는 듯 보였는데 남자는 이상하게도 그 내용을 통해 사랑의 고백을 받고 있는 듯한 생각이 들었다. '겨울의 해가 회색인 것은 사람들이 단단해지도록 만들기 위함입니다. 매끄럽고 차가운 빛이 감사한 하루네요' 라거나 '집 앞에 있는 단풍나무의 빨간 잎들이 아직도 떨어지지 않고 겨울을 버티고 있습니다. 죽지 않고 바싹 말라 살아가는 것, 신기한 일이지요?' 등의 메시지는 남자로 하여금 그것을 하루 중 꼭 한두 번 더 읽게 만드는 힘을 가지고 있었다. 부인은 딱히 자신이라기보다 익명의 누군가를 사랑하고 싶어 하는 듯했다. 남자는 어쩌면 그 누군가가 자신이 되어도 좋겠다는 생각을 막 시작한 참이었다.

그는 그래서 지금 애인의 메시지보다 더 마음을 끄는 부인의 메시지를 읽고 있다. '모든 것으로 와해되는, 그럼에도 전체의 위용을 결코 무너뜨리지 않는 바다가 보고 싶습니다.'

어제 온 부인의 메시지는 이전 것과 달리 분명하게 남자의 의

사를 묻고 있었다. 남자는 뻔한 것을 한 번 더 고민했다. 열 살은 더 많아 보이는 유부녀와 순수한 감정으로 바다에 갈 수는 없었다. 하지만 어쩐지 부인이 말하는 바다는 자신에게도 위안을 줄 것 같다는 생각이 들었다. 그리고 방금 온 애인의 메시지는 남자의 이런 생각에 확신을 더해주는 것이었다. 남자는 언제나 뻔한 것을 '암시하는 척'하느라 애를 쓰고 징징거리는 애인에게 싫증이 나던 참이었다. 사실 애인의 필요나 요구는 남자가 갖추고 싶고 충족시켜주고 싶은 것들과 크게 다르지 않았다. 그러나 애인이 던지는 것 자체에 상응하는 스트레스만 받고 있다면, 남자는 던진 것을 받았음에도 대책을 마련하지 못함으로 인해 자신을 저주하지 않을 수 없는 확대된 스트레스에 시달리고 있었다. 남자는 자신에게서 주체성을 박탈하고 떠돌이 객체로 남겨둔 이 세상이 싫었다. 부인과 바다에 가는 것은 어쩌면 그렇게도 야속한 세상에 대한 작은 보복이 될지 모른다. 적어도 스스로의 결핍을 은닉할 수 있는 잠깐의 안식이 될 수는 있을 것이었다.

남자는 애인에게 답신을 보내는 대신 부인에게 문자를 보낸다. 어쩐지 지금 부인은 혼자 있을 것이라는 생각이 들어 밤 시간이지만 주저하지 않는다.

교사의 부인은 컴퓨터로 바다를 보고 있다. 작은 조약돌이 몸에 유약을 바르기라도 한 것처럼 반짝거리는 해변의 사진이다.

이미지 검색에서 나온 바다는 가지가지였다. 돛을 단 배가 뒤집어질 듯 보이는 폭풍의 바다를 펜으로 그린 그림도 있고, 세일러복을 입은 근육질의 남자가 금발의 미녀와 요트를 타고 있는 사진도 있다. 묵시록처럼 고요한 바다, 지는 해의 무심함을 그대로 투영하고 있는 바다, 요염하게 치맛자락을 감싸 쥐고 있는 바다, 하염없이 우울하게 가라앉은 바다, 창천의 생각을 그대로 풀어헤쳐놓은 것 같은 바다……. 부인은 시종 자신의 휴대전화기를 만지작거리며 바다의 이미지들을 검색하고 있다. 그녀는 사실 남편에게 가장 도움을 청하고 싶다. 우울증이라고만 가볍게 치부할 수도 있지만 본인에게는 너무 절실한 고통에 대해 남편의 위로를 받고 싶다. 하지만 교사인 남편은 오늘도 아이들을 가르치지 않을 수 있는 방법을 찾아 집 밖을 헤매고 있다. 그는 자신의 간이 독수리에 의해 파먹히지 않을 날을 기다리는 프로메테우스보다 더 간절히 아이들을 가르치지 않을 날을 기다리고 있다. 부인은 써놓은 메시지가 화면 보호 작동으로 사라질 때까지 오래 곱씹어본다.

'의미가없네요당신과살았던긴시간당신에게도이고통을느끼게해주고싶어요무딘심장이얼마나닳고해질수있는지볼게요이세상아닌곳에서'

타원형의 테두리에 갇힌 '전송' 글자에 손가락만 갖다대면 남편이 곧 달려올지 모른다. 자신의 구제를 위해 아무리 마음을 몽

땅 빼앗긴 그라고 해도 부인의 이런 도발을 허투루 넘길 수는 없을 것이다. 그녀가 빈말을 일삼는 사람이 아님을 남편도 잘 알고 있기 때문이다.

16년 교직 생활을 한 남편은 아이들 가르치는 것을 세상에서 가장 싫어한다. 아이들과 직접적으로 부딪치지 않으면서도 직장을 잃지 않는 유일한 길은 남편의 소견으론 승진뿐이었다. 남편은 이전의 학교에서도, 그전의 학교에서도 언제나 누군가에게 무언가를 부탁하기 위해 뛰어다녔다. 주말마다 등산을 가기도 했고, 골프장을 섭외하거나 운전기사를 자처하기도 했다. 부인은 그 모든 일련의 과정에서 남편이 오로지 자신만을 생각한다는 것을 알았다. 남편의 이유가 아이들에 대한 공포가 아니라 자신에 대한 연민, 자신을 위한 도피, 자신에게서 비롯된 무력감 때문이라는 걸 알게 되었던 것이다.

그래서 부인은 별 가책 없이 스스로를 위해 준비한 온갖 죄목을 남편에게 덮어씌우고자 마음먹었다. 그건 어디서 솟아오른 것인지 자신조차도 근원을 알 수 없는 파괴 본능, 공격 성향에 의한 것이었다. 부인은 오른손 검지의 손톱 끝으로 '전송' 버튼을 콕콕 찍어본다. '전송'은 꿈쩍도 않는다. 연한 인간의 피부가 닿아야만 무한한 공간으로 날아갈 수 있는 메시지가 부인의 손톱에 의해 무력하게 농락당하고 있다. 인간의 피부, 각질층, 투명층, 과립층, 유극층…….

부인은 다른 주제에 잠시 마음을 뺏겨 정작 휴대전화기에서 문자 메시지의 도착을 알리는 소리가 났을 때 그것이 무엇을 뜻하는 것인지 재빨리 인식하지 못한다. 메시지라는 글자 뒤에 새로운 메시지를 알리는 '(1)'의 기호를 보고서야 부인은 천천히 표피와 진피의 바깥 세계로 빠져나온다. 창을 이동시키자 컴퓨터 기사의 문자 메시지가 보인다.
'내일 시간 되시면 바다 가실래요?'
그는 잘생기진 않았지만 느낌이 깔끔한 젊은이였다. 부인은 두 손으로 전화기를 받쳐 들고서 열심히 답신을 보낸다. 남편에게 보내려 했던 예순 개의 글자는 메모리 칩 저 안쪽 어딘가로 사라지고 만다. 아직은 작고 고운 부인의 손가락이 심장보다 빠르게 움직여 미명의 세계를 달려간다. 변명이 아니어도 좋다. 타당한 이성의 세계 따위는 아무래도 상관이 없다. 그저 이 고통에서 벗어날 수만 있다면 바다든 지옥이든 어디든 달려갈 것이다.

부인의 남편인 선생은 교장의 집 앞 담벼락에 차를 세우고 이제나저제나 교장이 나타나기를 기다리고 있다. 교장은 주도면밀한 사람이라 만날 일이 있는 사람들을 결코 집에 들이는 법이 없었다. 그렇다고 밖에서 따로 만나주지도 않았기 때문에 선생은 그간의 경험을 통해 집 앞에서 잠깐 그를 만나는 것이 가장 좋은 일임을 알고 있었다. 교장은 집 안으로 들일 정도로 친밀하지 않은 관계의 사람이 지나다가 잠깐 들러 인사나 하고 가는 것까지 막지는 않겠다는 정도의 형식을 가장 적절하게 여기고 있음이 분명했다.

　선생이 알고 있는 오늘 교장의 스케줄은 지역 단위의 교장단 회의이다. 경계를 허물 수 있는 자리는 아니기 때문에 선생의 계산으로 자리는 아홉 시 전에 파할 것이고, 교장은 늦어도 열 시 전에는 귀가할 것이 틀림없다. 하지만 그는 만일의 경우를 대비해서 여덟 시 전부터 교장의 집 앞에 당도해 있다. 너무 멀지도 너무 임박하지도 않고 고과에 딱 적절히 영향을 미칠 수 있는 날짜가 많지는 않았다. 어떤 날은 학교 전체의 행사가 있었고, 어떤 날은 교장의 행보를 가늠하기가 어려웠다. 이런저런 날들을 모두 제외하니 선생의 계산으로는 오늘이 적기였다. 물론 오늘이 안 되면 내일, 내일이 안 되면 모레나 최대한 글피까지 시간의 여유가 있기는 했다. 하지만 선생은 일어날 수 있는 모든 경우를 대비해 가장 안전한 수를 두고 싶었다. 오늘부터 시작이다.

　차의 내부는 히터를 켰다 껐다 하느라 찬 공기와 더운 공기가 제멋대로 섞여 쾌적하지 않다. 오래 쌓인 먼지들이 선생의 움직임에 따라 격심한 파동을 그리며 튀어 오른다. 선생은 긴장으로 양 다리를 세게 떨었다. 미세하지만 빠른 떨림이 허리 위까지 전달되자 떨림의 정도에 비례하는 안도감이 그를 조금쯤 안정시켜

준다. 그는 차의 계기판에 뜬 시계를 보고 다시 어둑한 골목길 저쪽을 쳐다본다. 미약한 주홍색 가로등 아래로 고집스러워 보이는 주름진 길만이 침묵을 지키고 있다.

　선생은 아이들이 싫었다. 한때 그의 온전한 사랑의 대상이었던 그들이 증오스러워지기 시작하였을 때 그는 자신이 사랑하지 않았던 것들보다 천 배, 만 배 그들이 싫어질 수 있다는 사실에 놀랐다. 아이들을 미워하기 시작한 순간 선생은 자기 자신도 더 이상 용서할 수 없게 되었다. 아이들은 그의 눈 속에서 세계의 비밀을 훔쳐내 가려는 듯 뻔뻔한 시선을 보냈고, 간혹 절망보다도 못한 헛된 것들을 읽어내기 위해 구취를 풍기며 다가왔다. 가장 사악한 것보다 더욱 사악한 천진함으로 그를 몰아붙이는 아이들을 쫓아내기 위해 선생은 종종 몰이해의 바다를 항해하였으며, 철갑 같은 얼굴로 무표정을 가장하기도 하였다. 그의 생각에 그가 아이들을 벗어날 수 있는 길은 오로지 승진뿐이었다. 마음껏 그들을 증오하며 노려보기 위해, 그러나 결코 그들을 떠나지는 않기 위해 선생은 교무실의 안전한 탁자 뒤로 몸을 숨기고자 하였다. 깊숙이, 더 깊숙이…….

　언제부터인지 정확히는 모른다. 아마 선생이 자신의 무능력을 깨닫기 시작한 시점이 아니었을까 싶다. 스스로의 한계에 뿌리깊은 불신을 드러내면 낼수록 아이들은 귀신처럼 알고 달려들었다. 아이들은 경멸에 찬 표정을 던지면서 선생으로부터 잠을, 미소를, 건강을 빼앗아 갔다. 선생은 식은땀이 피땀으로 변할 만큼 발버둥을 쳤다. 지옥문을 열듯이 긴장하며 교실 문을 열 때마다 선생은 이가 으스러져라 턱 근육에 힘을 주었다. 교활한 아이들이 자신의 의도를 눈치채지 못하도록 선생은 치밀하게 준비한 표정들로 가면을 만들어 썼다. 하지만 번번이 뱀 같은 아이들이 그의 의도를 간파하였고 그의 계획에 찬물을 끼얹었다. 선생은 아이들을 가장 확실히 벌주기 위해 교무주임이 되는 것, 교감 선생이 되는 것, 그리고 최종적으로 교장이 되는 것만을 유일한 희망으로 삼았다.

선생은 지금 그의 아내가 자신에게 최종 선고를 날릴까 말까 망설이는 것도 모른 채 오로지 노련하게 늙은 교장의 얼굴이 나타나기만을 고대하고 있다. 아내가 자신에게 보내려던 문자 대신 다른 사람의 문자에 급히 화답하는 순간에 대해서는 꿈에도 모른 채 교장의 차가 들어오는 것에만 온 신경을 집중한다.

이제 그 시간이 왔다. 그는 대리운전 기사와 교장이 계산을 마칠 때까지 침착하게 기다린다. 부산을 떨지도 않고 당황해하지도 않으면서 선생은 조용히 차 밖으로 나간다. 언젠가 그에게로 보내어질 아내의 메시지가 잠시 유예의 공간에 잠재워진 틈을 타 그는 재빨리 준비한 것을 교장에게로 내민다. 가벼운 사이인 만큼 인사는 1분도 채 걸리지 않았다.

교장은 탐스러운 자연산 송이 사이에서 봉투를 꺼내는 순간 세어보지 않고도 제법 정확하게 액수를 가늠할 수 있다. 그는 자신이 입버릇처럼 말하는 '평등한 조건'을 떠올린다. 비슷한 상황에서 기왕이면 다홍치마를 입는 것이 결코 꺼림칙한 일은 아니다. 그는 송이를 가지고 온 선생의 기지를 대체로 높이 사는 편이다. 선생은 적절한 때 적절한 조치를 취할 줄 알았다. 교장의 입장에서는 같은 조건이라면 좀 더 열성을 보이는 자를 끌어주는 것이 평등한 처사이다. 그는 방학에 계획하고 있던 여행을 떠올리며 흐뭇한 미소를 짓는다.

나이 예순둘, 상처한 지 5년이 넘었다. 교장은 자신이 이제는, 또한 아직은 인생을 즐길 자격이 충분히 있다고 믿는다. 그는 채 열 시를 넘지 않았으므로 당장 고향 후배에게 전화를 걸어야겠다고 생각한다. 그녀의 여행 경비를 자신이 부담하겠노라고 큰 소리를 칠 예정이다. 지난여름 석 달 동안 '서울 숲 탐험' 과정을 같이 하다가 우연히 고향 후배임을 알게 되어 목하 열애 중인 사이였다. 며칠 전 후배는 볼멘소리로 말했었다.

'요즘이야 환갑들을 안 챙긴다고 하지만 내가 뭐 생일상 차려 달라는 것도 아니고……. 남들 다 가는 동남아 여행 가볍게 다녀 오겠다는데 아들이 글쎄 며느리 눈치를 보면서 대답을 못하더라니까요.'

그 자리에서 교장은 마음이 굴뚝같았음에도 불구하고 자신이 그 비용을 대줄 테니 같이 가자는 말을 선뜻 꺼내지 못했다. 아들딸 모두 제 앞가림하고 살고 있고, 퇴직 후 생활도 짱짱하게 보장된 그였지만 평생 단 한 번도 아무렇게나 돈을 써본 일이 없기 때문이었다. 그는 말이 튀어나오기에 앞서 과연 후배와 어느 정도까지 갈 수 있을까를 가늠해보았다. 그가 교직 생활을 통해 얻은 개연적 경험을 빌려 생각해보건대 후배는 그냥 아는 안면으로 남을 보통의 후배는 아니었다. 하지만 또 다른 경험의 산물인 단순 산수로 계산을 해보니 후배의 여행 경비를 대는 것에는 어느 정도의 출혈이 따르지 않을 수 없었다. 교장은 평생 월급을 크게 벗어나지 않는 정해진 금액으로 세금을 납부하고, 저축을 하고, 생활을 설계해온 사람이었다. 그가 가외로 사치할 수 있을 때는 가욋돈이 생길 때뿐이었다.

교장은 가욋돈에 대해 딱히 양심의 가책을 느끼지는 않았다. 윗사람으로서 아랫사람이 감사하다고 주는 작은 성의를 무시하는 것은 도리가 아니었다. 자신의 부하 직원이라기보다 후배이고 동료인 그들과 섭섭하지 않은 정을 나누는 것은 이 각박한 시대를 훈훈하게 보낼 수 있는 지혜일 뿐이었다. 선물의 품목들이 건강식품이나 작은 생필품 등에서 조금씩 더 진화하는 것은 성의를 더한 마음이 조금 더 깊어지는 징후에 지나지 않았다.

그래서 지금 그는 적시에 적절한 행동을 한 선생이 기특하기 이를 데 없었다. 교장은 주저하지 않고 전화기를 든다. 단축키를

꾹 누르자 몇 번 신호가 가지 않고 후배의 목소리가 들린다. 교장은 넥타이를 잡아당겨 풀면서 기분 좋은 대화를 시작한다.

교장의 후배는 교장과의 전화를 마치고 곧장 자신의 아들에게 전화를 건다. 아들이 느낄 죄스러움과 미안함, 며느리에게로 은근히 돌려질지도 모를 힐난 등 모든 기대하는 것들을 즐거이 예감하며 아들의 어머니는 단호하게 말한다.
'친구가 내 여행 경비까지 대주기로 했다. 쌍둥이도 있고 하니 신경 쓰지 마라.'
아기와 쌍둥이의 할머니이고, 교장의 후배이기도 한 그녀는 한없이 득의양양하다. 여행을 같이 가는 친구가 교장이라는 것을 곧 아들 내외에게 밝혀야 할 것이기에 지나친 질책은 하지 않지만, 목소리에는 충분히 아들을 주눅 들게 만들 수 있는 비아냥거림이 녹아 있다.
그녀는 제법 깊은 관계라고 생각하고 있기에 교장의 제안을 부담스러워하지 않는다. 오히려 그의 호의를 받아두는 편이 여러모로 그녀에게 유리할 수 있었다. 그녀는 아들이 괴로워하는 것을 즐기며 오래 전화기를 놓지 않는다.

관장이 어머니의 전화를 받은 것은, 고기가 채 익지 않은 상태에서 소주 첫 잔을 비운 상태로 막 다음 잔을 따르려는 참이었다. 그는 전화를 받느라 동그란 테이블에서 유리창 밖으로 시선을 돌린 참이었는데 바로 그때 조금 전 학부형이 찾아 헤매던 아이가 맞은편으로 지나가는 것이 보였다. 아이는 어디서 잔뜩 바람을 맞고 다닌 것인지 심하게 몸을 웅크리고 가고 있다. 허기지고 황망해 보인다. 관장은 자신의 죄책감을 살살 긁어대며 갑자기 손자들을 끔찍이 위하는 할머니로 돌변한 어머니의 전화를 응대하느라 아이를 불러 세워야겠다는 생각을 바로 떠올리지 못한다. 구구절절 늘어지는 어머니와의 통화 중에 죄송하다는 말을 남발하고, 간신히 전화기를 내려놓고서야 조금 전 지나갔던 아이의 영상이 살짝 뇌리를 스친다. 땅에 침을 뱉고 여러 번 문질러대던 아이는 이제 어디로 갔는지 보이지 않는다.

그는 두 통의 전화를 걸어야겠다고 생각한다. 여행 경비 문제로 하루 종일 마음 쓰고 있었을 아내와 아이를 찾아 헤매던 학부모에게다. 의식의 저변에서 순서를 잠시 고민하긴 하였지만 그것이 수면 위로 떠오르자마자 당연히 아내와의 통화가 우선시된다. 어머니의 비난 때문에 더러운 기분에서 벗어날 수는 없지만 아무튼 돈을 마련하지 않아도 된다는 사실이 기쁘다. 관장은 아내에게 장모님 여행을 보내드리겠노라 큰소리를 치기로 한다.

아기는 마침내 침대의 잠금장치를 완전히 망가뜨렸다. 기실 반 이상 망가져 있던 것이라 아기가 같은 곳에 집요하게 힘을 주자 그것은 마치 아기의 의지 때문이기라도 하다는 듯 무력하게 기능을 잃는다. 아무도 모르는 채로 원래부터 작동하지 않았던 반대편 잠금장치와 아기가 고장을 더한 이편의 잠금장치는 이제 간신히 모양을 지탱하고 있을 뿐이다. 딸칵, 킥, 하는 은밀하고도 위협적인 소리가 났지만 아기 엄마는 무력증에 시달리며 설거지를 하고 있는 통에 전혀 그 사실을 알아차리지 못한다.

아기는 이제 언제라도 난간을 부여잡고 일어설 단계에 이르러 있다. 아기가 아주 가벼운 힘을 주는 것만으로도 침대의 한쪽 면은 쉽게 무너져 내릴 것이고 이어서…….

바로 그때, 시간의 모든 유의미성을 함축한 전화벨이 울린다. 여행 경비를 걱정하지 않아도 된다는 즐거운 메시지를 전달하기 위해 관장이 아내에게 전화를 넣는 순간이다. 아기 엄마가 전화를 받기 위해 설거지하던 동작을 멈추고 다른 동작으로 넘어가는 것은 그리 쉬운 일이 아니다. 갑상선저하증은 바로 가장 쉬운 동작을 제대로 하지 못하게 함으로써 사람을 무기력하게 만들기 때문이다. 하지만 그녀는 전화를 받지 않을 수 없다고 생각한다. 전화벨이 다섯 번쯤 울리고서야 아기 엄마는 손을 대충 닦고 싱크대에서 돌아선다. 그리고 아기 침대를 지나 전화를 받으러 가는 찰나, 아기가 밀어낸 침대의 난간이 순식간에 무너져 내리는 것을 본다. 이어 아기가 기우뚱하고 중심을 잃는 순간 아기 엄마는 도무지 몸을 빠르게 움직일 수 없는 상태임에도 불구하고 제

비처럼 날쌔게 아기를 안아 올린다. 너무 급히 달려가느라 아기 엄마의 무릎은 대비 없이 침대 모서리를 들이받았지만 당장은 아픔을 느끼지 못한다. 아기 엄마가 그간 먹었던 갑상선 호르몬제가 효력을 총동원하여 그녀의 몸이 움직이도록 도운 순간이었다. 아기의 울음소리가 전화벨 소리와 함께 현란한 이중주를 만들어낸다. 아기 엄마는 놀란 가슴을 진정시키느라 오래 전화를 받지 못한다. 전화벨이 울리지 않았더라면 아기 엄마는 결코 아기를 받아내지 못했을 것이다.

관장은 아내의 긴박한 목소리에 여러 번 맞장구를 쳐주며 곧 들어가겠다고 장담한다. 아기에게 일어날 수도 있었던 일을 생각하니 머리까지 찌르르 울리는 소름을 참아낼 수가 없다. 관장은 이런 날 곱창에 소주 한 잔을 마시는 것은 탁월한 선택이라 아니할 수 없다며 스스로 만족해한다. 공복감 있는 위장에 적당히 위안을 주는 양구이가 입안에서 살살 녹는다. 그래서 그는 위태로운 거리가 아이의 흔적도, 다른 모든 것도 망각의 어둠 속에 묻어버린 것을 알아차리지 못한다.

아기는 금빛 나는 솜털 몇 개가 살짝 눌려졌을 뿐 조금도 다치지 않았다. 보드라운 볼을 잔뜩 부풀리며 크게 울음을 터뜨렸을 뿐이다. 아기의 울음소리가 관장이 잡지 못했고 아이의 엄마가 끝내 찾지 못했던 그 아이에게 가 닿았을는지는 알 수 없다. 바람의 틈새로 어떤 통곡이, 어떤 미소가 흘러들어오는지 누구도 알지 못하기 때문이다. 불과 몇 분의 시간이 흘렀을 뿐이다. 아이는 어쩌면 아직도 얇은 티슈처럼 가볍게 공기 중을 배회하고 있을지 모른다. 혹은 비틀린 시간의 연속선 위 어디쯤에 조심스레 점 하나를 찍어버렸는지도 모를 일이다. 당분간은 알지 못할 것이다. 춥고 어두운 겨울밤이기 때문이다. 무관한 듯 보이는 글자들이 하나의 제대로 된 의미를 이루고 드러날 때에야, 무심하기 짝이 없는 아크로스틱의 세상이 아침 해를 맞을 때에야 비로소 누군가는 단말마의 비명을 지를지도 모르겠다.

만약,
아이의 엄마가, 할머니가, 트럭 기사가, 하얀 차의 여인이, 그녀의 애인이, 선생의 부인이, 선생이, 교장이, 교장의 후배인 관장의 어미니가, 관장이, 아기 엄마가, 그리고 아무것도 알 필요가 없으며 알지 못하는 아기가⋯⋯. ‖

공주의 선택

"사실은 자신을 위한 일을 하면서 그것이 마치 남을 위한 배려인 양 행동하는 사람은 정말이지 참을 수가 없어요. 그는 마치 나를 오래전부터 알고 있었던 사람인 것처럼 말해요. 우리는 오늘 겨우 처음 만났을 뿐인데 말이에요."

공주의 선택

 마침내 왕은 공주를 위한 신랑감을 공개적으로 선발할 것임을 공표하였다. 왕의 나라는 당장 가지고 있는 관광 자원만으로도 향후 천 년은 경제대국으로 있을 수 있는 데다 최근 대규모 광맥이 발견된 탓에 주변국들의 부러움을 한 몸에 받는 곳이었다. 결혼하지 않은 왕자를 가졌거나 결혼을 했으나 아내를 여럿 둘 수 있는 풍습이 있는 모든 이웃 나라들이 공주의 결혼에 비상한 관심을 표명하였다. 하지만 곧 각 나라의 정보원들은 왕이 굳이 감추려고 하지 않은 공주의 장애를 발견하게 되었다. 사실 왕이 공개 구혼을 허락한 것도 다 그 때문이기는 하였다.
 공주는 선천적으로 앞뒤가 바뀐 기형의 발을 가지고 태어났다. 즉, 공주의 오른쪽 무릎과 연결된 다리 아래에는 발등 대신 발뒤꿈치가 있었고, 발뒤꿈치가 있어야 할 자리에는 발등과 발가락이 있었던 것이다. 그래서 공주는 서 있을 때나 걸을 때 이 상야릇한 자세가 될 수밖에 없었다. 오른발은 언제나 예쁜 실크 천으로 가려져 있었고, 사람들은 그 발을 두고 이러쿵저러쿵 많은 말들을 했다. 누군가는 아기 공주가 태어났을 때 놀라고 슬퍼했을 왕과 왕비를 떠올리며 동정을 하기도 했고, 누군가는 부를 미끼로 장애 있는 공주에게 팔려 갈 부마의 처지를 걱정하기도 하였다.

불행히도 공주는 자신을 바라보는 여러 시각들에 초연할 만큼 대범한 사람은 아니었다. 다소 선병질적인 얼굴이 말해주듯이 공주는 사람들에게서 온당치 못한 대접을 받으면 반드시 상처를 받았고, 어떤 일에도 무감하거나 무관한 척을 하지 못하는 사람이었다. 공주가 공개 구혼을 허락한 것은 나라를 이을 사람을 찾지 않고서는 눈을 감지 못하겠다는 아버지의 판에 박힌 하소연을 더 이상 견디지 못했기 때문이었다. 왕은 딸의 행복을 염려하다가 먼저 간 왕비를 들먹이며 앓는 소리를 하였던 것이다. 공주는 자신을 모욕하게 될 수많은 구혼자들을 미리부터 상상하며 자신 없이 말했다.

"견딜 수 있을 때까지만 견딜 거예요."

왕의 오래된 친구이며 비서인 대신이 예비 면접을 통해 몇 명의 왕자를 추렸다. 다음 단계에서는 기대에 찬 왕이 직접 나섰고 세 명의 최종 후보를 선별하였다. 이제 공주는 그중 가장 마음에 드는 한 명만을 선택하면 되었다. 첫 번째 구혼자는 자신의 솔직함을 과시하였다.

"당신의 나라가 부유하지 않았더라면 당신에게 구혼을 하지는 않았을 겁니다. 누구나 알고 있는 장애를 못 본 척하는 것은 위선이지요. 저는 당신이 장애를 뛰어넘는 미모를 소유했다고 생각하지도 않고, 매력적인 지성을 갖고 있는 사람이라는 소문도 듣지 못했습니다. 그러나 현재 가난한 우리나라에 당신 나라가 가진 재력은 무엇보다 절실합니다."

공주는 나라의 가난함과 상관없는 그의 옷차림을 찬찬히 뜯어보았다. 전문가가 아니어도 그의 손가락 열 개 중 여섯 개에 끼워져 있는 보석 박힌 반지들이 고가의 제품이라는 것을 알 수 있었다. 그는 조국의 가난을 해소하기 위해 공주와 결혼하려는 사람이 아니라 자신의 결핍을 해소하기 위해 공주와 결혼하려는 자였다. 공주는 단번에 그 거창한 뻔뻔함을 꿰뚫어보았다. 하지만 더 참을 수 없는 것은 직설적인 말을 던져 자신이 솔직하다는 인상을 주려 한다는 점이었다. 공주는 차갑게 말했다.

"저는 무례함과 솔직함을 구분하지 못하는 사람과는 친하지 않답니다."

두 번째 구혼자가 명랑하게 말했다. 그는 깃털 달린 모자를 맵시 있게 쓰고 있었다.

공주의 선택   239

"공주여, 장애가 뭐 어떻다는 말씀입니까? 단지 한쪽 발의 방향이 다른 것뿐, 발이 없는 것도 아니고 걷지 못하는 것도 아닙니다. 저는 당신을 영원히 사랑할 자신이 있습니다."

공주는 그의 호방한 웃음 뒤에 감추어진 낙관주의의 본질을 꿰뚫어보았다. 두 번째 왕자는 자신이 전적으로 공주와 상관없는 사람이므로 공주의 장애에 괘념치 않는 것뿐이었다. 원래부터 깃털처럼 가벼운 감정만이 존재한다고 믿으며, 그것이 바로 극도의 이기심인 것을 알지 못하는 오만한 자였다.

"하나가 다르다는 것은 종종 전체가 다르다는 것과 같기도 하고, 때로는 정반대의 것을 의미하기도 합니다. 무관심을 포용이라 생각할 수는 없죠."

공주는 이 역겨움을 도대체 언제까지 견뎌내야 하는 것인지 가늠할 수가 없었다. 이제 두 사람을 만났을 뿐인데 20억의 인구를 만난 것처럼 피로했다.

세 번째 구혼자가 말없이 그녀에게 다가왔다. 그는 앞과 뒤가 기다란 구두 한 켤레를 내밀었다. 그것은 명백히 공주의 오른발을 위해 만든 것이었다. 발목이 들어가는 구멍을 중심으로 신발의 앞과 뒤가 늘어나 있어 다소 어색하기는 했지만 공들여 예쁘게 만든 신발이 틀림없었다. 구혼자는 차분하고 조용한 음성으로 말했다.

"공주님, 당신에게 제 마음을 표현할 수 있는 것이 무엇일까 고민한 결과 이런 것을 만들 수 있었습니다. 앞뒤가 길어 장애를 감출 수 있는 이 신에는 당신을 배려한 저의 마음이 담겨 있습니다. 저는 언제나 당신을 먼저 생각할 것입니다. 당신을 사랑합니다."

청혼의 과정을 지켜보고 있던 많은 사람들이 감탄을 금치 못했다. 세심하게 마음을 쓴 구혼자를 칭찬하는 소리들이 들려오기 시작했다. 하지만 얼굴이 파랗게 질린 공주는 더 이상 그 자리를 버텨내지 못한 채 급히 밖으로 뛰어나가고 말았다. 아침에 먹은 몇 조각의 버터 바른 토스트가 소화되지 않은 채 역류해 올라왔다. 급히 공주를 따라온 왕이 구역질을 하는 공주의 등을 토닥여주며 물었다.

"딸아, 왜 그러니? 그 사람이야말로 너를 가장 깊이 배려해줄 수 있는 사람인 것 같은데 말이다."

공주가 쏟아낸 것들을 보지 않기 위해 애쓰는 왕을 향해 공주는 간신히 대답했다.

"아버지, 차라리 처음의 두 사람이 나아요. 그 둘 중에 아무나 고르세요. 사실은 자신을 위한 일을 하면서 그것이 마치 남을 위한 배려인 양 행동하는 사람은 정말이지 참을 수가 없어요. 그는 마치 나를 오래전부터 알고 있었던 사람인 것처럼 말해요. 우리는 오늘 겨우 처음 만났을 뿐인데 말이에요. 게다가 사랑이라는 말을 남발하지요."

공주는 자신이 원하는 바를 마치 상대가 원해서 그렇게 한 것처럼 말하는 치들을 잘 알고 있었다. 그들은 지금 당장 공주의 뺨을 후려치지는 않지만 언제든 그렇게 할 수 있음을 끊임없이 암시하는 자들이었다. 바로 배려와 사랑이라는 이름으로……. 공주는 한참을 더 토해내야 했다. 왕은 공주의 생각을 이해할 수 없었지만 어쩔 수 없이 공주의 뜻을 따르기로 하였다. 공주의 신랑은 첫 번째 구혼자와 두 번째 구혼자 중 아무나가 되었다. ‖

신의 길

신은 이제 공허가 찾아오길 기다렸다. 그가 차분하고 끈질기다는 것을 알기에 신은 조급해하지 않았다. 마침내 끝도 시작도 없는 길에서부터 걸어왔다는 듯 피곤해 보이는 공허가 신을 불렀다.

신의 길

> 태초에 하나님이 천지를 창조하시니라
> 땅이 혼돈하고 공허하며 흑암이 깊음 위에 있고
> 하나님의 신은 수면에 운행하시니라
> (창세기, 1 : 1-2)

천지를 창조하기 전, 신은 흑암, 혼돈, 공허라는 세 벗과 함께 있었다. 신과 벗들은 아무것도 보이지 않는 곳에서 혼란으로 요동치는 가슴을 진정시키며 고요한 산책을 하곤 했다. 벗들은 신의 창조에 대해 근심이 많았다.

한 점의 얼룩도 없는 완전무결한 흑암이 신의 계획을 통곡으로 만류했다.

"도대체 왜 자청해서 일을 벌이시려는 거죠? 저는 이대로도 충분히 좋은데⋯⋯."

흑암은 신이 무엇을 구상하고 있는지 알고 있었다. 자신과 정확히 반대되면서 동류인 짝, 빛을 만들려는 것이었다. 흑암은 윤기 흐르는 검은 머리를 흔들며 괴로워했다.

"빛은 모든 것을 망쳐버리고 말 거예요. 숨겨져 있던 고결한 비밀을 티끌 하나까지도 찾아내려 하겠죠."

　신은 말없이 흑암을 어루만져주었다. 흑암은 신이 구상하는 처음은 알 수 있었지만 그 끝은 알지 못했다. 다만 그 역시 자신처럼 괴로워한다는 것을 느낄 수 있을 뿐이었다.

　감정의 기복이 심한 혼돈이 축 쳐져 있는 흑암을 등 떠밀며 신께로 나아왔다. 그의 주변에서 소란한 파장이 일었고 순식간에 동요와 불안이 솟아났다.

　"전 당신이 하려는 일에 찬성해요. 우리 모두는 당신이 만든 만물에 깃들어 그 세상이 어떻게 전개되어가는지 볼 수 있겠죠. 재미있을 것 같지 않아요?"

　혼돈의 입가에 잔인한 미소가 번져나갔다. 그는 불의와 정의, 선의와 악의, 기쁨과 슬픔이 어떻게 맞닿아 있는지 잘 알고 있었다. 형태의 귀퉁이 한 부분, 의미의 작은 토씨 하나만 틀어도 그것들은 쉽게 변질되어버릴 터였다.

　하지만 시니컬했던 혼돈은 자신이 신을 얼마나 사랑하고 있는지 깨달았다. 그는 의기양양하던 태도를 갑자기 의기소침하게 바꾸고는 걱정스레 신에게 말했다.

　"지금이라도 계획을 접어버리세요. 우리들로 이미 완벽하지 않나요?"

　신은 이번에도 아무 대답을 하지 않았다. 혼돈은 그의 눈에 어린 단호함을 읽었다. 어쩔 수 없는 일이다. 신은 종류가 다른 완벽함을 만들고 싶은 것이다. 그의 고집은 곧 그의 본질이므로 아무도 꺾을 수가 없다. 혼돈은 가학과 피학이 섞인 묘한 표정을 지으며 물러났다.

신은 이제 공허가 찾아오길 기다렸다. 그가 차분하고 끈질기다는 것을 알기에 신은 조급해하지 않았다. 마침내 끝도 시작도 없는 길에서부터 걸어왔다는 듯 피곤해 보이는 공허가 신을 불렀다.
"왜 저희들을 모두 없애버리시고 그것들을 만드시지 않는 겁니까?"
신은 쓸쓸한 미소를 지었다. 공허는 그 질문 자체가 이미 아무 짝에도 쓸모없는 것임을 잘 알고 있었지만 집중력을 잃지 않고 다시 물었다.
"흑암과 혼돈이라도 떼어내버리세요. 저만 있어도 충분히 세상을 지켜낼 수 있을 겁니다."
공허는 '아니면 흑암과 혼돈을 두고 저만 없애시든지요'라고 말하려다가 신이 이미 자신의 대사를 알고 있다는 사실을 느끼고는 입을 닫았다. 처연하고 건조한 부동의 시간이 흘렀다.

마침내 신이 자신의 일을 시작하기 위해 일어섰다. 그는 세 벗을 돌아보며 빙그레 웃었다. 그 웃음에는 세 벗과 완벽히 다르면서도 일치하는 놀라운 세상을 만들 준비가 되어 있다는 자신감이 흘러넘쳤다.

그리고 아둔한 세월이 흘렀다. 어느 면에서 적절한 세월이기도 했다. 신은 여전히 자신이 만든 세계와 세계가 아닌 다른 곳을 부유하고 있다. 예상대로 흑암과 혼돈과 공허는 뜨거운 커피에 녹아드는 설탕처럼 세상 구석구석으로 스며들었다. 명암이 조금 변했을 뿐인 흑암과 형태에 약간의 변화만 가해진 혼돈, 그리고 순수하게 압축되었을 뿐인 공허가 가끔씩 신의 길에 나타나곤 했다.

"조금 하얘진 것 같기도 해요."

흑암이 말했다.

"전 아무 짓도 하지 않았어요."

혼돈이 말했다.

"창조 전이나 후나 다를 게 뭐예요?"

공허가 말했다.

신은 자신의 본질인 고집을 꺾지 않으며 다만 그윽한 미소로 그들을 응대할 뿐이었다. ‖

이유 있는 길

서점에 가기를 좋아했다는 점이 알려지자마자 비의적 음모론에 관심 있는 사람들이 댓글을 난사했다. '그에게는 분명히 무언가가 있다'는 것이 그들의 최종 결론이었다. 경수가 사는 마장동 월세 집이 도마에 오르기도 했다.

이유 있는 길

　　마침내 경수는 소라 탑을 중심으로 방어진을 친 경찰차들 앞에서 오토바이를 멈추었다. 경찰들을 보고 이렇게 안도감이 느껴지기는 처음이었다. 최소한 무방비로 혼자 깔려 죽지는 않겠지 싶어 앞뒤 없이 브레이크를 잡아버렸다. 시간적 여유가 없어서인지 시위 진압용으로 쓰는 살수차나 벽차 대신 여러 대의 경찰차가 청계광장을 에워싸고 있었다. 오토바이는 실수로 자살하는 이의 비명처럼 절박한 바퀴 소리를 냈고, 경수는 왼쪽으로 가볍게 튕겨져 나갔다. 난반사하는 경광등의 불빛과 사이렌, 경찰들의 확성기 소음이 일대를 아수라장으로 만들어놓고 있다. 경수의 오토바이 뒤로 바짝 따라왔던 그것은 이제 거대한 회오리사탕처럼 둘둘 말린 채 정지해 있다. 다행히 정지한 것이다.
　　경찰들은 인재라고도 자연재해라고도 규정할 수 없는 이상한 사건 앞에 잔뜩 긴장한 모습이다. 그중 두 명이 총을 겨누며 경수에게 다가와 수갑을 채웠다. 주변으로 몰려든 사람들이 휴대폰을 꺼내어 경수와 거대한 덩어리를 찍느라 야단이다. 경수는 자신은 수갑을 찰 이유가 없다는 항변도 하지 못한 채 긴 구간 자신과 함께 달려온 '길 덩어리'를 멍하니 쳐다보았다. 파헤쳐진 청계천변의 길이 두꺼운 카펫 말린 모양으로 쓰러진 오토바이 뒤에 바투 붙어 있다.

경수의 사건은 곧 휴대폰과 인터넷을 통해 전국에 알려졌다. 남대문경찰서와 종로경찰서, 혜화경찰서 담당자들의 합동 수사가 진행되었다. 사건이 시작된 지점은 정확히 경수가 청계천로에 진입한 고산자교 부근이다. 일요일 오후 아홉 시경 경수의 오토바이가 달려가는 길을 따라 청계천변의 차량 통행로가 깨지면서 말리기 시작한 것이다. 경수는 오토바이가 왕십리 부근을 지날 즈음에야 자신의 뒤에서 일어나고 있는 일을 알게 된 연유에 대해 다음과 같이 이야기했다.

"처음에는 소리를 전혀 듣지 못했어요. 제 오토바이 '마후라' 소리가 장난 아니거든요."

경수는 불 꺼진 상가 쪽 인도에서 아이들인지 어른들인지 분간할 수 없는 몇몇 사람이 롤러 블레이드를 타는 모습을 보았다. 보드나 블레이드를 타다가 느닷없이 도로로 튀어나오는 수가 종종 있었기에 속도를 늦추었다. 그러고는 이상한 느낌이 나서 뒤를 보니 거대한 맷돌 덩어리 같은 것이 자신의 오토바이에 바짝 붙어 있더라는 것이었다. 경수는 그 돌덩어리가 자신을 덮치려 한다고 생각했다. 오토바이를 세우고 어쩌고 할 경황이 없어 그대로 속도를 내서 달리는데 그것 역시 같은 속도로 쫓아왔다. 덩어리의 속도가 자신의 속도에 비례한다는 것을 깨달은 것은 동대문을 거의 다 지나갈 때쯤이었다. 경수는 오토바이를 멈출 수가 없었다. 멈추는 바로 그 순간 점점 거대해진 그것이 자신을 납작하게 깔아뭉갤 것만 같아서였다.

"그런데 정말 이상한 것은 그 시간에 나 말고는 다른 차가 하나도 없었다는 점이에요."

경수는 아직도 온몸이 후들거린다며 그때 일을 회상했다. 경찰들이 조사해보니 사실이었다. 일요일 밤이라 워낙 통행량 자체가 없는 때이기도 했지만, 사건이 발생한 약 15분가량의 시간 동안 동에서 서로 가는 청계천로에는 차가 전혀 없었다. 물론 반대편 쪽에는 차들이 다니고 있었고, 보행자 도로에 드문드문 사람들도 있었다. 경찰들이 출동하게 된 것도 그 사람들의 신고 때문이었다. 경찰차는 중간에 경수의 경로에 진입하려다가 몇 번을 놓치고 세종대로 쪽 입구에서 그를 기다리게 된 것이다. 경수는 자신 역시 신고를 위해 휴대폰을 꺼냈으나 달리는 오토바이 위에서 너무 당황한 나머지 전화기를 놓치고 말았다고 진술했다. 경찰들은 수족관이 즐비한 상가 건물 근처에서 깨진 휴대폰 하나를 발견하였다. 경수가 진술한 지점과 크게 다르지 않았다.

휴대폰을 잃어버리고서 경수는 더욱 당혹감을 느꼈다. 용기를 내어 멈춰볼까 말까를 고민하는 사이 그의 오토바이는 휴일에 통행이 금지된 구간의 플라스틱 바리케이드를 뚫고 지나갔다. 광통교 부근의 청계천변은 아수라장이 되었다. 땅이 찢어지면서 튄 돌멩이 등에 가벼운 찰과상을 입은 사람들도 많았다. 다행히 둘둘 말린 덩어리는 착실하게 경수의 오토바이만을 따라간 것인지 직선 도로를 벗어나지는 않았다.

왜 중간에 옆길로 새려는 생각을 하지 않았느냐는 질문에 경수는 어이없다는 듯 대답했다.

"제가 만약 나래교나 수표교 따위를 넘었다면 무게 때문에 다리가 무너졌을 걸요? 몇 번 그럴까 생각은 했지만 반대편엔 다니는 차들도 있었고, 암튼 그놈은 제 뒤에 너무 바짝 붙어 있었다니까요."

경수의 말은 타당성이 있었다. 그것의 직경은 거의 오십 미터에 육박하고 있었고, 무게를 상상할 수 없는 콘크리트 덩어리였기 때문이다.

전례 없는 사건 때문에 나라 전체가 들썩였다. 경찰들은 우선 경수에게 몇 가지 경범죄를 적용할 수 있는지를 보기 위해 조사에 착수했다. 하지만 어떤 교통 카메라에도 경수가 신호를 위반하거나 규정 속도를 초과한 정황은 포착되지 않았다. 게다가 경수가 그런 것들을 무시하고 달렸다 하더라도 당시의 응급상황을 고려했을 때 큰 죄를 부과할 수는 없었다. 땅이 깨지는 소리를 듣지 못하게 한 오토바이 머플러의 구조 변경 역시 소음 측정 결과 80데시벨을 초과하지 않은 것으로 드러나 처벌 대상이 되지 않았다. '부주의' 어쩌고로 시작된 질문 역시 누가 달리면서 매번 뒤를 돌아다보느냐는 경수의 조리 있는 반문에 소용없는 것이 되고 말았다.

서울의 자랑이며 시민들의 위안이라는 청계천로의 한쪽 길은 도륙당한 고기의 살처럼 속을 드러내고 있었다. 사람들은 과일 껍질처럼 땅이 벗겨질 수 있다는 데 놀라움을 감추지 못했다. 땅 밑에 묻혀 있던 철근이며 배수관로가 훤히 내비쳤다. 마장동 부근에서 광화문까지 연결된 도로가 전면 통제되었다. 만일의 사태에 대비하여 반대편 차로는 물론 남쪽과 북쪽을 연결하는 청계천변의 다리들은 모두 차단되었다. 차들이 해당 구간을 경유할 수 없게 되자 서울 전체의 교통 혼잡은 예상을 초월했다. 하루도 지나지 않아 인근 상인들과 시민들의 불만의 소리가 끓어올랐다. 건설교통부와 국토해양부 그리고 각종 과학 단체에서 땅덩어리 혹은 돌덩어리로 불리는 그것에 관한 연구를 진행했지만 '땅이 두르르 말렸다'는 사실을 제외하고는 그 밖의 어떤 새로운 정황도 포착할 수가 없었다.

제일 먼저 목소리를 높인 것은 일부 종교인들이었다. 그들은 광분했지만 기다려 마지않았던 종말의 도래일지 모른다는 사실에 기대에 찬 듯 보였다. 인간성을 상실하며 개발로만 치닫는 현 작태를 하늘이 더 이상 두고 보지 않은 것이라 하였다. 환경 단체도 만만치 않게 깃발을 높이 세웠다. 생태의 흐름을 고려하지 않고 미관과 전시 효과만을 고려한 정부의 시도가 돌이킬 수 없는 결과를 가져왔다는 것이었다. 그들은 녹색 옷을 입고 덩어리가 멈춘 곳에 모여들어 집회를 열었다. 거대한 달팽이집처럼 말려 있는 도로를 보고 예술의 초극을 꿈꾸는 젊은 집단이 단체로 성명을 발표하기도 하였으며, 청계천의 역사를 연구하는 단체들이 숨은 비밀을 밝혀내야 한다며 새로운 조사 기관을 위한 보조금을 요구하기도 하였다. 무속 연합에서는 광통교에 떠도는 신덕왕후의 원혼이 들고 일어난 것이라며 전 국민이 참여해 큰 굿을 벌여야 한다는 내용의 연판장을 돌렸다.

할 말이 있는 사람들은 넘쳐났다. 조금이라도 관련이 있다고 생각하는 거의 모든 개인과 단체들이 성명서를 발표했다. 마침내 정치권의 공방이 시작되었다. 연관 있는 부서 장관들의 개인적 비리가 공개되었고, 여당과 야당 간에 책임 논란이 일었다. 어떤 절차와 방법에 의해서든 누군가는 사태를 짊어져야 하는 국면이 전개되었다.

모종의 힘들이 경수를 지목하였다.

경수는 일단 무죄 방면되었지만 취조와 탐문을 위해 경찰서와 법원을 들락거리게 되었다. 청계천과 그의 이름 석 자가 인터넷에서 검색어 순위 1위로 올랐다.

나이 28세. 거주지 마장동. 동대문 신평화시장 마네킹 도매업체 직원. 고향……. 취미……. 애정 관계…….

경수와 조금이라도 안면이 있는 거의 모든 사람들의 증언이 인터넷상에 소개되었다. 시장에서 일하는 사람치고 서점에 가기를 좋아했다는 점이 알려지자마자 비의적 음모론에 관심 있는 사람들이 댓글을 난사했다. '그에게는 분명히 무언가가 있다'는 것이 그들의 최종 결론이었다. 경수가 사는 마장동 월세집이 도마에 오르기도 했다. 우시장으로 유명한 그 동네에는 소의 원한이 사라지지 않는 몇 군데의 거점이 있는데 경수가 세 들어 사는 집이 바로 그 거점 세 곳이 합쳐지는 지점이라는 것이다. 누군가는 그의 고향에서 내려오는 '말하는 숲' 전설을 인용하고 그럴듯한 괴담을 늘어놓기도 하였다. 어떤 사람은 그가 언젠가 버들다리 위에 있는 전태일 동상을 어루만진 적이 있다는 사실에 주목했고, 다른 사람은 그 사실로부터 종북주의를 끌어내기도 했다. 경수가 근무하던 마네킹 업체는 몰려든 기자들로 몸살을 앓

앉다. 그 와중에 전위예술을 한다는 미인 예술가는 벌거벗은 존재에 대한 영감을 얻었다며 마네킹으로 변장해 청계광장에 서 있기도 하였다.

경수의 일상이 낱낱이 공개되었다. 그는 동대문시장의 여러 가게들을 전전하며 점원으로 일했다. 신발 도매상가에 있기도 하였고, 공구상에서 일하기도 하였다. 전문 기술은 없었으며 주로 판매와 배달 업무를 하였고 '다방'이라는 간판이 달린 곳에 가끔 들락거리곤 했다. 열여덟에 고향을 떠난 뒤 십여 년, 마장동 일대의 월세방을 전전하며 돈을 벌었지만 납입금 이백만 원이 채 되지 않는 주택 통장이 그가 가진 전부였다. 시장에서 알게 된 동료에게 돈을 빌려주었다가 날린 일도 있고, 가장 오래 일했던 타일 가게에서는 밀린 월급을 받지 못하고 쫓겨나기도 했다. 그는 십 년 전이나 지금이나 비슷한 삶을 살고 있었다. 그가 걸어온 길에서 특별히 이상한 점은 발견되지 않았다. 이상하지 않다는 게 이상할 뿐일 정도로 경수의 생활은 평범했다. 하지만 경수에 대한 조사는 끝이 나지 않았다.

그 와중에 거대한 덩어리는 여전히 청계광장에서 꼼짝을 않고 있었다. 즉시 그것을 치워야 한다는 의견과 역사적 사건의 기념물로 남겨두어야 한다는 의견이 팽팽히 맞물려 덩어리의 거취는 쉽게 정해지지 않았다. 교통은 여전히 엉망이었으며, 일대를 오가야 하는 많은 시민들의 불평은 높아가기만 하였다. 정치권의 지도력에 대한 의문이 제기되었고, 누가 나라를 망치고 있는지에 대한 홍보성 제작물들이 사이버 망을 떠돌았다. 모두의 분노가 응집되어가고 있었다.

경수가 가장 의심을 받는 부분은 왜 하필 그 시간에 책을 사기 위해 청계천변을 이용해 교보문고까지 갈 생각을 했느냐는 것이었다. 경수는 명쾌하게 '책이 많잖아요'라고 대답했지만 그렇게 간단명료한 동기는 쉽게 용인되지 않았다. 경수를 비난하는 사람들 중 가장 허무맹랑한 자 하나가 그동안 경수가 산 책의 목록을 내려 필요한 몇 개의 단어들을 발췌하기 시작하였다. 열망, 동경, 바람, 제자리, 모순, 새로운, 기회, 영원……. 여러 차례의 재판이 열렸다. 아무런 범법 행위도 찾을 수 없다는 처음의 판결과 달리 경수는 형법 제87조 내란죄와 제115조 소요죄 등에 의해 국가의 존폐를 위협하는 심각한 범죄를 저지른 것으로 판정을 받았다. 걱정 말라며 싸워보자던 국선 변호사는 판결 직후 어디론가 사라지고 말았다.

경수는 창살 안에 갇히게 되었다. 그는 '책이 많잖아요'라는 말 외에 '바람을 쐬러 나갔다'는 말을 덧붙이지 않아서 사태가 이리 된 것은 아닐까 고민해보았다. 어쩌면 그가 서점에 너무 많이 들락거린 것이 화근이 되었는지 모른다. 그러나 경수는 자신이 짝사랑하는 서점의 여직원에 대해서는 아무 말도 않기로 한다. 이유 없이 그녀의 사진이 인터넷 사이트에 오르도록 만들고 싶지는 않아서다.

경수는 서럽고 암울한 마음이 되었다. 스물여덟 해를 멋지게 살아온 것은 아니지만 그렇다고 열심히 살지 않은 것은 아니라는 생각 때문이다. 다른 사람 아닌 자신에게 왜 하필 이런 일이 생겼는지 이해할 수가 없다. 그 덩어리는 어째서 할리 데이빗슨 같은 오토바이를 따라가지 않은 것일까? 청계천변에서 한가로이 데이트를 해본 적도 없는 자신이 어찌해서 이런 일을 겪게 되는 것인지 알 수가 없다.

경수는 그 밤을 떠올려본다. 이상한 길 덩이에 쫓기며 청계천로를 달리다가 문득 건너편에 뜬 초승달을 본 기억이 난다. 비루한 일상을 숨긴 불 꺼진 건물 위로 번뜩거리는 달이 떠 있었다. 경황없었던 그 순간에 어째서 그것이 눈에 들어왔을까? 그 가느다란 달은 마치 지금 경수가 있는 이 차가운 바닥처럼 생소하고 매정하게 느껴졌었다.

경수가 옥에 갇혀 눈썹 같은 달을 떠올린 바로 그 순간 서울 시내와 전국 곳곳에서 이상한 일들이 일어났다. 도로가 깨지면서 말리기 시작한 것이다. 원단을 배달하는 오토바이며 환자를 수송하는 구급차, 음악을 크게 튼 승용차나 피자 배달 오토바이 뒤로 길이 깨지며 말려왔다. 마치 파를 채칼로 썰 때 껍질이 도르르 말리는 것처럼 길들이 말리기 시작한 것이다. 경수가 그날 밤 잠시 청계천로를 달렸던 딱 그 시간 동안 전국의 수많은 길들이 동그랗게 말리고 말았다. 사람들은 패닉 상태에 빠졌다. 경수의 오토바이 단 한 대였을 때 그렇게도 말이 많았던, 그리고 어떻게든 책임을 덮어씌우고야 말았던 그 사람들이 일제히 입을 다물어버렸다. 자신이 걷고 있는 길 혹은 운전하고 있는 길 또한 언제 동그랗게 말려버릴지 모르기 때문이었다.

당연하게도 경수는 다시 무죄 방면되었다. ‖

천사의 벌

다만 진은 달을 공격하는 하찮은 얼음 창 따위를 체육관에 던질 수 있지 않을까 하고 공상할 뿐이다. 진은 달린다. 아이스크림을 먹고 쉴 수 있다는 생각이 아이를 열심히 달리게 만든다.

천사의 벌

　　　　　　인간 세상을 연구하던 천사 진은 결국 '지상에서의 1년'을 선고받았다. 중죄를 짓지 않고서야 지상으로 내려가는 벌을 받는 경우는 흔치 않았기에 여러 추측들이 난무했다. 연구실 동료 천사 중 어떤 이는 진이 하늘과 지상을 연결하는 사다리를 만들고 있다가 걸린 것이라고 했고, 어떤 이는 그가 알려주어서는 안 될 천상의 비밀 하나를 인간에게 알려주었기 때문이라고도 했다. 턱도 없는 가정에서부터 타당성 있어 보이는 추측에 이르기까지 설은 분분했지만 진은 순종의 명에 따라 입을 다물고 있었다. 천사들은 자신의 잘못을 완전히 인정하지 못하는 게 분명한 진에게 갖가지 위로의 말들을 해주었다.

　"인간들은 늘 세월이 나는 화살 같다고 하잖아. 1년은 금방 지나갈 거야."

"그냥 기분 전환이나 좀 하고 온다고 생각하게. 연구에도 도움이 될 거야."

그때, 이백여 년 전 지상의 한 키 작은 군인에게 진정성이 있다고 주장했다가 오래 벌을 받고 돌아온 걸로 알려진 음악의 천사가 진의 어깨를 두드렸다.

"하루면 충분할 걸세."

진은 하고 싶은 말이 넘쳐나서 그를 쳐다보았으나 표정이 근엄한 것을 깨닫고 순순히 눈을 감았다. 진의 반발심은 강한 것이었으나 신의 뜻을 거스를 만큼은 아니었던 것이다. 천사들은 격려의 말을 뒤로하고 하나둘 자리를 떠났다. 이윽고 진은 팔다리가 길고 여윈 여섯 살 사내아이의 영혼으로 떨어져 들어갔다.

아직 너무 덥지 않은 초여름의 아침이다. 엄마는 잠이 덜 깬 진에게 재빨리 옷을 입힌다. 거실에서는 베토벤의 교향곡 3번이 울려 퍼지고 있다.

"자, 얼른 가야지. 첫날부터 늦으면 안 돼."

억지로 세수까지 당한 진이 식탁에 앉자 엄마는 동화책을 들고 온다. 식탁에는 메추리알 조림이며 계란찜, 미역국 등이 이미 차려져 있다. 웅장하게 클라이맥스로 치닫던 교향곡은 엄마의 손가락 동작 하나로 간단히 죽어버리고 만다.

"밥 먹기 싫어."

진은 투정을 부려보지만 국에 적신 밥 한 숟가락이 재빨리 입으로 들어오는 통에 더 이상 말을 하지 못한다. 반사적으로 입을 오물거려 밥을 먹고 있는 동안 엄마가 동화책을 펼쳐 든다. 달이 한 번 한숨을 쉴 때마다 세상이 무너져 내리는데 한 아이가 그 달에 도전한다는 내용의 동화다. 진은 작게 말해본다.

"그거 싫어."

"그럼 '분홍 양파' 읽어줄까?"

"그것도 다 알아. 싫어."

"알았어. 이따 새 책 사줄게. 하지만 같은 내용을 반복해서 들어야 신경 다발이 더 많이 연결되어 머리가 좋아진대."

진은 내용을 다 알아서 싫은 게 아니라 다른 이유 때문이라고 말하고 싶다. 하지만 그 다른 이유가 무엇인지 정확히 지각할 만큼 성숙하지 않았기에 적당한 말을 할 수가 없다. 그저 엄마가 입에 넣어준 메추리알을 힘없이 혀로 굴릴 뿐이다.

"씹어 먹어야지. 빨리 먹어. 아홉 시까지 가야 해."

"메추리알 먹기 싫어."

"뇌가 발달하려면 레시틴이 많이 들어간 음식을 먹어야 해. 계란찜 올려서 세 번만 더 먹자."

진은 계란 비린내에 진저리를 치며 겨우 밥을 삼킨다. 엄마는 동화를 계속 읽는다. 아이가 동굴 속 얼음을 잘라 달을 향해 던질 창을 만들고 있는 부분을 읽으면서 엄마는 비장한 목소리가 된다.

내 창으로 저 고운 달의 얼굴에 영원한 상처를 내게 될 거야.

진은 다음 구절을 이미 알고 있다. 연약한 척하는 달의 미소에 속으면 안 된다고 아이는 다짐을 할 것이다. 진이 저도 모르게 구절을 입 밖에 낸다. 엄마가 기쁜 듯 외친다.

"아유! 우리 진이, 똑똑하기도 하지. 다 외우고 있구나. 자, 어서 가자. 양치질해."

차 안 오디오에서 '달의 한숨'이 중국어로 낭송되고 있다. 엄마는 다짐하듯 진에게 말한다.

"이게 중국어인지 알지?"

진은 대답하지 않고 창밖을 바라본다. 작은 차, 큰 차, 짧은 차, 긴 차, 흰 차, 검은 차······. 온통 차들이다.

"아유! 방학에 차가 더 많다니까. 쉬라고 방학인데 다들 어딜 이렇게 나다니는 거야?"

진은 엄마의 문장 중 '쉬라고 방학'이라는 바로 그 말을 끄집어내어 동조하고 싶지만 아직 그 정도의 발제 능력은 없는 터라 그저 손에 들고 있던 두유를 한 모금 쭉 빨아먹을 뿐이다.

체육관은 냉방 시설이 기가 막히게 잘 되어 있는 곳이다. 해가 중천에 가까워져가도 전혀 더위를 느끼지 못한다. 진은 줄넘기를 시작으로 공굴리기, 암벽 기어오르기 등 여러 가지 운동을 하고 있다. 진의 엄마는 같이 운동을 하는 진의 친구 엄마들과 체육관 위층 커피숍에 앉아 있다.

"진이가 운동하는 것을 이렇게 좋아할 줄 몰랐네. 바로 시작하길 정말 잘했어."

"그러게. 나중에 학교 체육 수행 평가에 도움도 되고……."

"운동 근육 발달이 뇌에 미치는 영향이 엄청나대."

진의 엄마는 운동의 효과로 진의 전두엽, 측두엽, 두정엽, 후두엽이 점차 커지는 것을 상상하고 즐거워한다.

진은 이제 반듯하게 줄이 그어진 마룻바닥에서 달리기를 준비하고 있다. 이것만 끝내면 아이스크림을 주실 거라는 선생님의 말에 늘어지는 몸을 추스른다.

"자, 있는 힘껏 달려서 스트레스를 확 날려버린다. 알았지?"

운동으로 진의 뇌에 많은 혈액이 공급된 것은 사실이지만 진의 사고력이 '스트레스'를 완벽하게 이해할 수 있을 정도로 확장된 것은 아니다. 그저 선생님이 스트레스를 날려버려야 한다는 것으로 보아 아마 그것이 '달의 나쁜 한숨'과 비슷한 것일지 모르겠다고 감지할 뿐이다. 진의 영혼에 들어간 천사는 갑갑해하며 분통을 터뜨린다. 그러나 영혼의 울림은 아직 너무 어린 진에게 가 닿지 않는다. 다만 진은 달을 공격하는 하찮은 얼음 창

따위를 체육관에 던질 수 있지 않을까 하고 공상할 뿐이다. 진은 달린다. 아이스크림을 먹고 쉴 수 있다는 생각이 아이를 열심히 달리게 만든다. 천사 진은 하루면 충분할 것이라던 대천사를 떠올린다. 그에게는 한나절로 충분했다.

1년 후, 돌아온 천사 진은 음악의 천사 루트비히의 거처에 초대를 받았다. 진의 얼굴은 누렇게 떠 있었으며 골격은 앙상했다.
"미술, 음악, 문학이 실패했던 것을 운동의 영역이 해낼 수 있으리라 확신했던 저의 이론은 오만함의 극치였습니다. 순수한 움직임이라는 것이 오욕을 차단시키고 정화의 길을 열어줄 것이라 믿으며 떼를 썼었죠."
진은 침통하게 말했다. 루트비히는 그가 사랑하는 음악을 준비하며 대수롭지 않다는 듯 말했다.
"너무 낙담하지 말게. 나 역시 인간의 정신에 대해 확신한 대가를 톡톡히 치렀지만 이런 게 남았다네."
음악의 천사는 한때 '보나파르트'라는 제목을 가졌던 자신의 음악이 천상에 울려 퍼지게 하였다. 물리적인 힘이 어떻게 절대적인 아름다움과 소통할 수 있는지를 그려주는 감동적인 선율이었다. 하지만 그 순간 천사 진은 금방이라도 토할 것 같은 얼굴로 사정하였다.
"제발 멈춰주세요. 그 음악 역시……"

자신의 음악을 멋있게 펼쳐 보이려던 천사 루트비히 판 베토벤은 아쉽다는 듯 교향곡을 멈추게 하였다.

"이런! 이것 역시 이용되었던 게군. 미안하네. 어서 가서 토하게나."

진은 비틀비틀 떠나갔다. 착한 동료 천사들은 진이 너무 가혹한 벌을 받았음이 틀림없다며 그를 동정하였다. 영원히 오염되지 않을 인간의 순수한 영역을 연구했던 천사 진에게, 전도된 것들의 악취는 그 후로도 쉽사리 사라지지 않았다. ‖

회귀 回歸

이제 겨우 작은 골목 두 개를 거쳐 왔을 뿐인데 벌써 그녀는 걸어갈 모든 길에 무엇이 있는지 가늠할 수 있다. 하소연하지 않아도, 울거나 절규하지 않아도 알 수 있는 것이 있다. 그런 나이가 있다.

회귀 回歸

　　　　남자의 어머니는 조금도 분노하지 않았다는 듯 차분하게 비닐봉지를 뒤집는다. 그런 절도 있는 동작과는 대조적으로 빨갛게 윤나는 사과들은 처량한 소음을 만들며 떨어져 내린다. 쉽게 멍들고 깊숙이 깨지는 소리가 거리를 울린다. 여자는 비탈길을 따라 굴러 내려가는 사과들을 무력하게 바라본다. 열 개만 사려던 것을 스무 개나……. 여자는 남자의 어머니처럼 자신도 사과를 좋아한다며 욕심을 냈었다. 남자의 어머니는 다만 사과가 너무 많기 때문에 싫어하는 것뿐인지 모른다. 여자는 그렇게 믿고 싶다.
　사과들은 여자의 아쉬운 눈초리에 아랑곳없이 제 갈 길이 바쁘다는 듯 몇 갈래의 길로 흩어지고 만다.
　"어머니……."
　제게 주었던 것과 똑같은 환대를 여자에게도 줄 것으로 기대했던 남자는 황망히 자신의 어머니를 쳐다본다. 짧은 속눈썹 아래 초점을 잃은 눈동자는 여태 무언가를 '오해'했던 자가 처음으로 '이해'하게 되었을 때의 무력함을 보여준다. 그는 도저히 생각나지 않는 전화번호를 떠올리려는 사람처럼 진지하고 허망하다. 남자의 어머니는 당신의 무게감 있는 목소리와는 어울리지 않는 흔한 대사를 날린다.

"내 눈에 흙이 들어가기 전에는 안 된다."

여자는 두 사람의 대화를 건성으로 들으며 굴러 내려간 사과들의 자취를 뒤쫓는다. 어떤 것은 첫 번째 골목으로, 어떤 것은 두 번째 골목으로 꺾어져 들어갔고 이내 시야에서 사라져버렸다. 골목이 아닌 큰길을 따라 우르르 내려가던 사과들이 어디쯤 정착해 있을지 궁금하지만 도로가 굽어지면서 사과들은 더 이상 보이지 않는다. 남자의 집은 무심하게 높고 과도하게 경사진 곳에 자리해 있다. 스무 개의 사과 중 어느 것 하나도 여자의 발치 아래에 남지 않았다. 남자의 어머니가 좋아한다던 사과들은 남자의 어머니가 좋아하지 않는 여자 앞에서 자취를 감추었다. 여자는 결코 남자와 결혼할 수 없다는 걸 깨닫는다.

삼 년이 흐른다. 남자는 어머니가 좋아하는 다른 여자와 결혼한다. 삼십 년을 함께 산 어머니와의 정이 더 커서인지, 무력함을 자조해서인지, 혹은 그저 인생에서 사랑 따위가 시시해져버려서인지는 알 수 없으나 어쨌든 남자는 여자를 떠난다. 여자는 원망하지 않는다. 조금 빈약해지고, 미약하게나마 강해졌을 뿐이다. 남자는 어머니의 집에서 최대한 먼 곳에 신혼집을 마련한다.

다시 삼 년이 흐른다. 여자는 사과를 먹지 않는다. 여자가 사과를 먹지 않아서 여자의 가족들도 사과를 먹지 못한다. 여자는 오로지 꿈에서만 사과를 본다. 갈색의 멍을 숨긴 도도한 사과가 꿈에서 깨어난 여자의 시간을 잠식하기도 한다. 여자는 가끔 사과가 만들어주는 멍을 가슴에 새긴다. 또 가끔은 사과가 줄 수 있을 아삭한 감촉에 군침을 흘리기도 한다. 사과를 먹지 않는 여자는, 다른 사람의 삶과 똑같은 무난한 삶이 자신에게도 전개된다는 것이 이상하게 여겨진다.

십 년이 더 흐른 어느 날, 남자는 대학병원 부설의 장례식장에서 어머니를 보낸다. 그는 영정 사진 앞에서 여자가 떠오르는 자신을 패륜아라 생각하지는 않는다. 남자는 불현듯 여자와 어머니가 대면한 날 이리저리 흩어졌던 사과의 행방을 궁금해한다. 비탈길의 굴곡을 따라 물처럼 흘러가던 사과들은 어디로 간 것일까? 남자는 좀 더 빨리 사과를 찾아 나서지 않은 것을 후회한다. 늑골 아래가 쪼개지기라도 할 것처럼 아프다. 통증의 각인……. 국화 옆의 향냄새가 묘연했던 추억의 퇴로를 열어준다. 남자는 무방비로 옛 기억에 잠식당한다. 그는 희끗거리기 시작한 머리에 삼베 모자를 눌러 써보지만 전처럼 감정을 숨기는 일에 능숙하지 않다.

남자는 십육 년 전 사과를 샀던 곳을 찾아 한동안 발길을 끊었던 어머니의 동네를 방문한다. 그러나 주황색 천막 아래 과일들이 풍성했던 예전의 그 가게는 없다. 대신 총각들이 모여 싱싱한 채소를 판다는 식료품점과 유기농 제품 매장, 작은 규모의 슈퍼마켓 등에서 과일을 팔고 있을 뿐이다. 남자는 이 가게, 저 가게를 모두 거쳐 조금씩 사과를 산다. 스무 개쯤 될 것이다.

멀리서 보는 남자의 어머니 집은 예전처럼 위풍당당하지 못하다. 조만간 적당한 값에 처분될 것을 예상하고 있다는 듯 비굴한 모습이다. 그래도 길은 여전히 가파르고 도도하다. 남자는 십육 년 전의 사과가 행여 눈에 띄지 않을까 하여 주변을 세밀히 관찰한다. 한 알의 사과는 한동안 남자의 집 매끈한 유리창을 두드렸을지 모른다. 한 알의 사과는 혹 직장에서 유난히 승진이 빨랐던 그의 사무실 책꽂이 속에 숨어 있었을 수도 있다. 남자가 결혼한 여자와 살을 섞고 아무렇지 않게 밥을 먹을 때 그를 모르는 척 지나갔을 수도 있다. 사과는 또 남자가 유유한 별 하나를 발견했을 때 남자의 구두 옆에서 지친 걸음을 멈추었을 수도 있다. 사과는 빈번히 나타나고 사라짐을 반복하며 하릴없이 남자의 주변을 맴돌았을지 모르겠다. 남자는 창백한 골목 사이에서 끝내 길을 잃었을 사과를 떠올리며 힘겹게 길을 오른다.

남자는 여자와 자신의 어머니가 함께 서 있었던 바로 그 지점에서 사과를 떨어뜨린다. 탱글탱글하던 과일들이 순식간에 생채기를 내며 길을 따라 굴러간다. 잠시 하나의 길을 가는 것처럼 보였던 사과들은 이내 천 개의 길로 흩어진다. 그것들은 비루한 일상으로부터 도망이라도 가듯 하나같이 급하다. 황망히, 수줍어하며, 길 아래로 내달리는 사과들이 있다. 작은 골목길을 따라 간데없이 사라져버린 사과들도 있다. 골목은 심심치 않게 많고, 길은 심오하게 굽어 있다. 남자의 선량함과 무거움, 소심함과 가벼움이 길을 따라 적나라하게 펼쳐진다. 남자는 잠시 화를 낸다. 하지만 자신의 주위에 남아 있지 않은 사과를 오래 원망할 수는 없다. 남자는 낮고 침울하게 여자의 이름을 불러본다.

여자는 인기 없는 영화를 혼자 보고 있다. 위염을 자주 앓는 배를 위해 하루 한 잔으로 제한한 커피를 소중히 마신다. 식구들이 모두 잠든 밤, 여자는 베란다 유리창에 어른거리는 나뭇잎들의 이야기에 귀를 기울인다. 급하게 뛰어나가다가, 꼬리가 잘린 고양이가 화단에 앉아 있는 모습을 본다. 여자는 손톱을 손질하고 화장을 곱게 한 날 서럽게 운다. 그녀는 이런 식으로 매일 길을 따라 사라진 사과들을 생각한다. 굴러 내려가는 그 속도를 상상하고, 알 수 없는 길의 모호함을 떠올리고, 막다른 곳의 냉담함에 부대낀다. 여자는 사과들이 흩어져 있는 자리를 잊지 않기 위해 평생 애를 쓴다. 그것이 여자가 사과를 먹지 않는 이유다.

  여자의 친구들은 사과를 먹지 않는 그녀를 이상하게 바라보았다. 자식들은 그런 여자를 부끄럽게 여겼다. 남편은 여자가 사과를 먹지 않아 자주 화를 냈다. 여자는 그 모든 것을 가볍게 받아넘겼다. 그녀의 회한만큼 무거운 것은 이 세상에 없었기 때문이다. 위악을 떨든, 합리화로 몸을 숨기든, 체념으로 밥을 먹지 못하든 여자에게 사과는 도저히 잊을 수 없는 절멸이었다.

  남자가 사과를 모으기 위해 사과를 다시 흩어버린 그날로부터 십 년이 더 지난다. 여자는 알지 못하는 시간이나 남자에게는 지나치게 충분한 시간이다. 그러나 사실 여자가 알지 못한다는 가성은 여자의 무의식 너머에 있는 것을 고려하지 않았을 때의 이야기일 뿐이다. 여자는 길을 따라 뿔뿔이 흩어졌던 사과가 결국 어디서 다시 모이는지 예감하고 있었을지 모른다.

  남자와 여자는 이제 그래서는 안 되는 것들로 둘러싸인 일상이 대수롭지 않을 만큼 나이를 먹었다.

  여자는 남자와 그의 어머니가 살던 집에 가보기로 한다. 길 아래에서부터 보였던 남자의 집은 주변 건물이 높아진 탓인지 보이지 않는다. 여자는 큰길 대신 작은 골목길을 통해 남자의 집까지 올라가기로 한다. 사과를 비롯해 과일들을 파는 가게가 나란히 두 집 있다. 사과처럼 붉은 옷을 입고 붉은 모자를 쓴 마네킹이 서 있는 의상실을 지난다. 여자는 모퉁이를 돌아 큰길이 나오자 다시 반대편의 작은 골목으로 들어선다. 큰길에 접해 있는 골목들을 가능한 한 모두 거쳐 가고자 한다. 담장 위에 줄줄이 능금 화분들을 올려놓은 몇 채의 집들을 지난다. 단단한 작은 알맹이들이 규모 있게 반짝인다. 다시 큰길과 연결되어 있는 골목 어귀에 이르자 사과를 테마로 한 놀이터가 보인다. 여자가 걷는 길 가득 사과 향이 아삭하게 퍼져 있다. 여자는 이십육 년 전 스물여섯 살 젊은이로 걸어갔을 때보다 더 가슴이 뛴다. 이제 겨우 작은 골목 두 개를 거쳐 왔을 뿐인데 벌써 그녀는 걸어갈 모든 길에 무엇이 있는지 가늠할 수 있다. 하소연하지 않아도, 울거나 절규하지 않아도 알 수 있는 것이 있다. 그런 나이가 있다. 여자는 이 거리 곳곳에 천 개의 길로 갈라져 내려갔던 사과들이 모두 모여 있음을 알아차린다. 여자는 사과꽃처럼 하얗게 웃는다.

남자와 여자, 그리고 남자의 어머니가 서 있었던 그 자리에 단아한 사과나무 한 그루가 서 있다. 파란빛을 연하게 숨긴 빨간 사과들이 당돌하게 여자를 쳐다본다. 여자는 그 부끄러움 없는 시선 때문에 늙고 거친 피부를 발그레 물들인다. 길을 오래 돌아 왔어도 남자와 여자는 너무 늦지 않았다고 고개를 끄덕일 것이다. 여자는 남자가 오기를 기다리며 작은 사과 하나를 따 베어 문다. 영겁을 회귀하여 마침내 여자에게 온 사과는, 그리운 맛이 났다. ‖

[해설]

길과 자리

김인환
문학평론가

심아진의 소설은 장소의 강력한 압력을 드러내 보여준다. 그것은 내면 깊은 곳까지 침투하여 우리의 삶을 구속하고 있다. 장소의 중력이 너무나 크기 때문에 작중인물들이 그 자리를 벗어나려면 환상의 길을 택할 수밖에 없다. 그들이 선택한 길은 비현실적인 것이라고 하겠지만, 길의 비현실성은 거꾸로 그들이 처해 있는 장소의 모습을 적나라하게 제시한다. 심아진은 느낌의 당혹스러운 생생함을 완화하고 생각의 무미건조한 엄격함을 진정시켜 세계 재현과 자기인식의 균형을 추구하려고 한다. 나는 누구인가라는 질문을 너는 어디에 있는가라는 질문으로 대체함으로써 작가는 작중인물이 어디에 있건 장소와 어떤 관계를 맺고 있는 사람이라는 사실을 알려주려고 한다. 세계의 낯설음이 인물의 낯설음을 증폭시킨다. 작가는 끊임없이 세계를 지배하는 우연, 공허, 공백, 권태, 절망, 난관, 분리, 간극, 단절을 보여준다. 그러나 리얼리티보다 알레고리가 전경에 나오면, 다시 말해 구체적인 삶보다 삶의 의미가 전면에 나오면 작품의 생동성이 약화될 우려가 있다. 알레고리보다는 차라리 안티리얼리즘 쪽으로 나가는 것이 생산적일지도 모른다.

이 소설집에는 다섯 편의 미니 소설들이 포함되어 있는데 우리는 그 짧은 이야기들에서 작가의 세계인식을 엿볼 수 있다. 〈신의 길〉은 어두움의 의미를 따져보는 소설이다. 신, 흑암, 혼돈, 공허는 형제 같은 친구인데 신이 그중 형 노릇을 한다. 밝은 세상이 창조될 때 어떤 결과가 될 것인지를 예측한 친구들의 반대에도 불구하고 신은 빛이 있으라고 말했고 세상은 밝아졌다. 그때부터 세상은 정의와 불의, 진리와 허위가 겨루는 싸움터가 되었나. 그곳에는 신이 개입할 자리가 없었다. 세 친구는 그들이 예측한 대로 된 세상을 한탄하지만, 신은 고집을 꺾지 않고 그윽이 미소를 지을 뿐이다. 작가의 시각은 얼굴 없는 혼돈에게 남들처럼 눈과 코와 귀를 만들어주자 혼돈이 죽고 말았다고 한탄하는 장자와 유사하다. 〈이유 있는 길〉의 경수는 아스팔트 길이 말려서 그의 오토바이를 쫓아왔기 때문에 그것에 깔리지 않으려고 계속해서 달리다가 방어선을 친 경찰차에 막혀 겨우 멈춰 설 수 있었다. 법규를 어긴 사항이 없었으므로 그에게 책임을 물을 수는 없는 일이었지만, 종교 단체가 들고 일어나 무분별한 도시계획을 비판하고 시민들이 정부의 무능과 실책을 지적하자 법원은 그를 내란죄와 소요죄로 구속하였다. 그동안 그의 직업, 수입, 취미 등이 낱낱이 인터넷에 공개되었다. 마네킹 배달이 그의 직업이었고 독서가 그의 취미였다. 그가 구입한 책과 책의 내용이 알려졌고, 전위예술가가 그의 일터인 청계천에서 나체로 마네킹 역할의 해프닝을 벌이기도 하였다. 길이 차를 따라 말리는 일이 여러 곳에서 여러 차례 발생하였다. 시민들은 그것이 자기에게도 일어날 수 있는 사건이라는 것을 알게 되었다. 도시 전체가 공포에 휩싸였고 아무도 그 일에 대해 말하지 않게 되었다. 우리를 깔아 엎을 듯이 무서운 기세로 우리를 따라오는 길은 시민의 생존을 위협하는 생계지수일 수도 있고, 환경오염일 수도 있고, 자폐나 우울증일 수도 있다. 남의 이야기처럼 하는 사회 비판의 비겁함은 정작 모두가 들고일어나야 할 때 현실을 외면한다. 작가는 법 집행의 자의성과 세계의 부조리가 합하여 언제 무슨 일을 당할지 모르는 우연의 세계를 우리 앞에 펼쳐놓고 있다는 사실을 인식하라고 호소하는 듯하다. 〈천사의 벌〉은 인간을 연구한 죄로 지상에 내려온 진이라는 천사의 이야기이다. 영양이 고려된 식단, 아침에 일어나면 울리는 고전음악, 차 속에서 들리는 중국어, 수십 번 반복되는 동화에 진력이 난 진이는 운동에 열의를 보이지만 체육관 또한 미술학원과 다르지 않은 억압의 장소라는 것을 알게 된다. 하늘로 되돌아간 진에게 친구 루트비히가 나폴레옹에게 관심을 가졌다가 그가 일개 시시한 독재자에 지나지 않는다는 것을 알고 실망한 자기의 경험을 말해준다. 실망은 컸으나 그때 작곡한 교향악은 지금도 남아 있으니 어린애들에게 예술보다 운동이 더 필요하리라는 진의 생각도 인간에게 도움이 될 것이라는 위로의 말이었지만, 그의 교향악이 울려 나오자 진은 지상에서의 기억 때문에 토하려고 한다. 이 소설에서 풍자되는 것은 고귀한 모든 것을 추하게 더럽히는 한국 엄마들의 극성이다. 〈공주의 선택〉에서 부유한 나라의 공주에게 청혼하는 왕자들은 세 가지 다른 이유를 말하며 청혼한다. 그들은 공주의 오른쪽 다리가 뒤틀려 있어서 잘 걷지 못한다는 것을 알고 있었다. 힌 사람은 자기 나라의 빈곤을 구제하는 데 도움이 될 것이기 때문이라고 하고, 또 한 사람은 무릎 아래 부분이 뒤틀려 있다는 장애쯤 괘념치 않을 수 있기 때문이라고 하고, 다른 또 한 사람은 아예 불구에 맞도록 특별하게 제작한 구두를 들고 와서 진정으로 사랑하기 때문이라고 한다. 공주는 첫째 남자의 무례함과 둘째 남자의 무관심에 분노하였지만 셋째 남자의 배려에는 구역질을 한다. 그녀는 무례함을 솔직함으로 혼동하는 것과 무관심을 너그러움으로 내세우는 것을 받아들이기 어려웠고 알지도 못하는 여자를 사랑하고 배려한다는 거짓말을 참을 수 없었다. 그녀는 사랑이라는 말 속에 들어 있는 천 가지 위선에 대하여 따져 보고 싶어 한다. 여자를 때리면서 사랑하기 때문이라고 말하는 남자도 세상에는 있다. 온갖 폭력이 사랑의 탈을 쓰고 행해지는 것이 세상이라는 지옥의 특별한 점이다. 그러나 앞의 두 사람 가운데 아무나 택하라고 아버지에게 말하는 공주의 태도도 무례함 또는 무관심 중의 하나가 아닐까. 사랑이란 허황된 몽상이고 인간에게 가능한 것은 정직을 가장한 무례함이나 관대함을 가장한 무관심뿐이라는 것이 작가의 시각이라면 그것 또한 인간에 대한 무례함 또는 무관심이 될 것이다.

〈회귀〉와 〈유예의 장면〉은 사랑에 대한 심아진의 믿음을 보여 주는 소설들이다. 풍자에 바탕을 두고 있는 미니 소설 〈회귀〉의 서술 방법은 존재에 침투해 들어가는 것이 아니라 존재로부터 물러나는 것이다. 존재를 주체가 아니라 대상으로 설정하여 존재에서 우스꽝스러움을 이끌어낸다.

〈회귀〉의 길은 늘 한곳에서 멈춘다. 그날 그곳에서 남자의 어머니는 여자가 사 가지고 간 사과를 쏟았다. 남자와 여자는 비탈길을 굴러 내려가는 사과들을 무력하게 바라보았다. 삼 년 후 남자는 여자를 떠나 어머니가 택한 여자와 결혼했고, 다시 삼 년이 지나 사과를 먹지 않게 된 여자도 새 가족을 만들었다. 사과를 먹지 않는 그녀를 친구들은 이상하게 여겼고 아이들은 창피하게 여겼다. 남편은 자주 사과를 먹지 않는 그녀에게 화를 내었다. 십 년이 더 흐른 어느 날, 어머니를 저세상으로 보낸 남자는 어머니의 집 근처 사과가 굴러 내려가던 길에 가서 스무 개쯤의 사과를 굴리며 낮고 침울하게 여자의 이름을 불러보았다. 여자는 길을 따라 굴러가다가 사라진 사과들을 잊지 못했다. 손톱을 손질하고 화장을 곱게 한 날은 서럽게 울었다. 여자와 남자는 '그래서는 안 되는 것들로 둘러싸인 일상'이 대수롭지 않게 보일 정도로 나이를 먹었다. 여자는 이십육 년 전 스물여섯 살에 가본 남자의 집을 찾아가 그때보다 더 가슴이 뛰는 자신을 느끼며 천 개의 길로 갈라져 내려갔던 사과들이 모여 있는 것을 보았다. 남자의 어머니가 서 있던 자리에 사과나무 한 그루가 들어서 파란 사과들이 당돌하게 여자를 쳐다보고 있었다. 진실로 사랑하면 이루어진다는 이것이 사랑의 과학이다. 그것이 좋건 나쁘건 운명의 선물을 받아들일 준비가 되어 있을 때가 바로 재회해야 할 때이다. 한때 살았던 장소를 되찾아 가보는 것은 과거를 살려내어 다시 사는 것이다. 시간의 풍화력에 굴복하지 않고 과거와 접촉하여 구체적인 기억을 보존하는 것은 지금 이 순간을 깊이 음미할 수 있게 하는 기본 전제가 된다. 꿈이 실현되지 않더라도 꿈 자체가 현실이 될 수 있기 때문이다. 잃어버린 낙원만이 진정한 낙원이다. 우리 모두에게 다시 찾아야 할 시간은 잃어버린 시간이다.

〈유예의 장면〉은 바로 이러한 회귀와 재회의 장면을 좀 더 면밀하게 구성해본 소설이다. 서지원과 김지원은 같은 학교 같은 학과에서 만나 2년 동안 사귀고 헤어졌다. 수석으로 입학한 서지원은 각종 과외 활동에 참여하느라 과락에 가까운 성적을 받고 있었고, 아버지를 따라 외국에 있다가 정원 외로 입학한 김지원은 수업에 빠지지 않았지만 좋은 성적을 받지 못하였다. 성적 이외에는 모든 면에서 완벽한 남자였던 김지원은 수많은 여자와 만나고 있었다. 그에게 섹스는 손톱을 깎는 것과 같이 일상의 습관이었다. 그에게는 인간적인 매력이 있었으나 반면에 분명한 것이 아무것도 없었다. 장애인을 위하여 일하겠다는 강한 신념의 인간 정이 그를 밀치고 접근했을 때, 서지원은 감정이 김지원을 원하고 있는 것을 알면서도 정을 선택하였다. 김지원의 여자 관계를 구실로 삼았고 김지원 자신도 그것 때문이라고 알고 있지만, 사실은 서지원 내부에서 벌어지고 있던 생각과 느낌의 균열을 그녀 자신이 더 이상 견디기 어려웠기 때문이었다. 그녀는 곧 자신의 결정이 실수라는 것을 절실하게 깨달았다. 결혼하기 전 어느 날 죽으려고 바다로 차를 몰다가 가림대에 부딪친 적이 있었다. 온몸의 미세한 털구멍들이 그에 대한 그리움을 호소하였다. '그와 함께했던 시간들을 다시 찾을 수만 있다면 세포 하나하나로 분해되어버려도 좋겠다는 암울한 상상'이 그녀를 괴롭혔다. 이를 악물고 누구에게도 드러내지 않았으나 그녀는 김지원을 떠난 자신을 용서할 수 없었다. 자신에 대한 분노는 '약한 불로 뜸을 들이는 음식처럼 멈추지 않고 끓고 있었다.' 12년 만에 그들은 한국 발 프랑크푸르트 행 비행기에 함께 탑승하였다. 서지원은 국제 장애인 협회 일로. 김지원은 회사의 출장으로 독일로 가게 되었다. 서지원은 탑승 전에 이미 그를 알아보았고 김지원도 비행기 안에서 그녀가 탄 것을 알았다. 소설은 서의 시각과 김의 시각을 교대로 보여주는데, 그들의 시각을 관찰하는 작가의 일인칭 시각이 개입하여 그들 속에 있는 기억의 숲을 일정한 거리에서 통제한다. 그들의 의식은 일단 열한 시간 동안 폐쇄된 공간 속에서 서로를 향해 움직인다. 그들은 번갈아가며 보여지는 존재가 되었다가 보여주는 존재가 된다.

나는 김지원이나 서지원에 대해 오해를 불러일으킬 만한 어떤 이야기도 하고 싶지 않다. 소설 속의 인물을 정형화하는 것이야말로 세상 문학의 최종 목표이기라도 한 듯이 이렇다 혹은 저렇다고 규정하는 것에 찬성할 수 없기 때문이다. 그들이 막 사랑을 시작했을 때나 10여 년이 지난 지금이나 나는 그들을 잘 모른다. 그들에 대해서라기보다 그들의 사랑을 통해 드러난 사실만을 나는 알고 또 쓸 뿐이다. 가능성들은 마치 불이 번질 때처럼 오로지 바람에 의해서만 방향이 정해진다. 가까운 커튼에 불이 붙을지, 멀리서 졸고 있던 노파의 얼굴에 불똥이 튈지는 아무도 모르는 것이다.

작가의 눈길은 두 시간 동안 집요하게 그들의 의식을 추적하다가 그것들을 작가가 간섭할 수 없는 소설 밖으로 내보낸다. 그들의 의식은 작가의 개입으로부터 해방되어 완전한 자유를 얻게 되면서 소설이 끝난다. 소설의 끝은 그들에게 아홉 시간의 폐쇄된 방공호를 남겨준다. 그들은 국적에서 해방된 공간에서 아홉 시간의 자유를 누린다. 공항에 닿으면 다시 현실이 덤벼들 것이지만, 10여 년의 그리움은 어떤 형태로든 그 공간 안에서 뚜껑을 열고 얼굴을 드러낼 것이다. 작가는 느닷없이 계속 만나자고 제의한 김지원의 말과 그처럼 쉽고 단호하게 그만 만나자고 통고한 서지원의 말을 인용하며 그들이 보이는 의식과 행동의 괴리를 알려준다. 작가는 어느 편도 들지 않고 떨어져서 바라보지만 그들의 사랑을 소중한 것으로 존중한다. '나의 소중한 서지원'이라는 고백을 독자에게 털어놓기도 한다. 두 지원이 2년 동안 함께한 것들을 소개하면서 작가는 안타까운 심정을 내비치기도 한다. 노래들, 영화들, 아이스크림들, 술집들과 해변들이 추억 속에서 생생하게 살아 있었다. 김지원에게 아름다움은 그녀의 매력 가운데 하찮은 것에 속했다. 그 2년 사이에 옷차림이 달라진 김지원은 근접할 수 없게 만드는 그녀의 거리감에 가려져 있는 인력을 포착할 수 있게 되었고, 서지원은 겉으로 나타나지 않는 그의 섬세한 지성을 알아볼 수 있게 되었다. 12년 동안 늘 그녀의 시선을 의식하고 살아온 그가 먼저 그녀를 찾아 그녀의 자리로 다가간다. 그녀는 잠시 그를 피해 화장실에 가서 이를 닦고 화장을 고친다. 끊임없이 서지원을 찾아 헤매던 그의 의식이 끝내 두통을 일으키고 두통에 시달리던 그는 애써 잠을 청한다. 서지원도 먼저 가지는 않겠지만 찾아오면 세금이 공제되는 기부를 화제로 꺼내겠다고 계획해본다. 두 선수가 동일한 열기와 긴장으로 묶여 있는 레슬링 경기처럼 그들은 상대방에 밀착된 채 감겨서 떨어져 나오지 못하고 있다. 사랑은 두 사람의 관계가 아니라 두 사람을 통합하는 힘이다. 세계를 새롭게 이해하게 하고 재창조하게 하지 못한다면 그것은 진정한 사랑이 아니다. 사랑에는 해방이 내포되어 있다. 이념이나 논리가 아니라 감정이 현실을 추동하는 힘이라는 사실을, 그리고 비극은 감정에 충실하지 못한 데서 발생한다는 사실을 독자에게 환기시키면서 작가는 그들의 재회를 유예 속에 남겨두고 소설로부터 물러난다.

〈아크로스틱〉은 열 사람의 이야기를 이어 쓴 소설이다. 원래는 북에서 떠돈다는 '미제 소탕 목표 삼아/친위부대 결성하니/놈들 모두 혼쭐나네' 같은 시에서 행의 첫 음절을 세로로 이으면 '미친놈'이 되듯이 가로 의미와 세로 의미가 반대되는 시를 말하는 것이지만, 작가는 처음과 끝이 맞물려 있는 이야기를 통해 가로-세로로 얽혀 있는 삶의 맥락을 보여주려고 했다. 이러한 형식을 통해 편한 사람은 이 세상에 하나도 없다는 것을 말하려고 한 듯하다. 쌍둥이를 학교에 보내고 돌이 가까운 아이를 키우는 아기 엄마는 시어머니와 친정어머니의 환갑 여행 경비를 걱정한다. 갑상선저하증을 앓고 있는 그녀는 아무것도 하고 싶지 않다는 무욕이 탐욕이 되는 자신의 몸 상태에 스스로 놀라고 있다. 비싼 월세 이외에 인건비를 쓸 여유가 없는 아기 아빠는 하루 다섯 번 합기도 수업을 하고 수업과 수업 사이에 미친 듯이 차를 몰아 동네를 돌며 아이들을 실어 나른다. 그의 도장은 쌍둥이가 다니는 영어 학원처럼 일일이 문자 메시지를 보낼 수 있는 형편이 아니다. 가출한 중학생의 엄마는 갑상선항진증 환자이다. 컴퓨터 중독을 고치기 위해 아이에게 합기도와 태권도와 권투를 배우게 한다. 아이는 자학 증세로 병원과 보호소를 다닌 적도 있었고 오토바이를 훔쳐 타고 돌아다니다가 잡힌 적도 있었다. 폐지를 수거하는 할머니는 아이를 보았지만 아이 엄마의 물음에 대답해주지 않는다. 슈퍼마켓 주인의 도둑이라는 말에 자존심이 상한 할머니는 용달차가 빵빵거려도 길을 비키지 않고 쏟아진 종이를 줍는다. 할머니는 원망할 힘이 남아 있다는 데서 오히려 위로를 얻는다. 파란 트럭의 운전자는 골목에 정차해 있는 하얀 차의 범퍼를 긁고 황급하게 차를 몰아 줄행랑을 친다. 기사는 자기 비하와 자기 비애로 자기 보호의 윤리와 논리를 설정한다. 하얀 차의 여자는 음악을 들으며 문자 메시지를 보내느라고 접촉 사건을 알지 못한다. 학습지 선생인 여자는 명품 선물을 주지 않는 남자 친구를 원망하고 있다. 컴퓨터 정비사인 그녀의 남자 친구는 여자에게 약간의 권태를 느낀다. 그는 전셋집도 장만할 수 없는 자신의 처지에 화를 내고 있다. 교사의 부인은 우울증으로 고통을 받고 있다. 그녀는 자신의 고통을 남편도 느끼도록 하고 싶어 한다. 그녀는 컴퓨터 정비사와 문자를 주고받는다. 그 문자들에는 바다로 함께 가자는 유혹을 암시하는 메시지가 포함되기도 한다. 그것은 사랑의 메시지일 수도 있고 죽음의 메시지일 수도 있다. 교사는 가르치는 일을 싫어한다. 교감이 되면 학생들과 직접 부딪치지 않으면서 월급을 받을 수 있다. 그는 승진을 위해서라면 무슨 굴욕이라도 감수할 각오를 하고 있다. 부인이 죽음을 생각하는 시간에 그는 자연산 송이를 들고 교장의 귀가를 기다린다. 교장은 자연산 송이 사이에 들어 있는 봉

투의 액수를 가늠해보며 서울숲에서 만난 고향 후배와 여행 갈 계획을 세운다. 그의 아내는 5년 전에 죽었다. 교장의 후배는 교장의 전화를 받고 여행 경비를 걱정하지 말라는 뜻을 아들에게 전한다. 어머니의 전화를 받은 합기도장 관장은 장모의 환갑 여행 경비를 마련하겠다는 말을 아기 엄마에게 하려고 한다.

〈도마뱀 뇌〉는 저축은행 사태를 소재로 한 희극이다. 공황 상태에 처한 수많은 사람들 가운데 하나라는 의미에서 이 소설의 등장인물들에게는 이름이 없다. 일반 은행보다 지급준비율을 낮출 수 있고 예금 이자를 높일 수 있도록 허용했을 때 이미 저축은행 사태는 예견된 것이었다. 이것은 정부가 시민을 속여서 파산하도록 유도한 국가 주도의 사기였다. 예금을 인출하러 와서 아우성치는 사람들은 안전과 수익의 공존이 불가능한 현실을 좀 더 일찍 인식했어야 했다. 어느 저축은행 홍보실에 근무하는 남자는 평소에 관리해온 인력을 동원하여 그들과 술을 마셨다. 대부업계의 희생이 되지 않도록 신용 등급이 낮은 서민들을 보호해 온 저축은행의 기능을 강조하는 글을 이름을 바꿔가며 인터넷에 올리는 것이 그들의 일이었다. 그들은 경영 간부들이 페이퍼 컴퍼니를 만들고 분식회계로 배당금을 챙긴 다른 저축은행들과의 차별화도 부각시키도록 지시를 받았다. 아내는 두 아이를 데리고 캐나다에 가서 그곳 슈퍼마켓의 계산원으로 일하고 있었다. 아이들에게 부칠 돈이 늘 모자랐기 때문에 그에게는 마이너스 통장 이외에 따로 인출할 예금통장이 없었다. 그의 어머니는 손자들의 조기 유학을 위해 소들을 처분하였다. 은행에서는 사태가 터지기 전날 VIP 고객들에게 연락하여 마감 시간을 넘어 늦게까지 전 직원의 묵계 하에 예금을 인출할 수 있게 하였다. 그러나 연락에서 누락된 사람들이 있었고 그들은 일반 인출자들보다 더 심하게 항의하였다. 그중의 한 사람이 은행에 들어와서 남자를 때렸다. '남자는 더 이상 저항할 수 없음을 안다. 힘을 빼자 자연스럽게 고통이 사라지기 시작한다.' 은행 측은 은행에서 청소하는 할머니에게까지 보장도 안 되는 후순위 채권을 떠맡겼다. 청소부 할머니가 울고불고하며 은행을 욕할 때 갑자기 남자의 어머니가 나타나서 자기도 후순위 채권을 가지고 있다고 하소연하여 남자를 곤경에서 구해준다. 그의 어머니는 그에게 '숭한 일 한 거 없응께 빛 볼 날 있을' 거라고 말했다. 16년간 성실하게 일해온 결과가 은행의 영업 정지와 사기꾼의 낙인이라는 사실을 남자는 받아들일 수 없었다. 그가 상식을 벗어난 사람이거나 변덕스러운 사람이 아니라는 사실이 이 소설의 비극적 판타지를 강화한다. 이해할 수 없는 일은 그뿐이 아니었다. 숙취로 목이 말라 괴로워할 때 물이 가득한 컵이 눈앞에 놓이기도 하고, 두통에 시달릴 때 구토와 두통을 멎게 하는 약이 손 곁에 나타나기도 하였다. 술이 깨고 허기가 오니 이번에는 라면이 책상 위에 놓여 있는 것을 발견하였다. 어머니의 등장도 이해할 수 없는 일의 하나였다. 남자는 거저 공짜로 주어지는 것은 절대로 없는 세상이라는 사실을 잠시 잊고 싶다고 생각했다. 그는 밤마다 도마뱀들이 그의 몸으로 들어와 뇌를 파먹는 꿈을 꾸었다. 그것들은 몸에 난 구멍들을 통해 몸속으로 들어와 뇌를 먹으려고 하였다. 남자는 뇌를 먹으려는 도마뱀에 대한 저항을 포기하기로 작정하였다.

도마뱀들은 결국 무수한 구멍으로 파고들어가 떡하니 자리를 잡고야 말 것이다. 뇌간 상층을 비집고 들앉은 그것들은 극도의 공포심을 양산하고 달콤한 자기 합리화를 선사한 후, 남자로 하여금 아무렇지도 않게 또 다른 인생을 살아가게 할 것이다. 그는 도마뱀들이 제공하는 모든 호의를 받아들이기로 한다. 저항은 아무런 결실 없이 시간만 축내고 말 것이기 때문이다. 남자는 받을 호의에 대해 미리 충분히 값을 치렀다고 생각한다. 호의도 폭력도 언제나 남자와 무관하게 진행되었다는 사실만을 또렷이 자각할 뿐이다.

남자는 제한구역의 불을 끄고 들어가 현금 다발을 쇼핑백에 담고 그것을 어머니에게 들려 내보낸 후 컴퓨터실에 들어가 감시용 카메라 필름을 지운다.

〈물구나무서는 자리〉의 두 선우와 〈그만, 뛰어내리다〉의 두 인주는 환상을 통해 현실을 보여준다. 동명의 두 학생을 구별하기 위해 교사는 두 사람을 박선우와 선우로 부르라고 하였다. 박선우의 성격은 긍정적이고 포용적인 데 비하여 선우의 성격은 부정적이고 배타적이었다. 선우는 박선우가 분노와 증오에 휩싸이게 하려고 온갖 계획을 세워보았지만 모두 실패하였다. 박선우는 조금 손해를 보건 많이 손해를 보건 동요하지 않았고 무시를 당하거나 따돌림을 당해도 노여워하지 않았다. 열네 살 때 선우는 노파가 고양이를 삶아 먹는 장면을 목격하고도 태연히 노파에게 인사하는 박선우를 보았다. 선우는 그 이후로 물구나무서는 것을 일상의 습관으로 삼았다. 8년 동안의 물구나무서기는 선우의 신체를 변형시켰다. 손은 발처럼 튼튼해졌으나 목과 등의 통증과 위염에 시달리게 되었다. 박선우를 절망하게 하려고 선우는 그의 여자를 유혹하였다. 그러나 그런 행동이 박선우의 증오를 끌어내지 못하면 그 여자들과의 대화도 곧 무의미하게 되었다. 처음부터 박선우는 종교에 관심이 많아서 여러 종교를 섭렵하였다. 대학교 4학년 때는 기독교를 믿고 있었다. 신의 사랑의 한 조각이므로 인간도 신의 일부라고 여겼고 십자가에 달린 신이야말로 참다운 신이라고 믿었다. 그는 신과 하나가 되고 싶어 했다. 그 무렵에 만난 그의 여자가 선우에게 이이제이의 수

법을 써보라고 암시하였다. 그녀는 선우의 물구나무서기가 박선우 때문이라는 것을 간파하였다. 선우는 박선우에게 신을 만나려면 죽어야 한다고 말했다. 자살 금지는 인간의 규약일 뿐이지 신의 규약이 아니라고 그를 설득하였다. 박선우는 아파트 7층에서 뛰어내렸으나 석 달간의 긴 수술 끝에 뇌손상이나 신체마비 없이 회복되었다. 그동안 선우는 밥을 먹지 않아서 부모가 선우를 병원에 입원시켰다. 노만 아는 선우와 예스만 아는 박선우는 동일한 기름종이의 양면과 같이 한 인간의 내면에 공존하는 두 벡터의 대립이다. 프로이트는 그것을 타나토스와 에로스라고 불렀다. 의존심과 적대감은 일단 작동되면 현실감을 상실하고 고립될 때까지 끝없이 증폭된다. 문제는 의지적 행위가 상반되는 열정의 충돌을 초월할 수 없다는 데 있다.

〈그만, 뛰어내리다〉는 인주의 이야기와 라합의 이야기를 섞어서 구성한 소설이다. 어린 인주는 할머니 집 담장에서 뛰어내리고 매를 맞았다. 엄마는 인주를 맡기려고 갔다가 인주를 데리고 집으로 돌아왔다. 인주에게는 아버지가 없었다. 고등학교 수학 시간에 인주는 2층에서 뛰어내리고 벌을 섰다. 고양이를 잡으러 올라간 나무에서, 아름다운 건물에서, 아파트 베란다에서 뛰어내리기를 거듭하면서 인주는 뛰어내리는 자가 되었다. 커다란 헬멧과 커다란 매트리스 그리고 충격 완화용 특수복이 그/그녀를 따라 다녔다. 몇 년 전엔 여의도 63빌딩에서 뛰어내렸고 지금은 수영만 마린시티 76층에서 뛰어내리고 있는 중이다. 작가는 낙하의 장면들을 차례로 연결하면서 불과 몇 초에 지나지 않는 순간에 긴 명상을 배치한다. 인주의 뛰어내리기는 곡예에서 주술로, 종교로, 미학으로, 정치로 확대되었다. 정치가들이 그것을 선거에 활용하려고 하였고 무엇보다 건설회사는 그것을 활용하여 큰 이익을 보았다. 사람들은 간접 목격에 만족하는 사람들을 경멸하였고 뛰어내리는 바로 그 순간의 가치에 대하여 경제학적, 철학적 논쟁을 전개하였다. 아버지가 천한 일을 한다고 해서 친구들의 따돌림을 받던 라합도 뛰어내리기를 좋아하였다. 그녀에게는 여리고 인 친구보다 이방인 친구가 더 많았다. 부모가 그녀를 창녀로 팔았고 그녀는 이스라엘 첩자를 숨겨준 뒤 여리고가 멸망할 때 자신과 가족을 구하였다. 살아남은 가족과 쳐들어온 유대인들이 함께 그녀를 비난하였지만, 그녀는 강하게 견디어 보아스의 어머니가 되었고 끝내 다윗의 조상 중 한 사람이 되었다. 그러나 인주는 충만함, 쾌적한 공포감, 미래에 대한 초연함, 산산이 부서져 공기 중으로 흩어진다는 환상을 순수하게 유지할 수 없었다. '인주는 언제부터인가 완고한 시간을 상대하는 것에 지쳐 있었다.' 관습이 열정보다 더 강한 힘으로 그/그녀를 지배하게 된 것이다. 그때 그를 떠난 인주가 찾아와 매트리스를 치워버리라고 말했다. 매트리스를 바라보고 착지하려는 순간 인주는 극심한 통증을 느꼈다. 병원에 누워 미약한 반응도 할 수 없게 된 상태에서 인주는 그제야 순수한 뛰어내리기, 그저 순백일 뿐인 뛰어내리기를 시도할 수 있을 것이라고 생각하였다. 있는 그대로의 자신을 선택하는 행위는 이전의 자기를 부정하고 새로운 존재를 만드는 창조적 활동이다. 존재한다는 것은 달라진다는 것이다. 자신의 본질을 만들어나가야 할 인간에게는 어떠한 시간적 인과관계도 주어지지 않는다. 그는 매순간 다시 선택해야 하고 다시 원해야 한다. 자신을 초월하는 순간은 역사적인 순간이 아니라 비역사적인 순간이라는 사실이 모든 기획을 무력하게 하는 것이다. 변신을 받아들였다는 것은 결국 야심과 미래를 거부했다는 것이다. 매일은 언제나 새로운 오늘이다. 오늘이란 어제를 대신하고 내일을 예고하는 시간이 아니다. 그것은 습관에서 벗어난 열정의 시간이다. 인주는 꿈의 공간, 섬광의 순간, 존재의 가능성을 찾는다. 비록 식물인간이 되었더라도 있는 그대로의 현재를 음미할 줄 알게 된다면 그/그녀는 단순하고 부드럽고 아름다운 미래가 불쑥 나타나는 순간을 보게 될 것이다.

〈도약〉의 주인공인 중간계급 여자는 어느 날부터 조금씩 자신의 존재가 소멸되어가는 것을 느끼고 당황한다. 요구르트 아줌마가 계산서를 내밀며 요구르트를 더는 넣지 않겠다고 했고, 늘

가던 세탁소에서 영수증이 없으면 세탁물을 줄 수 없다고 했으며, 브런치 카페에서는 6년 동안 매달 만난 사람들이 그녀의 말을 듣지 않았고, 약국에서는 약사가 그녀의 말에 아무런 반응을 보이지 않았다. 아무도 그녀에게 눈길을 주지 않아서 묵살되고 무시되는 그녀의 말은 맥없이 허공에 흩어졌다. 남편도 그녀의 전화를 받지 않았고 아이들도 그녀를 찾지 않았다. 사오 개월 전 아이들의 영어 학원에서 대학 시절의 투사였던 선배 언니를 만난 그녀는 두 사람을 극성 엄마로 변하게 한 시대의 압력에 대해 잠시 고민했다. 그리고 컴퓨터를 통해 크레인 위에서 파란 작업복을 입고 낮에 걸어놓았던 이불을 걷으며 웃고 있는 여자를 보았다. 남편과 함께 간 부산에서 친구의 해운대 아파트에 가는 길에 농성 중인 노동자들과 푸른 크레인 위에 있는 그 여자를 보았지만 별다른 생각을 하지는 않았다. 그냥 스쳐 지나갔을 뿐이었다. 무엇이든 두 개를 사서 간직하고 잃어버리지만 않는다면 안전하게 살 수 있다고 믿었던 중년의 부인은 자신의 삶이 포말처럼 와해되는 것을 느끼며, 웃고 있는 그 여자를 본 것이 존재의 소멸을 초래했다고 생각하였다. 항상 자신을 의심하고 항상 주변을 경계하는 것은 자신의 연약함을 의식하는 무력함의 표시이다. 미래가 없다고 생각하고 장래를 설계하는 일에서 해방될 때, 다시 말하면 미리 죽음을 체험할 때 우리는 현재 속에 자기에게 남아 있는 것이 무엇인지를 더 잘 알고 즐길 수 있다. 질식할 것 같은 고통에서 벗어나기 위해 부인은 그 여자의 실체를 보고 싶어서 농성 장소를 찾아가 크레인을 기어 올라갔다. 살이 붙어 보기 싫은 몸매로 당당하게 크레인을 오르면서 부인은 사람들이 자신을 인식하고 있다는 데 안도감을 느꼈다. 삶은 이미 겪은 것이면서 동시에 앞으로 겪어야 할 것이다. 그것은 과거의 공간이지만 예감하며 살아가는 것이 허락되는 열린 공간이기도 하다. 상품이 주체가 되고 인간이 객체가 되는 마케팅 사회에서 요구하는 국제 표준은 시장형 인간이다. 마케팅 사회에는 개성과 유형이 구별할 수 없는 정형으로 작용하고 나아가 말 못하는 동물과 말하는 동물의 차이도 소멸한다. 음조, 울림, 진동, 투명성 등에 대한 감각과 관념의 강도가 소멸하는 것이다. 이러한 시대에 중간계급이 상류사회와의 공동선을 추구하느냐 아니면 노동계급과의 공동선을 추구하느냐 하는 것은 사회적 균형의 핵심 문제가 된다. 소설을 쓰려면 세평에 신경을 쓰지 않고 욕망을 따르는 광인의 마음이 필요하다. 그러나 욕망에는 심미적 훈련을 강화하는 열린 욕망과 편집증을 야기하는 닫힌 욕망이 있다는 사실을 작가는 항상 염두에 두고 있어야 할 것이다. ‖

그만, 뛰어내리다

초판 1쇄 인쇄일 • 2013년 3월 10일
초판 1쇄 발행일 • 2013년 3월 15일
지은이 • 심아진
펴낸이 • 임성규
펴낸곳 • 문이당

등록 • 1988. 11. 5. 제1-832호
주소 • 서울시 성북구 동소문동 4가 83 청구빌딩 3층
전화 • (02) 928-8741~3(영업부) 927-4990~2(편집부)
팩스 • (02) 925-5406
ⓒ심아진, 2013

홈페이지 http://www.munidang.co.kr
이메일 munidang88@naver.com

ISBN 978-89-7456-470-4 03810

값은 뒤표지에 표시되어 있습니다.

잘못된 책은 바꾸어 드립니다.
저자와의 협의로 인지는 생략합니다.
이 책의 판권은 지은이와 문이당에 있습니다.
양측의 서면 동의 없는 무단 전재 및 복제를 금합니다.